남극

ANTARCTICA

Copyright © 1999 by Claire Keegan All rights reserved.
Korean translation copyright © 2025 by DASAN BOOKS CO., LTD.
Korean translation rights arranged with Curtis Brown Group Limited through EYA
(Eric Yang Agency)

이 책의 한국어판 저작권은 EYA(Eric Yang Agency)를 통해
Curtis Brown Group Liitmed와 독점 계약한 (주)다산북스가 소유합니다.
저작권법에 의하여 한국 내에서 보호를 받는 저작물이므로 무단전재 및 복제를 금합니다.

남극
ANTARCTICA

클레어 키건 소설

허진 옮김

범람의 시기에 나를 구해준 패드랙 히키를 위해서,
그리고 교사 존 맥캐런을 추모하며

차례

남극 9
키 큰 풀숲의 사랑 39
물이 가장 깊은 곳 65
진저 로저스 설교 79
폭풍 113
노래하는 계산원 127
화상 141
남자애한테는 이상한 이름 157
어디 한번 타봐 171
남자와 여자 197
자매 223
겨울 향기 261
아무리 조심해도 지나치지 않다 275
불타는 야자수 305
여권 수프 323

감사의 말 339
옮긴이의 말 340

남극

행복한 결혼 생활을 하던 여자는 집을 떠날 때마다 다른 남자와 자면 어떤 기분일까 궁금했다. 그래서 다음 주말에 그 답을 알아내기로 결심했다. 12월이었고, 또 한 해의 막이 닫히는 것이 느껴졌다. 그녀는 너무 나이가 들기 전에 하고 싶었다. 분명 실망스러우리라 생각했다.

  금요일 저녁에 그녀는 도시로 가는 기차에 올라 일등석에 앉아서 책을 읽었다. 금방 흥미가 떨어졌다. 결말을 벌써 알 것 같았다. 차창 너머로 불 켜진 집들이 어둠 속에서 번쩍이며 지나갔다. 그녀는 아이들이 먹을 마카로니앤드치즈를 만들어 놓았고 세탁소에서 남편의 양복을 찾아두었다. 남편에게는 크리스마스 선물을 사러 다녀오겠다고 했다. 남편은 그녀의 말을 의심할 이유가 없었다.

도시에 도착한 그녀는 택시를 타고 호텔로 가서 잉글랜드의 아주 오래된 거리인 비카스 클로스Vicars' Close가 보이는 작고 하얀 방을 배정받았다. 길쭉한 화강암 굴뚝이 달린 석조 주택이 일렬로 늘어서 있었는데, 옛날에 성직자들이 숙소로 쓰던 곳이었다. 그날 밤 그녀는 호텔 바에 앉아서 테킬라앤드라임을 마셨다. 나이 많은 남자들이 신문을 읽었고 손님이 별로 없었지만 그녀는 신경쓰지 않았다. 하룻밤은 푹 자야 했다. 여자는 빌린 침대에 쓰러져 꿈도 꾸지 않는 잠에 빠졌고, 대성당에서 울리는 종소리를 들으며 깼다.

토요일에는 쇼핑센터까지 걸어갔다. 자동문을 통해 드나드는 무수한 아침 인파 사이에서 외출 나온 가족들이 유모차를 밀고 다녔다. 그녀는 아이들을 위해 특이한 선물을, 아마 짐작도 못 할 물건을 샀다. 슬슬 수염 날 나이가 된 큰아들 선물은 전기면도기, 딸에게 줄 선물은 안쪽에 이름이 새겨진 하트 모양의 은 로켓,* 남편 선물은 문자반이 하얗고 수수하지만 비싼 금시계였다.

오후가 되자 그녀는 짧은 자주색 원피스와 하이힐을 차려입고 제일 진한 립스틱을 바르고 다시 시내로 걸어갔다. 주크박스에서 흘러나오는 〈더 발라드 오브 루시 조던The Ballad of Lucy Jordan〉이 그녀를 어느 술집으로 이끌었다. 감옥을 개조한 곳으로, 창문에 쇠창살이 쳐져 있고 천장은 낮고 들보가 얹혀 있었다. 한쪽 구석에서 슬롯머신이 깜빡거리다가 그녀가 바 의자에 앉자마자 동전이 쏟아져 나왔다.

"안녕하세요." 그녀의 옆에 나타난 남자가 말했다. "본 적 없는 얼굴인데." 그는 얼굴이 벌겋고 목깃을 열어젖힌 하와이안 셔츠 안에 금목걸이를 하고 있었으며, 머리카락은 진흙 같은 색이고 손에 든 잔은 거의 비어 있었다.

"지금 마시는 거 뭐예요?" 그녀가 물었다.

알고 보니 그는 말이 정말 많아서 자기가 어떻게 살아왔는지 전부 늘어놓았고, 양로원에서 야간 근무를 한다고 말

---

* 사진이나 머리카락 등을 넣어 목걸이에 다는 작은 갑.

했다. 혼자 살고, 고아였고, 만난 적도 없는 먼 사촌 외에는 친척도 없었다. 손가락에 반지도 없었다.

"난 세상에서 제일 외로운 남자예요." 그가 말했다. "당신은요?"

"난 결혼했어요." 그녀도 모르는 사이에 말이 튀어나왔다.

그가 웃었다. "나랑 포켓볼이나 칩시다."

"칠 줄 몰라요."

"상관없어요." 그가 말했다. "내가 가르쳐줄게요. 순식간에 저 까만 공을 구멍에 넣고 있을걸요." 남자가 슬롯에 동전을 넣고 뭔가를 당기자 작은 산사태라도 난 것처럼 테이블 아래 까만 구멍에서 공이 쏟아져 나왔다.

"줄무늬랑 단색," 그가 당구채에 초크를 바르며 말했다. "둘 중 하나 골라요. 내가 공을 흩트릴게요."

남자는 그녀에게 몸을 숙이고 공을 보는 법과 공을 칠 때 자기 공 보는 법을 가르쳐주었지만 한 게임도 져주지 않았다. 화장실에 갔을 때 그녀는 취해 있었다. 화장지 끄트머리를 찾을 수가 없었다. 그녀는 세면대 앞에서 차가운 거울에 이마를 기댔다. 이렇게까지 취한 적이 있었나 기억나지 않았다. 쓰러지지 않았지만 쓰러질 듯한 기분, 반쯤은 쓰러지고 싶은 기분이었다. 두 사람은 술잔을 비우고 밖으로 나갔다. 공기가 그녀의 폐를 찔렀다. 하늘에서 구름이 충돌했다. 그녀는 고개를 뒤로 젖히고 구름을 보았다. 그녀의 기분에 걸맞게 세상이 거짓말 같고 터무니없는 빨간색으로 변하면 좋겠다고 생각했다.

"좀 걸읍시다." 남자가 말했다. "내가 관광시켜 줄게요."

그녀는 그와 나란히 발을 맞추며 그의 가죽 재킷이 부스럭거리는 소리를 들었고 남자가 이끄는 대로 해자가 곡선으로 둘러싼 성당 주변 길을 걸었다. 나이 많은 남자가 주교성 바깥에 서서 새들에게 줄 상한 빵을 팔고 있었다. 그들은 빵을 산 다음 물가에 서서 깃털이 하얗게 변해가는 새끼 백조 다섯 마리에게 주었다. 갈색 오리들이 날아오더니 해자를 스치며 멋지게 내려앉았다. 까만 래브라도가 껑충껑충 달려 내려오자 비둘기 떼가 하나가 되어 날아올라서 마법처럼 나무에 내려앉았다.

"아시시의 프란치스코가 된 기분이에요." 그녀가 웃었다.

비가 내리기 시작했다. 그녀의 얼굴에 떨어지는 빗방울

이 작은 전기 충격처럼 느껴졌다. 그들은 시장을 다시 거슬러 올라갔다. 방수 시트 밑에 차려진 가판대에는 없는 물건이 없어 보였다. 악취를 풍기는 헌책, 오래된 도자기, 풍차 모양 포인세티아, 감탕나무 리스, 황동 장식품, 얼음 위에서 죽은 눈을 하고 있는 갓 잡은 물고기.

"우리 집으로 가요." 그가 말했다. "요리해 줄게요."

"요리를 해준다고요?"

"생선 먹어요?"

"뭐든지 다 먹어요." 그녀가 이렇게 말하자 그는 즐거워 보였다.

"당신 같은 타입 알아요." 그가 말했다. "야성적이죠. 당신은 야성적인 중산층 여자예요."

남자가 아직 살아 있는 듯한 송어를 골랐다. 생선 장수가 송어 머리를 자르고 포일로 싸주었다. 남자는 시장 맨 끝의 소시지와 치즈 등을 파는 가판대에서 이탈리아 여자에게 블랙 올리브 한 통과 두껍게 썬 페타 치즈 한 조각을 샀다. 라임과 콜롬비아 커피도 샀다. 남자는 가판대를 지날 때마다 여자에게 사고 싶은 것이 없는지 물었다. 그는 돈을 마음대로 쓰면서 지폐를 낡은 영수증처럼 구겨서 주머니에 넣었고, 값을 치를 때에도 반듯하게 펴지 않았다. 남자의 집으로 가는 길에 주류점에 들러서 키안티 와인 두 병과 복권을 샀는데, 여자가 돈을 내겠다고 우겼다.

"당첨되면 반으로 나누는 거예요." 그녀가 말했다. "바하마에 가요."

"너무 기대하진 말아요." 남자가 이렇게 말하더니 문을 열어주고 밖으로 나가는 여자를 지켜보았다. 두 사람은 자갈길을 따라서 걸었고, 어떤 남자가 고개를 젖히고 면도를 받고 있는 이발소를 지나쳤다. 거리가 점점 좁고 구불구불해졌다. 이제 도시 외곽이었다.

"교외에 살아요?" 그녀가 물었다.

그는 대답 없이 걷기만 했다. 생선 냄새가 났다. 연철 대문에 다다르자 남자가 그녀에게 "왼쪽으로"라고 말했다. 그들은 아치 길을 지나서 막다른 골목으로 나왔다. 그가 아파트 건물로 들어가는 문을 열더니 그녀를 앞세우고 계단을 올라갔다.

"계속 가요." 여자가 층계참에서 멈추자 그가 말했다. 그녀는 킥킥 웃으며 올라가고 킥킥 웃으며 또 올라가서 맨 위층에 멈췄다.

문에 기름칠이 필요한지 그가 밀자 끼익 소리가 났다. 남자의 아파트 벽은 무늬가 없는 옅은 색이었고 창틀에 먼지가 내려앉았다. 식기 건조대에 얼룩진 머그잔이 하나 놓여 있었다. 드레일런 천으로 된 거실 소파에서 하얀 페르시안 고양이가 뛰어내렸다. 사람이 살지 않는 집처럼 방치된 곳이었다. 눅눅한 냄새가 나고 전화기는 흔적도 없었으며 사진도, 장식도, 크리스마스트리도 없었다. 거실에 놓인 고무나무가 직사각형 모양으로 들어오는 가로등 불빛을 향해서 카펫 위로 줄기를 뻗었다.

욕실에는 갈고리 발 모양의 파란 금속 다리가 달린 커다란 연철 욕조가 있었다.

"대단한 욕조네요." 그녀가 말했다.

"목욕하고 싶어요?" 그가 물었다. "해봐요. 물을 채우고 뛰어들어요. 얼른요. 마음껏 써요."

그녀는 견딜 수 있는 한 최대로 뜨거운 물을 욕조에 받았다. 그가 욕실로 들어와서 상의를 벗고는 그녀에게 등을 돌린 채 세면기 앞에서 면도를 했다. 그녀는 눈을 감고서 남자가 거품을 내고, 면도칼로 세면대를 탁탁 치고, 면도하는 소리에 귀를 기울였다. 둘이서 이랬던 적이 있었던 것만 같았다. 여자는 저 남자가 지금까지 알았던 남자들 중에서 가장 위협적이지 않다고 생각했다. 그녀는 코를 꽉 잡고 물속으로 미끄러져 들어가서 머리에서 피가 펌프질하는 소리와 뇌 속에서 흐르는 급류와 구름 소리에 귀를 기울였다. 물 밖으로 고개를 내밀자 수증기 속에서 남자가 턱에 묻은 면도 크림을 닦고 있었다.

"재밌어요?" 그가 물었다.

남자가 목욕수건으로 거품을 내자 그녀가 일어섰다. 어깨에서 똑똑 떨어진 물이 다리를 타고 흘러내렸다. 그는 여자의 발에서부터 점차 위쪽으로 느릿느릿 원을 세차게 그리며 씻겨 주었다. 노란 욕실 불빛 속에서 그녀는 괜찮아 보였다. 여자가 발을 들었다가 팔을 들었다가 남자가 씻기기 편하게 아이처럼 빙글 돌았다. 그가 그녀를 욕조에 다시 앉히고 헹궈준 다음 수건으로 감쌌다.

"당신한테 뭐가 필요한지 알아요." 남자가 말했다. "보살핌이요. 이 세상에 보살핌이 필요 없는 여자는 없죠. 거기 있어요." 그가 밖으로 나갔다가 빗을 가지고 돌아와 그녀의 엉킨 머리카락을 빗기 시작했다. "이것 좀 봐요." 남자가 말했다. "진짜 금발이네. 복숭아 솜털 같은 금빛이에요." 그의 손등뼈가 그녀의 목뒤에서 미끄러지더니 척추를 따라 내려왔다.

침대 틀은 황동이었고 하얀 거위 솜털 이불과 베갯잇이 있었다. 그녀가 남자의 벨트를 끌러 고리에서 빼냈다. 벨트가 바닥에 떨어지자 버클이 챙 소리를 냈다. 여자가 그의 바지를 벗겼다. 알몸의 남자는 아름답지 않았지만 왠지 음탕한 분위기가 있었고, 체격은 단단하고 꺾이지 않을 것 같았다. 남자의 피부가 뜨거웠다.

"당신이 아메리카 대륙이라고 생각해요." 그녀가 말했다. "내가 콜럼버스가 될게요."

이불 속에서 남자의 축축한 허벅지 사이로 내려간 그녀가 그의 알몸을 탐험했다. 그의 몸은 새로웠다. 그녀의 발에 시트가 엉키자 남자가 시트를 휙 젖혔다. 그녀는 침대 위에서 놀라운 힘을, 남자를 멍들게 할 정도의 다급함을 느졌다. 그녀가 남자의 머리채를 잡고 고개를 젖힌 다음 그의 목에서 낯선 비누 냄새를 맡았다. 그가 그녀에게 키스하고 또 키스했다. 서두를 필요는 없었다. 일하는 남자답게 손바닥이 거칠었다. 두 사람은 욕정과 맞서 싸우고 씨름하다가 결국 욕정에 떠밀려 내려갔다.

끝난 다음 두 사람은 담배를 피웠다. 여자는 첫아이를 낳기 전에 끊은 뒤로 몇 년 만에 피우는 담배였다. 그녀가 재떨이로 손을 뻗다가 라디오 시계 뒤의 산탄총 탄약통을 발견했다.

"이게 뭐예요?" 그녀가 탄약통을 집어 들었다. 보기보다 무거웠다.

"아, 그거. 누구 줄 선물이에요."

"엄청난 선물이네요." 그녀가 말했다. "포켓볼만 치는 게 아닌가 봐요."

"이리 와요."

그녀가 그와 딱 달라붙어 누웠고, 두 사람은 금세 아이처럼 달콤한 잠에 빠졌다가 어둠 속에서 허기를 느끼며 깼다.

남자가 저녁 식사를 준비하는 동안 여자는 소파에 앉아

고양이를 무릎에 앉히고서 남극에 대한 다큐멘터리를 봤다. 눈밭이 몇 킬로미터나 펼쳐졌고, 영하의 바람 속에서 펭귄들이 뒤뚱뒤뚱 걸어다니고 쿡 선장*이 잃어버린 대륙을 찾아 배를 몰았다. 남자가 어깨에 티타월을 걸치고 나와서 그녀에게 차가운 와인을 한 잔 건넸다.

"당신," 그가 말했다. "탐험에 소질 있던데요." 그가 소파 등받이 뒤에서 몸을 숙여 그녀에게 키스했다.

"뭐라도 할까요?" 그녀가 물었다.

"아니요." 그가 이렇게 말하고 부엌으로 돌아갔다.

와인을 마시자 뱃속으로 미끄러지는 냉기가 느껴졌다. 그가 채소를 써는 소리와 물이 보글보글 끓는 소리가 들렸다. 음식 냄새가 집 안에 떠다녔다. 고수, 라임즙, 양파. 그녀는 계속 취해 있어도 괜찮았다. 이렇게 살아도 괜찮았다. 남자가 나와서 식탁에 두 사람의 자리를 준비하고, 굵은 녹색 초에 불을 붙이고, 종이 냅킨을 접었다. 냅킨은 밤새 꺼지지 않는 불꽃 아래 작고 하얀 피라미드 같았다. 그녀가

---

* 남극 대륙의 존재를 확인했던 영국의 탐험가.

텔레비전을 끄고 고양이를 쓰다듬었다. 그녀에게는 너무 큰 남자의 진파랑 가운 위로 하얀 털이 떨어졌다. 외간 남자가 피운 불에서 연기가 피어올라 창문을 넘어갔지만 여자는 남편을 생각하지 않았고, 그녀의 연인 역시 결혼 생활에 대해서 한 번도 묻지 않았다.

그 대신 그리스식 샐러드와 구운 송어를 먹으면서 지옥이라는 주제로 대화가 흘러갔다.

그녀가 어렸을 때 수녀님이 지옥이란 사람마다 다르다고, 각자가 생각하는 최악의 장소라고 했었다. "난 지옥은 견딜 수 없을 만큼 추운 곳이라고 늘 생각했어요. 반쯤 얼어 있지만 절대 의식을 잃지 않고 아무것도 느끼지 못하는 거예요." 그녀가 말했다. "차가운 태양과 당신을 지켜보는 악마만 있을 뿐, 아무것도 없어요." 그녀가 부르르 떨더니 생각을 떨친 다음, 잔을 입술에 대고 목을 뒤로 젖혀 와인을 삼켰다. 그녀는 목이 길고 예뻤다.

"그러면 나의 지옥은 황폐한 곳이겠네요. 사람이 아무도 없는 곳 말이에요." 남자가 말했다. "악마도 없고. 지옥에 사람이 바글바글할 줄 알고 늘 마음 놓고 있었는데. 친구들이 전부 거기 있을 테니까요." 그가 자기 샐러드에 후추를 좀 더 갈아 넣고 빵 한가운데 부드러운 부분을 떼어냈다.

"학교 다닐 때 수녀님이 지옥은 영원하다고 했어요." 그녀가 송어 껍질을 떼어내며 말했다. "우리가 영원이 얼마나 긴 시간이냐고 물었더니 수녀님이 말했죠. '지구상의 모든 모래를 생각해 봐. 모든 해변과 모래 채석장, 해저, 사막을 말이야. 그 모래가 전부 모래시계에 들어 있다고 상상해 보렴. 거대한 요리용 타이머 같은 데 말이야. 일 년에 모래가 한 알씩 떨어진다고 했을 때 영원은 세상의 모든 모래가 모래시계 속에서 다 떨어질 때까지 걸리는 시간이야.' 생각해 봐요! 우린 모두 겁에 질렸죠. 아주 어렸거든요."

"아직도 지옥을 믿는 건 아니죠?" 그가 말했다.

"네. 보면 몰라요? 에마누엘 수녀님이 지금 생판 모르는 사람이랑 몸을 섞는 나를 보면 얼마나 웃길까요." 그녀가 송어 살점을 떼어내 손가락으로 먹었다.

그가 포크와 나이프를 내려놓고 무릎에 손을 포갠 다음 그녀를 보았다. 그녀는 이제 배가 불러서 음식으로 장난을 치고 있었다.

"그럼 당신은 친구들도 전부 지옥에 갈 거라고 생각하는군요." 그녀가 말했다. "좋네요."

"그 수녀님 말이 맞다면 그렇진 않겠죠."

"친구 많아요? 직장에서 알게 된 사람들도 있을 테고."

"몇 명 있어요." 그가 말했다. "당신은?"

"친한 친구가 둘 있어요." 그녀가 말했다. "죽고 못 사는 친구들이죠."

"당신은 운이 좋네요." 그가 이렇게 말하고 일어나서 커피를 만들었다.

그날 밤, 그는 그녀에게 자신을 빌려주는 사람처럼 게걸스러웠다. 그가 하지 않을 일은 없었다.

"당신은 정말 마음이 넓은 연인이에요." 끝난 뒤에 그녀가 그에게 담배를 주며 말했다. "당신은 정말 마음이 넓어요. 확실해."

고양이가 침대로 뛰어올라 그녀를 깜짝 놀라게 했다.

"젠장!" 그녀가 말했다. 그의 고양이에겐 뭔가 소름 끼치는 면이 있었다.

담뱃재가 이불에 떨어졌지만 두 사람 모두 너무 취해서

신경쓰지 않았다. 취하고, 경솔했고, 같은 밤 같은 침대를 썼다. 정말이지 전부 너무나 단순했다. 아래층에서 큰 소리로 튼 크리스마스 음악이 올라왔다. 그레고리오 성가였고, 수사들이 노래했다.

"아랫집에는 누가 살아요?"

"아, 어떤 할머니. 귀가 완전히 먹었죠. 노래도 해요. 아래층에서 혼자 살아요. 자고 일어나는 시간도 대중없고."

두 사람이 자려고 누웠을 때 여자가 그의 어깨 오목한 부분에 머리를 기댔다. 그는 그녀의 팔을 쓰다듬고 동물을 대하듯 예뻐했다. 그녀는 고양이처럼 가르랑거리면서 스페인어 수업에서 알R 발음을 배울 때처럼 혀를 굴렸고, 싸라기눈이 창유리를 두드렸다.

"당신이 가고 나면 보고 싶을 거예요."

그녀는 아무 말 없이 가만히 누워서 라디오 시계의 빨간 숫자가 바뀌는 것을 지켜보다가 잠들었다.

일요일에 그녀는 일찍 잠에서 깼다. 밤새 하얀 서리가 내렸다. 그녀는 옷을 입었고, 베개를 베고 자는 남자를 지켜보았다. 욕실로 건너가 캐비닛 안을 들여다봤다. 비어 있었다. 거실에 있는 책 제목들을 읽어보았다. 알파벳 순서로 꽂혀 있었다. 그녀는 호텔에서 체크아웃을 하러 위태로운 보도를 따라 걸어갔다. 길을 잃는 바람에 푸들을 데리고 나온 심란한 표정의 여자에게 길을 물어야 했다. 호텔 로비에서 거대한 크리스마스트리가 반짝거렸다. 여행 가방이 열린 채로 침대에 놓여 있었다. 입고 있는 옷에서 담배 냄새가 났다. 그녀는 샤워를 하고 옷을 갈아입었다. 10시에 청소부가 문을 두드렸지만 그녀는 필요 없다고, 신경쓰지 말라고, 일요일에는 누구도 일을 해선 안 된다고 말했다.

로비로 내려간 그녀는 공중전화 부스에 앉아서 집으로 전화를 걸었다. 아이들은 어떻게 지내는지, 날씨는 어떤지 묻고 남편에게 하루 잘 보냈냐고 물은 다음 아이들의 선물에 대해 이야기했다. 돌아가면 지저분하게 어질러진 집과 더러운 바닥, 깨진 무릎, 산악자전거와 롤러스케이트가 세워진 복도가 기다리고 있을 것이다. 온갖 질문도 함께. 그녀는 전화를 끊고 나서야 뒤에서 누가 기다리고 있음을 깨달았다.

"작별 인사를 안 했잖아요."

그가 거기 서 있었다. 검은 양털 모자를 귀까지 푹 눌러써서 이마가 가려졌다.

"당신이 자고 있었어요." 그녀가 말했다.

"슬쩍 빠져나갔잖아요." 그가 말했다. "미꾸라지같이."

"난—"

"슬쩍 빠져나가서 점심 먹으면서 한잔할래요?" 그가 그녀를 전화 부스로 밀어 넣고는 길고 축축한 키스를 했다. "아침에 일어나니 시트에서 당신 향기가 났어요." 그가 말했다. "아름다웠죠."

"병에 담아서 팔아요." 그녀가 말했다. "떼돈을 벌 거예요."

그들이 점심을 먹으러 간 식당은 1.8미터쯤 되는 벽에 아치 창문이 나 있고 바닥에 판석이 깔려 있었다. 난로 바로 옆 테이블이었다. 두 사람은 로스트비프와 요크셔푸딩을 먹으면서 다시 취했지만 대화는 별로 하지 않았다. 그녀는 블러디메리를 마셨는데, 웨이트리스에게 타바스코를 잔뜩 넣어달라고 했다. 그는 에일로 시작한 다음 진토닉을 마셨고, 손을 뻗어 난로에 통나무를 던져 넣었다.

"평소에는 이렇게 많이 안 마셔요." 그녀가 말했다. "당신은요?"

"안 마셔요." 그가 말했고, 웨이트리스에게 한 잔씩 더 달라고 손짓했다.

그들은 꾸물꾸물 디저트를 먹고 일요일 자 신문을 보았다. 한번은 그녀가 신문을 넘기다가 시선을 들자 그가 그녀의 입을 열심히 보고 있었다.

"웃어요." 그가 말했다.

"뭐라고요?"

"웃으라고요."

그녀가 웃자 그가 손을 뻗어서 검지 끄트머리를 그녀의 치아에 댔다.

"자," 그가 무언가 아주 작은 조각을 보여주며 말했다. "이제 됐어요."

시장에 가니 마을에 짙은 안개가 끼어 있었다. 너무 짙어서 그녀는 표지판도 읽기 힘들었다. 크리스마스 장사를 하러 나온 일요일의 장사꾼들이 물건을 보여주고 있었다.

"크리스마스 쇼핑은 다 했어요?" 그녀가 물었다.

"아뇨, 난 선물 사줄 사람이 없잖아요. 고아라고 했는데. 기억나요?"

"미안해요."

"괜찮아요. 좀 걷죠."

그가 그녀의 손을 잡고 주택들 뒤쪽 검은 숲으로 이어지는 흙길로 이끌었다. 그가 손을 너무 세게 잡아서 손가락이 아팠다.

"아파요." 그녀가 말했다.

그는 손에서 힘을 뺐지만 미안하다고 말하지는 않았다. 낮의 빛이 다 빠졌다. 황혼이 하늘을 물들이고 대낮의 빛을 어둠으로 바꾸려고 꼬드겼다. 두 사람은 말없이 한참 동안 걸으면서 일요일의 고요함을 느끼고 얼음장 같은 바람 때문에 나무가 긴장하는 소리에 귀를 기울였다.

"예전에 결혼한 적이 있어요. 아프리카로 신혼여행을 갔었죠." 그가 불쑥 말했다. "결혼 생활이 오래가진 않았지만. 커다란 집이랑 가구랑 전부 있었죠. 좋은 여자였어요. 정원을 아주 잘 가꿨는데. 우리 집 거실에 있는 화분 있잖아요? 그게, 그 여자 거였어요. 몇 년이나 죽기를 기다렸는데 그

빌어먹을 것이 계속 자라기만 해서."

그녀는 식물이 기껏해야 소스팬만 한 화분에서 바닥으로 뻗어나가 성인 남자만큼 자라고 메마른 뿌리가 엉켜 화분에서 넘치는 모습을 떠올렸다. 아직 살아 있는 것이 기적이었다.

"어떤 건 통제가 불가능해요." 그가 머리를 긁으며 말했다. "그 여자는 내가 자기 없이 1년도 못 살 거라고 했죠. 나 원, 완전히 틀렸지 뭐예요." 남자가 그녀를 보며 미소를 지었다. 묘한 승리의 미소였다.

이제 숲 깊숙이 들어왔다. 길바닥에 부딪히는 두 사람의 발소리만 들리고 나무들 사이로 리본처럼 길쭉한 하늘만 보일 뿐, 그녀는 여기가 어딘지 알 수 없었다. 그가 갑자기 여자를 잡고 나무 아래로 당겨서 나무줄기에 등을 기대게 했다. 그녀는 앞이 보이지 않았다. 외투 너머로 나무껍질이 느껴졌고, 그녀의 배에 닿은 그의 배가 느껴졌고, 그의 숨결에서 진 냄새가 났다.

"나 잊지 않을 거죠." 그가 그녀의 눈을 가린 머리카락을 넘기며 말했다. "말해요. 잊지 않을 거라고 말해요."

"당신을 잊지 않을 거예요."

어둠 속에서 그가 그녀를 기억에 새기려는 장님이라도 된 것처럼 손가락으로 얼굴을 더듬었다. "나도 당신을 안 잊을 거예요. 당신의 작은 조각이 바로 여기서 똑딱거릴 거예요." 남자가 그녀의 손을 잡아 자기 셔츠 안으로 넣으며 말했다. 뜨거운 피부 밑에서 뛰는 심장이 느껴졌다. 그런 다음 남자는 그녀의 입속에 자기가 찾는 것이 있다는 듯이 키스했다. 어쩌면 말을 찾고 있었을까. 그 순간 대성당 종이 울렸고, 그녀는 몇 시일지 궁금했다. 6시 기차였지만 짐을 다 쌌으니 서두를 필요는 없었다.

"아침에 체크아웃했어요?"

"네." 그녀가 웃었다. "호텔 직원들은 내가 둘도 없이 깔끔한 손님인 줄 알아요. 가방은 로비에 맡겨뒀어요."

"우리 집으로 가요. 내가 택시를 불러서 바래다줄게요."

그녀는 섹스를 할 기분이 아니었다. 머릿속에서 그녀는 이미 이곳을 떠났고, 역에서 남편을 마주 보고 있었다. 깨끗하고 충만하고 따뜻한 기분이었다. 이제 기차에서 한숨 자고 싶다는 생각밖에 없었다. 하지만 결국 그의 집으로 가면 안 될 이유를 찾지 못했고, 작별 선물을 하는 셈 치고 그러겠다고 했다.

그들은 어두운 숲에서 벗어나 비카스 클로스를 지나서 호텔 근처 해자 밑으로 나왔다. 갈매기들이 내륙까지 들어와 물새 위를 맴돌다가 급강하해서 미국인들이 백조에게 던지는 빵을 낚아챘다. 그녀는 여행 가방을 찾은 다음 미끄러운 거리를 지나서 그의 집으로 갔다. 집은 추웠다. 어제 썼던 접시가 싱크대에 잠겨 있었고 기름이 둥둥 뜬 물이 찰랑거렸다. 마지막 남은 낮의 빛이 커튼 틈새로 들어왔지만 그는 불을 켜지 않았다.

"이리 와요." 그가 말했다. 그는 재킷을 벗고 그녀 앞에 무릎을 꿇었다. 그녀의 신발 끈을 풀고 천천히 매듭을 풀더니 스타킹을 벗기고 속옷을 발목까지 내렸다. 그런 다음 일어나 그녀의 외투를 벗기고 블라우스를 조심스레 풀며 단추를 감상하고, 스커트 지퍼를 내리고, 시계를 손으로 당겨 벗겼다. 그러고 나서 머리카락 쪽으로 손을 뻗어 귀걸이를 뺐다. 달랑거리는 귀걸이. 남편이 결혼기념일에 선물한 이 파리 모양의 금귀걸이였다. 그는 아주 느릿느릿 그녀의 옷을 벗겼다. 그녀는 잠자리에 들기 전에 보살핌을 받는 아이가 된 기분이었다. 그녀는 그와 함께, 그를 위해서 아무것도 할 필요가 없었다. 아무런 의무도 없었고, 그녀가 해야 할 일은 거기 존재하는 것뿐이었다.

"누워요." 그가 말했다.

알몸이 된 그녀가 솜털 이불 위에 누웠다.

"잘 수도 있을 것 같아요." 그녀가 눈을 감으며 말했다.

"아직 안 돼요." 그가 말했다.

방이 추웠지만 그는 땀을 흘리고 있었다. 남자의 땀 냄새가 났다. 그가 한 손으로 그녀의 양 손목을 잡아 머리 위로 올리고 목에 키스했다. 땀 한 방울이 그녀의 목으로 떨어졌다. 서랍이 열리더니 짤랑거리는 소리가 났다. 수갑. 그녀는 깜짝 놀랐지만 머리가 빨리 돌아가지 않아서 항의하지 못했다.

"마음에 들 거예요." 그가 말했다. "날 믿어요."

그가 그녀의 양 손목을 황동 침대틀에 고정시켰다. 그녀는 마음 한구석으로는 겁에 질렸다. 그에게는 어쩐지 용의주도한 면이, 말없이 압도하는 면이 있었다. 그녀에게 땀이 계속 떨어졌다. 그녀는 남자의 피부에서 톡 쏘는 짠맛을 느꼈다. 그는 몸을 물렸다가 다가오면서 그녀가 애원하게 만들었다. 절정에 이르게 만들었다.

남자가 일어났다. 헤드보드에 수갑이 채워진 그녀를 그대로 두고 방에서 나갔다. 부엌 불이 켜졌다. 커피 향이 나고 달걀 깨뜨리는 소리가 들렸다. 그가 쟁반을 들고 들어와 앉아서 그녀를 내려다보았다.

"난 이제 그만—"

"움직이지 말아요." 그가 조용히 말했다. 남자는 아주 침착했다.

"이거 벗겨줘—"

"쉬이." 그가 말했다. "먹어요. 먹고 가요." 그가 포크로 스크램블드에그를 조금 떠서 내밀자 그녀가 받아먹었다. 소금과 후추 맛이 났다. 그녀가 고개를 돌렸다. 시계가 5시 32분을 알렸다.

"젠장, 시간이 벌써—"

"욕하지 말아요." 그가 말했다. "먹어요. 그리고 마셔요. 이거 마셔요. 그런 다음에 열쇠 가져올게요."

"왜—"

"그냥 마셔요. 얼른. 나도 당신이랑 같이 마셨잖아요. 기억나요?"

그녀는 수갑을 찬 채로 그가 기울여 주는 머그잔의 커피를 마셨다. 1분밖에 걸리지 않았다. 따뜻하고 어두운 느낌이 퍼지더니 그녀는 잠들었다.

그녀가 잠에서 깼을 때 남자는 눈부신 형광등 불빛 아래서서 옷을 입고 있었다. 그녀는 여전히 수갑을 찬 상태였다. 무슨 말을 하려 했지만 입에 재갈이 물려 있었다. 한쪽 발목도 다른 수갑으로 침대 발치에 고정되어 있었다. 그는 데님 셔츠를 잠그며 계속 옷을 입었다.

"난 일하러 가야 해요." 그가 부츠 끈을 묶으면서 말했다. "어쩔 수가 없어요."

그가 방에서 나갔다가 대야를 들고 돌아왔다. "혹시 필요할지도 모르니까." 그가 이렇게 말하고 대야를 침대에 내려놓았다. 남자가 그녀를 끌어안고 재빨리 평범한 입맞춤을 한 다음 불을 껐다. 그가 복도에서 걸음을 멈추고 그녀를 돌아보았다. 그의 그림자가 침대를 덮쳤다. 그녀는 크게 뜬 눈으로 애원했다. 눈빛으로 그에게 손을 내밀었다. 그가 양손을 내밀어 손바닥을 보여주었다.

"당신이 생각하는 그런 건 아니에요." 그가 말했다. "정말 아니야. 알겠지만 난 당신을 사랑해요. 이해해 줘요."

그런 다음 돌아서서 떠났다. 그녀는 그가 나가는 소리에 귀를 기울였고, 계단을 내려가는 소리가 들렸다. 지퍼가 잠겼다. 복도 불이 꺼지고 문이 쾅 닫혔고, 그가 보도를 걸어가는 소리가 들렸다. 발소리가 점점 작아졌다.

당황한 그녀는 수갑을 풀려고 애를 썼다. 풀려나려고 온갖 방법을 써보았다. 그녀는 힘이 셌다. 헤드보드를 떼어내려고 했지만 시트를 젖혀 보니 침대틀에 볼트로 고정되어 있었다. 그녀는 한참 동안 침대를 덜컹덜컹 흔들었다. "불이야!"라고 소리치고 싶었다. 경찰은 대개 여자들에게 긴급 상황이 닥치면 그렇게 외치라고 홍보했지만 그녀는 입에 물린 천을 끊을 수가 없었다. 겨우겨우 애를 써서 한쪽 발을 바닥에 내리고 카펫을 탕탕 쳤다. 그러다가 아래층에 귀먹은 할머니가 산다는 사실을 기억해 냈다. 몇 시간이 지난 뒤 그녀는 마음을 가라앉히고 귀를 기울이며 생각했다. 호흡이 차분해졌다. 옆방에서 커튼이 파닥거리는 소리가 났다. 남자가 창문을 열어놓고 갔다. 풀려나려고 애를 쓰느라 솜털 이불이 바닥에 떨어졌고, 그녀는 알몸이었다. 이불에 발이 닿지 않았다. 냉기가 들어와서 집 안에 퍼지며 방을 채웠다. 그녀가 몸을 떨었다. 차가운 공기는 밑으로 내려오지, 그녀가 생각했다. 결국 떨림이 멈추었다. 온몸이 무감각해졌다. 그녀는 혈관 속의 피가 느려지고 심장이 쭈그러드는 것을 상상했다. 고양이가 침대에 펄쩍 뛰어오르더니 매트리스 위를 돌아다녔다. 누그러진 분노가 공포로 변했다. 그 역시 지나갔다. 이제 옆방 커튼이 벽을 더 빨리 때렸다. 바람이 강해지고 있었다. 그녀는 남자를 생각했지만 아무 느낌도 없었다. 남편과 아이들을 생각했다. 그들이 그녀를 절대 못 찾을지도 몰랐다. 그녀는 남편과 아이들을 두 번 다시 못 볼지도 몰랐다. 상관없었다. 어둑함 속에서 그녀의 입김이 보이고 머리를 덮는 냉기가 느껴졌다. 차갑고 느린 태양이 동쪽을 하얗게 물들이고 있다는 생각이 서서히 떠올랐다. 그녀의 상상이었을까, 아니면 창유리 너머에 내리는 눈이었을까? 그녀는 침대 옆 탁자에 놓인 시계를, 자꾸 바뀌는 빨간 숫자를 보았다. 고양이가 그녀를 보고 있었다. 눈이 사과 씨처럼 새까맸다. 그녀는 남극을, 눈과 얼음과 죽은 탐험가들의 시체를 생각했다. 그런 다음 지옥을, 그리고 영원을 생각했다.

키 큰 풀숲의 사랑

코딜리아는 하얗고 차가운 오후에 깨어나 떨리는 산울타리 너머에서 너울너울 피어오르는 장작불 연기를 바라본다. 그녀는 자리에서 일어나서 창문을 바깥쪽으로 열고 거리에서 울리는 흐릿한 음악을 듣는다. 오늘, 20세기 마지막 날의 겨울 공기가 쏟아져 들어온다. 코딜리아는 옷을 다 벗고, 쇠 물통의 물을 따라 세면대를 반쯤 채우고, 세수 수건을 적신 다음 물을 짜내고, 손과 얼굴에 비누를 칠한다. 11월 말에 파이프가 터졌지만 그녀는 배관공을 부르지 않았고 배수관 아래 빗물 받는 통의 얼음을 깨고 양동이로 물을 폈다. 이 물은 깨진 꿈보다 차갑다. 그녀는 몸을 닦고 나서 느릿느릿 초록색 원피스를 입고 백금 로켓을 목에 건다. 몸을 숙여 까만 플랫슈즈의 끈을 묶는다. 오늘이 끝나면 모든 것이 달라지리라.

부엌으로 간 그녀는 낡은 냄비에 작은 갈색 달걀을 넣고, 전기주전자를 켜고, 쇠 에그컵과 변색된 숟가락, 줄무늬 머그잔과 접시를 꺼낸 다음 달걀이 익을 때까지 기다린다. 어딘가에서 누군가가 장작을 패고 있다. 이 주전자는 항상 끓기도 전에 노래한다. 그녀는 열린 문 앞에 앉는다. 잠을 잤으니 이제 먹어야 한다. 그녀는 무릎에 티 타월을 깐 다음 달걀 껍데기를 깨뜨리고 소금을 뿌리고 빵에 버터를 바르고 차를 따른다. 시든 나뭇잎이 화강암 무늬 리놀륨 바닥으로 미끄러져 들어간다. 버마에서는 바람이 베텔* 잎을 신부新婦의 집으로 실어나르면 부부에게 불운과 불행이 닥친다고 믿는다. 코딜리아의 머릿속에서 너무나 많은 사소하고 쓸모없는 사실들이 낡은 동전처럼 짤랑거린다. 난로 선

---

* 아시아 남부와 동인도 제도에서 널리 재배되는 후춧과의 식물.

반의 시계가 기분 좋은 듯 똑딱거린다. 이제 얼마 남지 않았어, 라고 말하는 것 같다. 이제 얼마 남지 않았다. 식사를 끝낸 그녀는 빈 달걀 껍데기를 거꾸로 뒤집어 놓는다. 어렸을 때 치던 장난이 습관이 되어버렸다. 소매에서 손수건을 꺼내 입을 닦는다. 시간이 됐다. 땋은 머리를 풀고 브러시로 빗는다. 코딜리아는 마흔 살에 백발이 된 여자를 달리 알지 못한다. 마지막으로 뒷문 고리에 걸린 좋은 검정 외투를 입고 마지막 남은 12월의 바람 속으로 나간다.

  코딜리아가 이 길을 걷는 것은 거의 9년 만이다. 새로 지은 단독 주택 사이 내리막길이 마을로 이어진다. 어둠 속에 포장 전문 식당 실버달러가 서 있다. 방치된 아이스크림 트럭은 겨울의 무관심 때문에 바퀴가 내려앉았고 HB*라고 적힌 간판이 무척 바랬지만 론 스타 게스트하우스에는 불이 켜져 있고 작은 기념품 가게가 문을 열었다. 그녀는 새로운 세기를 맞이하고 나면 저곳들도 다시 문을 걸어 잠그고 시끌시끌한 여름 관광객을, 폴짝폴짝 뛰는 아이들을 기다리

---

* 아일랜드의 아이스크림 브랜드.

겠지, 생각한다. 코딜리아는 망사 커튼 뒤의 얼굴들을 의식한다. 그녀가 성당 앞에서 걸음을 멈추고 유리문을 연 다음 앞에 놓인 성수를 손가락으로 찍어 성호를 긋는다. 안으로 들어가니 성당은 비어 있고 그녀가 기억하던 대리석 제단 난간이 없어졌다. 제단 양옆에 동정녀 마리아와 성 요셉 조각상이 있다. 하나는 갈색이고 하나는 파란색이다. 마리아는 왜 항상 파란색일까 궁금하다. 코딜리아는 마리아 조각상 발치의 초에 불을 붙인다. 마리아가 너무나 외로워 보인다. 제단 근처에 버건디색 천이 여러 겹 덮인 관이 보이지만 곧 교회 오르간임을 깨닫는다. 코딜리아는 텅 빈 고해소로 들어가서 격자창을 옆으로 밀고 속삭인다.

"신부님, 제가 죄를 지었으니 은총을 빌어주소서."

그러자 그녀는 과거로 돌아간다. 돌풍이 성당을 통과하면서 묘하게도 자동차 경주 같은 소리를 낸다. 윙윙거리는 강풍이다. 그녀는 제일 뒤쪽 신자석에 앉아서 미사전서를 아무 데나 펴고 성지 주일 복음을 읽으며 유다 이스카리옷이 아름다운 이름이라고 생각한다.

코딜리아는 가파른 내리막을 계속 내려간다. 그녀가 걸

음을 멈추고 길가에 앉아서 신발에 들어간 자갈을 꺼낸다. 가시금작화 덤불이 도로를 지킨다. 일 년의 절반은 가치 없는 노란색 꽃을 피우는, 흔들리는 초록색 덤불이다. 점점 어두워진다. 그녀는 빛이 사그라드는 것을 느끼며 서쪽에서 깊어지는 파란 황혼을 바라본다. 자리에서 일어나 한 발 앞에 한 발을 디딘다. 황량한 사구沙丘 위로 안개가 빠르게 짙어진다. 그녀는 뛰는 심장을 느낀다. 피곤하다. 너무나 피곤하다. 주변 사방에서 저녁이 빠르게, 너무나 빠르게 깊어진다. 아직 갈 길이 멀다. 적어도 3킬로미터는 더 가야 한다. 깜깜해지기 전에 도착하지 않으면 길을 잃을 것이다. 그녀는 병원 대기실을, 의사의 책상에 놓인 청진기의 반짝임을, 약속의 말을, 그의 목소리가 얼마나 진실했는지 기억하며 걸음을 재촉한다.

코딜리아가 의사를 만난 것도 황혼의 일이었다. 열매가 떨어지는 9월 말의 황혼. 화가 난 그녀는 창고에서 나무망치를 가지고 나와 대문 바깥에 말뚝 표지판을 박았다. '사과'라고 적힌 표지판이었다. 밤사이 강풍에 열매가 다 떨어졌다. 일어나 보니 과수원 땅이 사과로 온통 뒤덮여 있었다. 콕스 오렌지 피핀, 골든 딜리셔스, 브램리, 레드 재닛, 크랩 애플. 전부 다 멍이 든 채 긴 풀숲에 잔뜩 떨어져 있었다. 그녀는 양동이, 대야, 커다란 냄비, 낡은 아기 바구니 따위를 있는 대로 다 꺼내서 전부 채웠지만 아직도 나무 밑에 사과가 잔뜩이었다.

의사의 자동차가 진입로에 들어섰을 때 코딜리아는 현관 앞 계단에 앉아서 요리책의 잼과 젤리 부분을 넘겨 보고 있었다. 머리 위로 돌출된 창틀에 물이 담긴 잼 병이 여러 개 놓여 있었는데, 말벌이 몇 마리 빠져 죽어서 탁한 물 위로 줄무늬 사체가 떠다녔다. 의사가 그녀에게 길고 흐트러짐 없는 그림자를 드리웠다. 울타리를 뛰어넘고 나무에 기어오를 수 있는 남자 같았다. 코딜리아가 그를 이끌고 과수원으로 올라가자 의사가 주머니에서 손을 빼고 고개를 저었다.

"삽 있어요?"

그가 재킷을 벗고 소매를 걷었다. 여름인데도 팔이 하얗고 손목에 옅은 파란색 핏줄이 비쳤으며 팔 안쪽은 아이가 흰 종이에 그린 파란 나뭇가지 같았다. 하지만 손은 씻어낼 수 없는 잉크에 담갔다 뺀 것처럼 손목까지 갈색이었다. 태양이 하늘에 주황색 구멍을 내며 타오르는 동안 의사가 코딜리아의 과수원에 구덩이를 팠다. 두 사람은 구덩이에 짚을 깔고 사과가 서로 닿지 않도록 조심조심 넣었다.

"됐어요." 의사가 말했다. "일 년 내내 사과를 먹을 수 있겠네요."

"들어가서 손 씻으세요."

코딜리아의 부엌은 어둡고 서늘하고 이상하게도 곰팡내가 났고 의사가 정확히 식별하지 못하는 무언가의 냄새도 풍겼다. 그녀가 카르볼산 비누를 주었고 의사가 손을 씻었다. 잔에 우유를 따라 주자 그가 마시고 나서는 얕은 에나멜 대야에 가득 담긴 사과를 가지고 떠났다. 코딜리아는 치맛자락을 모아서 치마폭에도 사과를 가득 담았다. 의사는 풀밭에 눌린 자국이 난 무릎과 갈색 허벅지를 보았고 아내와 아이들이 있는 집으로 돌아가면서 그것을 떠올렸다. 뒷좌석에서 코딜리아의 과수원에 떨어진 사과가 굴러다녔다.

의사가 다시 왔다. 그가 대야를 돌려주었지만 코딜리아

가 고집을 부려서 대야에 다시 사과를 채워 갔고, 또다시 돌려주었다. 이제 목요일이면 으레 의사가 들렀고, 날씨가 따뜻하면 코딜리아와 의사는 바깥에서 차를 마셨다. 그들은 아롱진 그늘 속에서 나무줄기에 몸을 기댔다. 의사는 차를 앞에 두고 꾸물거리면서 여자처럼 홀짝거렸고, 그동안 태양이 나무 사이로 수줍은 듯 빛났다. 코딜리아는 의대에 대해서, 수술에 대해 묻고 그의 대답에 귀기울였다. 그녀는 말과 억양과 말투에, 침묵에, 망설임에 귀를 기울였다. 코딜리아는 의사가 아내에 대해 언급하지 않는 것을 알아차렸다. 가까이 앉아 있으니 그의 겨울 재킷에서 좀약 냄새가 났다. 의사에게서는 아주 오랫동안 열지 않은 낡은 서랍 같은 냄새가 났다.

서른 번째 생일날, 코딜리아는 오전 내내 대야의 뜨거운 물에 발을 담그고 앉아서 폭우 소리에 귀를 기울였다. 그녀는 오렌지 주스를 잘 흔들어 보드카와 섞어서 큰 잔으로 석 잔을 마시고 머리에 리본을 달았다. 의사가 오자 코딜리아는 그의 손을 잡고 가지가 땅으로 처진 밤나무 밑으로 데려갔다. 코딜리아는 어릴 때 이곳에 앉아서 거인의 초록색 치마 속에 앉아 있다고 상상했다. 나뭇잎 사이로 보이는 머리 위의 조각난 푸른 하늘이 꼭 멍든 무릎 같았다.

그날 오후에 의사는 차를 달라고 하지 않았다. 대신 자기 손에 그녀의 길고 노란 머리카락을 붕대처럼 둘둘 감았고 그녀에게 입을 맞추었다. 나무 밑이 밤처럼 어두워져서 의사는 시간을 확인하느라 손목시계를 코앞에 들어야 했고, 진입로에 바퀴 자국을 남기며 서둘러 집으로 돌아갔다.

그날 밤 코딜리아는 짙은 초록색 과수원 위의 침대에 누웠고 꾸벅꾸벅 조는 수레국화가 창유리에 부딪쳤다. 그녀는 짝을 지어 창가를 휙 날아가는 제비의 갑작스럽고 빠른 그림자를, 방에서 빠져나가는 빛을 보면서 살아 있는 것이 어떻게 공중에 뜰 수 있을까 감탄했다. 코딜리아는 누워서 귀를 기울이면서 너무 익어버린 과일 하나가, 마지막 지각생이 아주 가벼운 바람에 떨어지는 소리를 들었다고 생각했다. 과일을 딸 마음이 들지 않았다. 그녀는 과일이 떨어지는 소리를 들으면서 약해지는 줄기를, 근원에 매달려 있던 과일이 힘을 잃고, 느슨해지고, 포기하고, 떨어지고 떨어지는 것을 상상했다.

의사는 아내에게 왕진을 간다고 말했다. 그의 차가 지나치게 눈에 띄었기 때문에 그들은 스트랜드힐의 사구에서 만나기 시작했다. 두 사람은 닭다리와 보온병에 담긴 커피를 챙겼고, 의사가 단것을 좋아했기 때문에 케이크와 벨기에 초콜릿도 싸 갔다. 따뜻한 날이면 그는 셔츠 단추를 풀었고 그녀는 신발을 벗어 던지고 머리카락을 풀어 내렸다. 하지만 대체로 두 사람은 그저 코딜리아의 크고 까만 외투를 덮고 누워서 파도 소리를 들었고, 그는 갈대 속에 머리를 숨겼다. 그들은 가끔 얕은 잠에 빠졌지만 코딜리아는 의사의 손목에서 금시계가 째깍거리는, 돌이킬 수 없는 소리를 항상 의식했다. 째깍, 째깍, 째깍. 이제 얼마 남지 않았어, 라고 말하는 것 같았다. 이제 얼마 남지 않았어. 그녀는 그 시계가 미웠다. 벌떡 일어나 바다에 던져버리고 싶었다.

코딜리아는 꿈을 꾸었는데, 녹색 커튼이 펄럭거리는 방에 두 사람이 같이 있었고 그녀는 커튼을 걷을 수 없었다. 코딜리아에게는 바깥이 보였지만 아무도 안을 들여다볼 수 없었다. 그녀가 의사에게 꿈 이야기를 들려주자 그가 아내 이야기를 하기 시작했다. 코딜리아는 그의 아내에 대해 알고 싶지 않았다. 그녀가 바라는 것은 의사가 한밤중에 찾아와 문을 쾅쾅 두드리고, 여행 가방을 들고 들어와서 그녀의 이름을 부르며 이렇게 말하는 것이었다. "위험을 각오하고 당신과 함께 살러 왔어." 그가 코딜리아를 안고 낯선 집으로 들어가서 문을 닫길 바랐다. 의사는 아내가 일찍, 자기보다 훨씬 먼저 자러 간다고 말했다. 날씨가 좋은 밤이면 집 뒤쪽 계단에 나가 앉아서 담배를 피운다고 했다. 거기에서는 저 위쪽의 곶이 보였다. 코딜리아가 사는 마을의 불빛을 향해 구부러지는 도로가 보였다.

그들은 여러 가지를 주고받았다. 그것이 첫 번째 실수였다. 의사는 주머니에서 작은 수술용 가위를 꺼내 코딜리아의 머리카락을 조금 잘랐다. 그는 『닥터 지바고』라는 책 사이에 머리카락을 끼워 보관했다. 또 한번은 어둑해질 때까지 사구에 누워 있다가 실수로 스카프를 서로 바꿔 하고 집으로 돌아갔다. 의사는 책장 가장자리에 금박을 칠한 낡은 책 몇 권을 그녀에게 주었다. 그리고 코딜리아는 두꺼운 편지지에 길고 아낌없는 편지를 쓴 다음 맨 위에 꽃잎을 붙였다. 한밤중에, 아내와 아이들이 자는 사이에 의사는 거실 위로 높이 올라가서 다락방 문을 열고 코딜리아에게 받은 것들을 들보 사이의 석면 단열재 밑에 넣어두었다. 아내는 다락방에 올라가는 것을 무서워했기 때문에 거기에 두면 안전했다.

하지만 의사는 코딜리아에게 편지 한 줄 쓰지 않았다. 그가 아내와 리스본으로 휴가를 떠났을 때 코딜리아는 어떤 소식도, 엽서 한 장도 받지 못했다. 그녀가 그의 글씨를 본 것은 귀가 아파서 진통제를 받았을 때뿐이었다. 약상자에 아주 읽기 힘든 글씨로 이렇게 적혀 있었다. 1일 3회, 1회 1정, 물과(또는 보드카와) 함께 복용.

이제 거의 다 왔다. 코딜리아는 주차장의 콘크리트 난간을 지나 가파른 경사면을 오르고 사구를 지나서 산 그림자 밑을 지난다. 그녀는 서서 숨을 돌리면서 바닷가에 짠 거품을 끝도 없이 부서뜨리며 몸부림치는 푸른 배腹의 바다를 바라본다. 갈대가 몸을 깊숙이 숙여 바람이 지나가도록 한다. 인간의 흔적을 보여주는 것은 거의 없다. 바람이 모래 위 발자국을 전부 문질러 지웠다. 부서진 플라스틱 스푼, 초코아이스크림 바 포장지, 구겨진 맥주 캔, 아이의 구슬 지갑뿐이었다. 코딜리아는 걸음을 멈추고 몸을 숙여 지갑을 집어 들었지만 텅 비고 안감이 찢어져 있었다.

동쪽에서 마을 불빛이 주황색 장식띠를 드리운다. 음악 소리, 여행자들이 숙소에 틀어놓은 짐 리브스의 레코드 소리와 발전기의 규칙적인 울림이 들린다. 얼룩빼기 암말도 자기 머리에 총구를 들이댄 남자의 꿈을 꾸었다는 듯이 히힝 울면서 바닷가를 따라 천천히 걷는다. 구름이 모여들어 두터워지더니 새까매진다. 코딜리아는 십 년 전에 그들이 처음 앉았던 언덕 위의 이끼 낀 자리를 발견한다. 그녀가 갈대밭에 누워서 목깃을 여미고 귀를 기울인다. 코딜리아는 그의 자동차 소리를, 손목의 핏줄을, 노래하는 바람을 기억한다.

의사의 아내가 다락방에 올라갔다. 의사는 어느 날 오후에 자기 집 거실에 들어갔다가 바닥에 까만 리본이 놓인 것을 발견했는데, 그가 코딜리아의 머리에서 풀어내서 그녀의 편지를 묶었던 리본이었다. 편지에 적힌 주소는 전부 그의 병원이었고 "대외비"라고 적혀 있었다. 의사가 고개를 들자 다락방 해치 가장자리에서 달랑거리는 다리가 보였다. 테니스 치는 사람 특유의 하얀 근육질 다리, 아내의 다리였다.

"이거 누구 머리카락이야? 누가 보낸 편지야? 그동안 누굴 만나고 다닌 거야? 리본은 누구 거야? 누군데? 알고 싶어, 말해봐. 알고 싶어. 코딜리아가 누구야? 성은 뭐야?"
의사는 아내가 편지를 소리 내 읽는 동안 주머니에서 손을 빼지 않았다. 아내가 울기 시작했다. 편지를 읽기 시작한 것은 늦은 오후였다. 그는 난롯가의 안락의자에 앉아서 창문을 통해 덜덜 떠는 장미 덤불을 보았다. 아내는 편지를 읽으면서 한 장씩 거실 바닥에 떨어뜨렸다. 종이가 공중에서 나풀거리며 양탄자에 폭포처럼 떨어졌고, 그녀는 중간에 편지를 읽을 수 있게 손전등을 가져다 달라고 하더니 전부 다 읽었다. 양탄자에 편지가 어지럽게 흩어져 있었다. 맨 끝에 코딜리아라는 이름이 크게 적힌 종이가 많았다. 의사의 아내는 내려오지 않으려 했다. 그 뒤로도 한참 동안 그 자리에 앉아서 의사가 진실을 말하지 않으면 뛰어내리겠다고 했다.

"이 여자 사랑해?"

"아니야." 의사가 말했다.

"이 여자는 확실히 당신을 사랑해."

의사는 대답하지 않았다.

"그만둘 거야?"

"응."

"나랑 헤어질 거야?"

"당연히 안 헤어지지."

결국 의사는 아내를 달래서 내려오게 했다. 의사가 초조한 나머지 석탄을 몇 삽이나 퍼넣었기 때문에 벽난로에서 근사한 불이 활활 타올랐다. 새벽이 되기 전에 아내는 남편이 보는 앞에서 코딜리아의 편지를 한 장 한 장 천천히 전부 태웠다. 의사는 불이 편지를 먹어 치우고 파란 열기 속에서 코딜리아의 우윳빛 머리카락이 타오르는 것을 지켜보았다.

"금발이구나." 의사의 아내가 말하고는 캐시미어 스카프에서 다른 여자의 향기를 깊이 들이마신 다음 난롯불에 던졌다.

 의사는 코딜리아를 병원으로 불러서 낮고 감상적인 목소리로 두 사람의 관계가 끝났다고 알렸다. 그는 양손을 모아 양쪽 엄지를 반시계 방향으로 움직이며 작은 원을 계속 그렸다. 불치병이라는 말을 들으면 이런 기분이겠구나, 그녀가 생각했다. 그가 말하고 또 말했지만 코딜리아는 이제 듣지 않았다. 그녀는 의사의 머리 뒤 시력검사표를 읽고 있었다. 일곱 번째 줄까지 보였다. 안경을 맞춰야 할지도 모르겠다.

 하지만 그때 의사의 목소리가 바뀌었다. 그가 양손에 머리를 묻었다.

 "아, 코딜리아." 그가 말했다. "난 아내를 떠날 수 없어요."

 "정말 낭만적이네요."

 "떠날 수 없다는 거 알잖아요. 아이들을 생각해 봐요. 애들이 '아빠는 어디 있어요?'라고 물어본다고 생각해 봐요."

 "애들이 없었다면 떠났을까요?"

 "날 기다려요." 그가 말했다. "십 년만 지나면 애들도 다 커서 집을 떠날 거예요. 세기가 바뀌기 바로 전날 나와 만나겠다고 약속해줘요. 그날 밤에 만나요. 내가 당신 집으로 가서 당신과 같이 살게요." 그가 말했다. "약속할게요."

  코딜리아는 정신없이 깔깔 웃었고, 그를 본 것은 그때가 마지막이었다. 그녀는 대기실에서 환자들을 지나쳤다. 전부 이 남자를 기다리는 중일까? 휴지를 들고 코를 훌쩍이는 중년 여성, 팔에 붕대를 감은 창백한 남자, 상처 입은 사람들.

  나쁜 꿈은 서서히 희미해졌다. 녹색 커튼과 창문은 먼 기억이 되었지만 약속은 빛나는 칼날처럼 코딜리아의 머리를 들쑤셨다. 코딜리아는 고독을 간절히 원했다. 그녀는 밤늦게까지 책을 읽었고 피아노를 치며 간단한 곡을 연습하기 시작했다. 혼잣말을 하면서 빈방에서 뚝뚝 끊기는 문장을 마음대로 말했다. 코딜리아는 점차 은둔자가 되었다. 그녀는 텔레비전에 식탁보를 덮고 꽃병을 올려두었고 트랜지스터 라디오는 버렸다. 또 목록을 만들고 청구 대금을 우편으로 지불했다. 그녀는 전화를 들여놓았고 이탄 가게, 식료품 가게, 가스 회사까지, 어디든 전화를 하면 무엇이든

와서 배달해준다는 사실을 깨달았다. 그들은 상자나 가스통을 집 앞에 놓고 돌 밑에 넣어둔 수표를 가져갔다. 코딜리아는 느지막이 일어나서 진한 차를 마시고 화격자를 청소하는 습관을 들였다. 미사를 보러 가는 것도 그만두었다. 이웃 사람들이 문을 두드리고 창문으로 들여다보았지만 그녀는 대답하지 않았다. 녹처럼 붉은 잿가루가 집에 내려앉아 문턱과 커튼 봉에 쌓였다. 코딜리아가 움직일 때마다 먼지가 피어오르는 것 같았다.

저녁이면 그녀는 불을 피우고서 이탄 주변에서 획획 타오르는 불을 지켜보았고 창유리를 스치는 미국 담쟁이덩굴 소리와 진달래 덤불 소리에 귀를 기울였다. 저 어둠 속에서 누군가가 손가락에, 엄지에 침을 묻혀 더러운 유리창에 안을, 그녀를 엿볼 구멍을 만드는 게 아닐까 상상했지만 덤불일 뿐이라는 사실을 알았다. 코딜리아는 예전에 늘 정원을 가꾸었고, 여름이면 가위를 들고 바깥에서 한참 시간을 보내면서 정원을 다듬고, 모래 깔린 소로小路에서 이삭 같은 월계수 잎을 긁어모으고, 잔디를 깎고, 작고 무해한 모닥불을 피웠고, 그러면 연기가 빨랫줄 너머로 쏟아지

듯 흘러갔다. 이제 방치된 덤불이 집을 침범하기 시작하더니, 너무 두텁고 빽빽하게 자라서 아래층 방은 전부 늘 똑같은 그림자에 파묻혀 어렴풋했고, 해가 지면 칠레 소나무의 기묘한 그림자가 거실로 쏟아져 들어왔다. 코딜리아는 낮에도 독서등 불빛 속에 앉아서 밤인 척할 수 있었다. 시간은 헤아릴 수 없는 차원으로 바뀌었다. 날씨가 따뜻해지고 진달래 봉오리가 활짝 피면 가끔 그녀는 완전히 가려진 집 주변을 알몸으로 돌아다니면서 매끄럽고 축축한 나뭇잎과 부풀어 오른 꽃을 스쳤고, 꽃잎이 발밑에 온통 떨어졌다. 아무도 그녀를 보지 못했다.

곱사등이 구름이 스트랜드힐 곶을 가로지르고 음산한 회색 덩어리가 절벽을 따라 힘을 모으는 동안 그 너머에서 밤이 어둠을 풀어놓는다. 바다가 보이는 이끼 낀 땅. 아무것도 변하지 않았지만 전부 변했다. 코딜리아는 피곤하다. 그녀는 아주, 아주 긴 경주를 한 기분이고, 이제야 심장 박동이 정상으로 돌아오는 것 같다. 코딜리아는 얼굴로 손을 올려 자신의 뜨거운 숨결에서 위안을 얻는다. 잠잠해지는 바람을, 해안가에 철벅거리는 바닷물을 느낀다. 코트를 여미고 단추를 잠근다. 기다린다. 이제 얼마 남지 않았다. 그녀는 눈을 감고 떨어지는 진달래 꽃잎을, 연분홍색 꽃과 발밑의 풀을, 축축하고 긴 풀을 떠올린다. 싹둑싹둑 덤불을 깎는 가위, 그녀의 머리카락을 자르는 그의 가위, 뜨겁고 뚝뚝 끊어지는 잠, 점차 희미해지는 자기 목의 푸른 멍, 떨어진 사과, 그녀의 머리카락을 휘감는 그의 손, 대기실의 창백한 남자.

그녀는 작은 퍼레이드 소리에, 자정을 준비하며 손전등을 들고 언덕을 행진하는 사람들 소리에 잠을 깬다. 금관 악기와 트럼펫 소리. 의상을 입고 북을 치는 소년. 다들 각자의 박자에 맞춰 행진한다. 미니스커트를 입고 배턴을 휘두르며 마을의 불빛을 향해 행진하는 여자애들.

"코딜리아." 목소리의 주인이 양손을 숨긴 채 서서 그녀를 내려다본다. "당신은 날 모르죠. 내 남편은 알 거예요. 의사였죠." 그녀가 말한다.

의사였다고? 였다고?

"의사는 오지 않는다고 말해주러 왔어요."

코딜리아는 아무 말도 하지 않는다. 거기 가만히 앉아서 듣기만 한다.

"내가 알 거라고 생각 안 했어요?"

의사의 아내는 나긋나긋하고 자그마한 여자로, 눈에 흰자가 많이 보인다. 그녀가 허리를 더 가늘게 만들려는 것처럼 레인코트의 허리띠를 꽉 졸라맨다. "빤했어요. 남편이 왕진을 갔다 왔는데 신발에 모래가 묻어 있고, 셔츠 단추가 잘못 잠겨 있고, 머리를 깔끔하게 빗고, 민트 향을 풍기고, 식욕이 왕성해지면 아내가 알 수밖에 없죠." 그녀가 담뱃갑을 꺼내서 코딜리아에게 권한다. 코딜리아는 고개를 젓고 라이터 불빛이 비추는 여자의 얼굴을 본다. 하트 모양의 얼굴, 짧은 속눈썹, 단호한 턱.

"편지를 참 잘 쓰던데요."

곳에서 북이 울린다.

"제일 웃긴 게 뭔지 알아요?" 의사의 아내가 말한다. "제일 웃긴 건, 정작 난 남편이 떠나기를 기도했다는 거예요. 나는 무릎을 꿇고서 주의 기도 한 번, 성모송 열 번, 영광송을 한 번 외면서 남편이 날 떠나게 해달라고 기도했죠. 남편은 당신 편지와 물건을 다락방에 보관했어요. 밤에 사다리를 올라가는 소리가 들리곤 했죠. 내가 귀머거리인 줄 알았나 봐요. 아무튼, 내가 당신 물건을 발견했을 때 그가 들어왔고, 남편이 날 떠나겠구나 확신했어요. 위로가 될지 모르겠지만, 그는 당신을 사랑했어요. 그건 확실해요. 난 차마 남편을 떠나지 못했고 남편도 마찬가지였죠. 알겠죠? 우린 겁쟁이였어요. 빌어먹을 비극이죠."

그녀가 바다를 내다보며 자세를 가다듬는다.

"머리카락 좀 봐요. 머리가 하얗네요. 몇 살이에요?"

"곧 마흔이에요."

의사의 아내가 고개를 저으며 손을 뻗어 코딜리아의 머리카락을 만진다.

"백 살은 된 기분이에요." 코딜리아가 말한다.

의사의 아내가 갈대밭에 누워서 담배를 피운다. 코딜리아는 이 여자에게 어떤 악감정도 들지 않는다. 상상과 달리 사무친 질투가 전혀 느껴지지 않는다.

"내가 여기 올 줄 어떻게 알았어요? 그 사람과 나 말고는 아무도 몰랐어요. 기다려달라는 말을 처음 들었을 때는 나도 어이없다고 생각했어요."

"남편은 기억력이 정말 나빠요. 뭐든지 적어놓죠. 그리고 자기 글씨가 알아보기 힘들다고 생각해요. 당신 이름이 연필로 적혀 있었어요. '씨C. 자정에 스트랜드힐.'"

"자정에 스트랜드힐."

"그렇게 낭만적이진 않네요, 그렇죠? 그런 건 기억할 줄 알았을 텐데."

퍼레이드가 마을로 접어든다. 여행자들이 주차장에 불을 피워놓았다. 고무 타는 냄새가 나고, 의사가 미소를 띤 채 숨을 헐떡이며 사구를 달려 올라오지만 곧 아내를 발견한다.

"대충 찍어봤어." 의사의 아내가 말한다.

그가 거기에 서 있다. 열 살 더 나이 먹은 모습으로, 코딜리아를 바라보면서. 달빛 속에서 그의 정장이 반짝인다. 그는 살아 있고 이제 자정이 다 되었다. 코딜리아는 기쁘지만 그 무엇도 그녀의 상상과 같지 않다. 충격으로 굳어버린 의사는 그녀에게 손을 내밀지 않는다. 그는 예전에 키 큰 풀숲에 누워 그랬던 것처럼 그녀의 겨드랑이에 머리를 기대지도 않는다. 사고 현장에 너무 늦게 도착한 사람처럼, 조금만 더 빨리 왔으면 뭔가 할 수 있었다는 듯이 거기 서 있다. 그들의 등뒤로 바다의 끝없는 소음이 겹쳐진다. 그들은 다 같이 바다의 소리를, 파도의 소리를 들으면서 남은 시간을 헤아린다. 무슨 말을, 무엇을 해야 할지 몰라서 아무 말도, 아무 행동도 하지 않는다. 세 사람 모두 가만히 앉아서 기다린다. 코딜리아, 의사, 의사의 아내, 세 사람 모두가 기다린다. 누군가가 떠나기를 기다린다.

물이 가장 깊은 곳

오페어*는 이 밤, 부두 가장자리에 앉아서 낚시를 한다. 그 옆에는 저녁 식사 때 샐러드에서 골라낸 치즈와 가죽 샌들이 있다. 그녀는 머리카락을 높이 올려 묶었던 고무줄을 빼고 고개를 흔들어 머리를 풀어 내린다. 남은 음식물에서 요리 냄새가 나고 나무 사이로 보이는 집에서 거품이 부글거리는 목욕물이 흘러나온다. 그녀는 낚싯바늘에 육각형 모양 치즈를 끼우고 낚싯대를 던진다. 그녀는 손재주가

* au pair. 언어와 풍습을 익히기 위해서 가정집에서 아이를 돌보거나 집안일을 거들며 숙식을 제공받는 여자 유학생.

좋다. 낚싯줄이 허공에서 완벽한 호선을 그리면서 떨어져 모습을 감춘다. 그녀는 낚싯줄을 자기 몸쪽으로, 물이 가장 깊은 곳으로 천천히 당긴다. 전에 이렇게 해서 좋은 농어를 잡았다.

요즘 그녀는 잠을 설치면서 똑같은 꿈을 꾸다가 깬다. 꿈속은 저녁이고 그녀와 남자애는 마당에 있다. 바람이 빨랫줄에 널린 옷을 부풀리고 머리 위로 검은 나무들이 서로 몸을 부빈다. 그때 땅이 흔들린다. 별이 쏟아져서 두 사람의 발밑에서 동전처럼 짤랑거린다. 헛간 지붕이 덜덜 떨리다가 커다란 금속 나뭇잎처럼 위로 들려 구름을 긁는다. 땅이 쩍 갈라지고 남자애가 그녀의 건너편에 남겨진다.

"뛰어! 뛰어, 내가 잡을게!" 그녀가 소리친다.

남자아이는 웃고 있다. 그녀를 믿는 것이다.

"어서!" 그녀가 팔을 내밀고 넓게 벌린다. "뛰어! 별거 아니야!"

아이가 빠르게 달려오더니 뛰어오른다. 발이 떨어지는 순간 정말 이상한 일이 벌어진다. 그녀의 손이 녹아내리고 아이가 어둠 속으로 곤두박질친다. 오페어는 벼랑 끝에 가만히 서서 떨어지는 아이를 바라본다.

가끔은 이 꿈을 하룻밤에 두 번씩 꾼다. 어젯밤에 그녀는 자다 일어나 욕실에서 담배를 한 대 피우고 달을 보았다. 달빛이 도금 수도꼭지를 타고 내려와 도기 세면대로 뛰어들어 그림자를 만들었다. 그녀는 양치질을 하고 다시 침실로 건너갔다.

그날 오후에 그들은 땅을 파서 지렁이를 잡은 다음 낚시 장비를 챙겨서 호숫가로 내려갔다. 오페어가 엎어져 있던 배를 똑바로 뒤집어서 호수에 밀어 넣고 아이가 탈 수 있도록 잡아주었다. "좋았어!" 그녀가 이렇게 말하고 노를 저어 부두 그늘을 지났다. 아이는 아빠가 출장 갔을 때 사온 솔트레이크시티 야구 모자를 쓰고 있었다. 콧잔등의 주근깨가 커져서 서로 합쳐졌다. 무릎에 앉은 딱지는 낫는 중이다. 아이의 손이 그녀가 노를 젓는 동안 배 옆에서 달랑거리며 수면을 갈랐다. 그녀가 노를 들고 배가 둥둥 떠 가도록 놔두자 모기가 주변으로 재빨리 모여 작은 구름을 만들었다.

"리프에도 벌레가 있어요?" 아이가 물었다.

고향 이야기를 할 때면 오페어의 목소리가 바뀌었다. 그녀는 과거로 손을 뻗어 만질 수 있다는 듯이 이야기했다. 아이의 낚싯대에 미끼를 꿰어준 다음 작살을 들고 스노클링과 스쿠버다이빙 하는 법을 어떻게 배웠는지 말해주고 바다 밑 숨겨진 세상을 탐험한 이야기를 들려주었다. 바닷속의 거대한 산과 그곳에서 떼를 지어 헤엄치면서 동시에 방향을 바꾸는 물고기들. 소용돌이치는 해초. 등딱지에 거대한 나선무늬를 새긴 채 헤엄쳐 지나는 거북이. 해마들.

"여기서 스쿠버다이빙 하고 싶어요." 아이가 말했다.

"안 돼. 이 호수는 너무 어둡고 흐릿해. 바다는 바닥이 모래지만 여기는 진흙이거든. 어른 두 명의 키를 합친 것보다 깊은 진흙이야. 다이빙하기에는 너무 위험해."

아이는 잠시 말이 없어졌다. 초원에서 단거리 경주마들이 히힝 울면서 언덕을 천천히 걸어 내려오더니 물가에서 멈춰 콧바람을 불었다.

"'뭐랑 똑같을까' 놀이 하자." 그녀가 이렇게 말하고 팔에 앉은 벌레를 탁 쳤다.

아이가 어깨를 으쓱했다. "좋아요."

그녀가 먼저 말했다. "이 배는 커다란 브라질너트를 반으로 쪼갠 것과 같아."

"선생님 머리는 양배추 같아요."

"네 속눈썹은 팔로미노의 갈기랑 색이 똑같아."

"그게 뭐예요?" 아이가 물었다.

"말이야. 다음에 사진을 보여줄게."

"내 눈이 말 같아요?"

"네 차례야."

"선생님 방귀는 베이크드빈 같아요."

"네 방귀는 고요한 침묵 같아." 그녀가 말했다.

"선생님은 엄마 같아요." 아이가 말하고는 그녀의 눈을 바라보았다.

"엄마 말이 나와서 말인데," 그녀가 말했다. "너희 엄마가 곧 돌아오실 거야. 집에 가는 게 좋겠다." 그녀가 노를 잡고 호숫가를 향해 저었다.

부활절이 다가오고 있다. 저녁 식사를 하기 전에 그들

은 서재 양탄자에 앉아서 아이 엄마가 시내에서 사온 두껍고 비싼 종이로 카드를 만들었고 서로를 파트너라고 불렀다. "부활 축하합니다, 파트너. 달걀 많이 먹어요." 아이의 카드에 이렇게 적혀 있었다. 그녀가 아이의 손을 잡고 글자를 같이 써주었지만 내용은 아이가 말한 대로였다. 맨 아래 "X"는 아이가 직접 썼다. 앞면에 아이가 크레용으로 갈색 배경에 막대기 같은 사람을 두 명 그렸다.

"이 사람들은 누구야?" 아이의 아버지가 물었다. 덩치가 큰 아일랜드계 남자로, 빨강 머리와 엄해 보이는 푸른 눈을 가지고 있었다. 그는 발을 올린 채 시가를 피우면서 CNN을 보는 중이었다.

"스쿠버다이버예요." 아이가 말했다.

"그렇구나." 아이의 아빠가 미소 지었다. "이리 와, 아들."

아이가 일어나서 아빠의 무릎으로 올라갔다.

"잠깐 쉬어요." 남자가 오페어에게 말했다.

그녀가 일어났다. 오페어는 부엌 싱크대에 그릇을 내놓고 밤으로 걸어나가 문을 쾅 닫았다.

호숫가에서 오페어는 변기 물 내려가는 소리와 파이프 속에서 세차게 흐르는 목욕물 소리를 들었다. 잠자리에 들 시간이다. 아이의 엄마가, 시내에서 부동산을 운영하는 키 크고 광대뼈가 도드라진 금발 머리 여자가 항상 아이를 재운다. 그렇게 정해져 있다. 그녀가 아이를 목욕시킨 다음 『초록 달걀과 햄』이나 『괴물들이 사는 나라』를 읽어준다. 아이의 엄마는 학력이 높다. 가끔 로버트 프로스트의 시집도 읽어주고 오디오로 모차르트의 음악도 들려준다. 오페어는 나중에 들어가서 아이가 아직 깨어 있는지 보고 잘 자라고 입맞춤을 해줄 것이다.

지난겨울에 그들은 북쪽으로 여행을 갔다. 긴 주말을 보내러 세 시간 동안 비행기를 타고 뉴욕으로 떠났다. 작은 발코니가 딸려 있고 맨해튼이 보이는 호텔 19층 스위트룸에 묵었다. 그날 저녁에 아이의 엄마는 헐렁한 실크 원피스와 밍크코트를 차려입고 남편과 팔짱을 끼고서 단둘이 저녁 식사를 하러 나갔다. 오페어는 룸서비스로 버섯 피자와 코카콜라를 주문했고, 아이랑 뱀과 사다리 게임을 했다. 아이가 주사위를 던졌고, 두 사람은 잠자리에 들 시간까지 게임판에서 올라갔다 미끄러져 떨어지기를 반복했다. 오페어는 늦게까지 잠들지 않고 뜨거운 물로 샤워한 다음 목깃에 호텔 문장이 찍힌 포근한 가운을 입었다. 그녀는 발코니 문을 열고 안락의자에 앉아서 스카이라인을 보았다. 더없이 높은 건물들 뒤에서 저녁이 피를 흘리며 어둠으로 변했다. 그러나 그녀는 감히 발코니로 나가서 아래를 내려다볼 용기가 없었다. 대신 집으로 보낼 편지를 쓰면서 크리스마스 때 못 갈지도 모른다고, 바다가 너무 그립다고, 하지만 다들 잘해준다고, 부족한 것이 전혀 없다고 적었다.

그들은 밤늦게 돌아왔다. 오페어가 의자에 앉아서 졸다가 깨자 침실에서 두 사람이 얘기하는 소리가 들렸다. 그러다가 대화가 멈추고 남자가 발코니로 나갔다. 시가 연기와 얼어붙을 듯 차가운 공기가 들어왔다. 그가 발코니 문을 잠그고 돌아와서 소파 끄트머리에 앉아 그녀를 내려다보았다. 그에게서는 맥주와 폴로 애프터셰이브 냄새가 났고, 오페어는 그의 질 좋은 울 정장에서 냉기를 느꼈다.

"아이가 없어지면 어떻게 되는지 알죠, 응?" 그가 말했다.

"아이가 없어지면 베이비시터도 없어지는 겁니다. 발코니 문을 잘 잠가놓도록 해요. 아니면 고향으로 돌아가는 첫 비행기를 타게 될 테니까." 그런 다음 남자는 그녀에게 키스했다. 이상하고 의도적인 키스, 반가운 사람이 돌아왔을 때 공항에서 할 법한 키스를 하더니 자리에서 일어나 아내에게 돌아갔다.

남자가 코 고는 소리가 들리자 오페어는 자리에서 일어나 발코니로 나갔다. 바람이 살짝 불어 커다란 눈송이를 흩날려 눈보라를 일으켰다. 자동차 경적 소리가 들리는 12월의 얼룩덜룩한 밤. 곧 크리스마스였다. 그녀는 난간을 잡고 아래를 내려다보았다. 성난 노란 택시들이 혼잡하게 얽혀 저 아래 교차로를 틀어막고 있었다. 그녀는 공기를 빨아들였다. 고소 공포에 감춰진 것은 추락에 대한 끌림이라고 어딘가에서 읽었던 기억이 났다. 갑자기 무섭게도 그 말이 왠지 이해가 갔다. 떨어진다는 생각이 없으면 벼랑 끝에 서는 것이 아무렇지도 않을 것이다. 그녀는 추락을 상상했다. 아래로 뛰어들면, 그렇게 사라지면, 아주 잠시만 깜짝 놀랐다가 곧 죽으면 어떤 느낌일지 생각했다. 그녀는 안으로 들어가 문을 잠갔다.

다음날 그들은 FAO 슈와츠 장난감 가게에 갈 계획이었다. 호텔 로비에서 오페어가 쪽지에 아이 이름과 호텔 방 번호를 적은 다음 아이의 바지 주머니 안쪽에 핀으로 꽂아 주었다.

"길을 잃으면 착한 경찰 아저씨한테 이걸 주면 돼."

"길 안 잃어버려요!" 아이가 말했다.

"그래, 맞아."

이제 저 아래 호수가 어둡다. 오페어는 건너편 강둑 덤불에서 움직임을 감지한다. 저 들판 어딘가에 멧돼지가 있다. 아이의 아버지가 덫을 놓아 멧돼지를 잡아서 어떤 남자에게 돈을 주고 도살한 다음 꽝꽝 얼려놓은 적이 있다. 그녀는 이제 낚싯대를 열 번쯤 던진 다음 자러 갈 것이다. 어차피 치즈도 거의 다 썼다. 오페어는 개굴개굴하는 개구리 소리를 듣다가 무슨 이유에선지 고향의 전기 울타리에서 나는 톡톡 소리를 떠올린다. 아버지는 손바닥으로 전기 울타리를 만지면 절대 안 된다고, 손등으로 건드려야 한다고 가르쳐주었다. 그러면 전류가 흐를 경우 반사 작용으로 전선을 꽉 쥐는 것이 아니라 손을 떼게 된다고 했다. 그녀가 아는 한 아버지란 사소한 것들을 알려주는 사람이다. 실용적인 요령. 신발 끈을 묶는 법이나 좌석 벨트를 조이는 법. 그녀는 낚싯줄을 감아서 미끼를 확인하고 다시 던진다. 미끼가 퐁당 빠지지만 이제 하늘이 어두워져서 낚싯줄이 안 보인다.

아이가 집에서 나가는 것을 아무도 보지 못한다. 아이는 뒤쪽 계단으로 몰래 빠져나가면서 어른들이 시키는 대로 난간을 잡지 않는다. 아직 눈이 어둠에 익지 않았지만 상관없다. 아이는 호수로 이어지는 경사진 풀밭을 잘 안다. 그녀의 옅은 색 블라우스가 보인다. 소매가 위로 올라오더니 팔꿈치가 뒤로 홱 꺾어졌다가 앞으로 쭉 뻗는다. 아이는 물가에서 절대 달리지 말라고 배웠지만 그래도 달려간다. 사촌동생의 인형을 뒤집었다가 다시 똑바로 들면 나는 소리와 비슷한 신음이 아이의 가슴에서 작게 흘러나온다. 오페어는 아이를 등지고 있다. 아이의 발소리가 나지 않는다. 서늘한 풀숲의 검은 표범처럼 아무 소리가 없다.

아이의 발이 부두의 첫 번째 나무판자에 부딪칠 때까지 오페어는 고개를 돌리지 않는다.

"야호! 나 잡아 봐라! 나 잡아 봐라!" 아이가 외친다.

아이는 빨리 달리고 있다. 그녀의 손에서 낚싯대가 떨어진다. 아이가 뭔가에 발이 걸리더니 멀리, 아주 멀리 날아가는 것 같다. 오페어는 얼른 일어선다. 일어나는 동시에 뒤로 돌려고 한다. 아이가 오싹함을 느낀다. 그녀의 팔이 불쑥 튀어나와서 아이를 감싼다. 아이는 이렇게 될 줄 알고 있었다. 아이가 벌렁 드러눕더니 그녀의 어깨에 대고 낄낄 웃는다. "깜짝 놀랐죠!" 아이가 소리친다.

하지만 그녀는 웃지 않는다.

아이가 조용해진다. 아이는 안전한 그녀의 어깨 너머에서 위험을 감지한다. 그녀의 너머에는 아무것도 없다. 깊고 까만 물뿐이고, 그 아래에는 부드럽고 벨벳 같은 진흙 세상이다. 어른 둘의 키를 합친 것보다도 깊은 진흙.

"오, 아가." 오페어가 속삭인다. "착하지, 착하지." 그녀가 아이를 끌어안은 채 흔들고 아이는 오래, 아주 오랫동안 오페어의 어깨에 머리를 기대고 그녀의 가슴이 오르내리는 것을 느낀다. 그녀가 비단 같은 아이의 머리카락에 입을 맞추자 아이의 속눈썹이 그녀의 쇄골을 스친다. 오페어는 두 사람의 심장박동이 느려질 때까지, 여자 목소리가 아이의 이름을 부를 때까지 아이를 안아준다. 그런 다음 불 켜진 집으로 다시 아이를 데리고 가서 엄마에게 넘겨준다.

진저 로저스* 설교

우리가 그를 왜 '슬래퍼** 짐'이라고 불렀는지 나에게 묻지 않길 바란다. 엄마가 내 머릿속에 그의 이미지를 심어주었는데, 그때 나는 진짜 남자보다 사진 속 남자가 더 중요한 나이였다. 포스터들이 이 사실을 증명한다. 가슴을 브이자로 드러낸 록밴드 씬 리지, 그리고 내 침실 벽을 달리는 게일 축구 선수 팻 스필레인과 공중에 떠 있는 공. 나는 단

---

* Ginger Rogers. 할리우드 황금기에 활동한 영화배우로, 프레드 아스테어와의 댄서 콤비로 유명하다.
** slapper. 원래는 성적으로 문란한 여자를 가리키는 속어.

것을 좋아하고 남자 취향을 가진 소녀였다. 그리고 사진도.

나는 사진처럼 정확한 기억력을 가지고 있다. 사촌의 끈적거리는 결혼식 앨범이 한 장 한 장 다 보인다. 케이크의 편자 장식, 남자가 조금 더 크고 여자가 조금 작은 케이크 위의 남녀 모형, 크림에 파묻힌 모형의 발. 사람들이 매달 달력으로 자기 삶을 구분 짓듯이 나는 이미지로 내 삶을 나눈다. 슬래퍼 짐이 있던 시절은 제일 이상한 사진들로 채워져 있다.

그즈음 우리는 돼지를 잡아서 고기를 돼지 기름에 튀겨 걸쭉한 소스와 같이 먹었다. 우리 집은 점토 같은 회색과 사과 같은 연두색으로 이루어져 있었다. 엄마는 치맛자락으로 저녁 식사가 담긴 접시를 잡아서 나에게 갖다주고, 내가 저녁을 먹는 동안 하루를 어떻게 보냈는지 이야기했다.

"아빠가 이번에 고용한 벌목꾼을 너도 봐야 돼. 슬래퍼 짐이라고 부른대. 덩치가 정말 어찌나 크던지! 여기 걸어들어왔는데, 진짜 거짓말 하나도 안 보태고 그 사람이 칸막이 벽에 기대는 걸 보고 다 무너지는 줄 알았어."

오빠 유진이 엄마 등 뒤에서 손으로 오리 흉내를 낸다.

나는 돼지고기 조각을 찌르면서 머릿속으로 거인을 떠올리고, 그가 걸을 때마다 땅이 흔들린다고 상상한다. 자기가 얼마나 센지 모르는 남자. 위험할 수 있다. 나는 아빠가 암소를 외양간에 밀어 넣으려다가 맨손으로 갈비뼈를 부러뜨리는 것을 본 적 있다.

"내가 저녁을 차려줬는데, 자리에서 일어나지 않아도 스튜 냄비 손잡이에 손이 닿더라. 감자를 열한 개나 먹었어. 열한 개나! 하나라도 남았으니 너한테는 다행이지."

엄마가 스푼을 찾아서 커틀러리 서랍을 뒤진다. 아마 타피오카랑 사과조림이겠지. 세리 트라이플이랑 달콤하고 쫄깃한 캐러멜, 아이스크림 한 덩이면 좋겠다.

"후식은 뭐예요?"

토요일 밤이면 나만 집에 두고 다들 외출한다. 유진은 춤도 안 추면서 같이 간다. 우리는 나이 차이가 많이 나기 때문에 나랑 같이 집에 남는 게 유진의 입장에서는 계집애 같은 짓이다. 오빠는 나보다 일곱 살 많다. 나는 아빠의 마지막 정자로 만들어졌다. 그 사실을 최근에야 알게 됐다.

엄마는 내가 우리 집안의 '사고'라고 말한다. 아버지는 '자루를 탈탈 털어서' 내가 생겼다고 사람들한테 말하는데, 아마 비슷한 뜻일 거다.

부모님은 춤을 열광적으로 좋아한다. 엄마는 춤도 못 추는 남자는 반편이라고 말한다. 엄마가 거실에서 나에게 하비스트 지그 춤과 왈츠, 퀵스텝, 시즈 오브 이니스 춤을 가르쳐주었다. 엄마는 춤이 좋은 치료법이라고, 춤을 추면 세상과 박자를 맞춰 살아가는 기분이라고 말한다. 대개 우리는 정해진 곳에서 움직이고 비가 오면 몸을 웅크리면서 살지만 춤은 엄마를 자유롭게 만들고 관절에 기름칠을 해준다고 한다. 누구나 자기 박자에 맞게 움직이는 법을 알아야 한다. 엄마가 레코드를 걸면 내가 리놀륨 바닥에 럭스Lux 세제를 뿌리고, 우리는 미치광이처럼 거실을 뱅뱅 돈다. 나는 미친 남자다. 우리가 스쳐지날 때 엄마가 찬장 거울에 비친 자기 모습을 바라보지만 나는 모른 척한다. 월스 오브 리머릭 춤은 두 쌍이 서로 마주봐야 하기 때문에 우리는 상상 속의 파트너를 향해 손을 내밀고 그들을 가야 할 방향으로 이끈다. 나는 이것이 좋다. 엄마가 뭘 할지, 어디로 갈지 생각할 필요도 없이 미리 다 알고 있는 것이 좋다.

 토요일은 여자의 향기가 난다. 젖은 양모, 매니큐어, 캐모마일 샴푸. 부엌에서 엄마가 머리를 한다. 우리는 부엌을 '미용실'이라고 부른다. 나는 입술에 핀을 문 채로 컬을 만드는 삐죽삐죽한 집게에 엄마의 머리카락을 말고 세팅 로션으로 고정시킨다. 그런 다음 머리에 망사를 씌우면 엄마는 히즈앤드허스 미용실이 폐업했을 때 경매에서 싸게 산 후드 드라이어 밑에 앉는다. 나는 엄마에게 오래된 『우먼스 위클리』를 주면서 그것이 『보그』라고 상상한다. 아빠가 여성의 고민에 대한 내용을 읽지 못하도록 마지막 장은 뜯겨 나가고 없다.

 "커피 한 잔 드릴까요!" 내가 드라이어보다 소리를 높여 외친다.

 우리 집에는 커피가 없었다. 엄마는 드라이어 때문에 잘 안 들려서 노인처럼 큰 소리로 답하고, 내가 거품이 보글거리는 오벌틴 코코아를 한 잔 준다. 한 시간 뒤에 엄마는 푹 쉬고 분홍빛이 되어서 나온다. 그런 다음 구두 크림을 살짝 바르고 스팀다리미로 주름을 편다. 이리저리 뒤적거리는 신문 연예면, 얼굴에 바를 면도 크림 거품을 내는 아빠, 지혈하려고 턱에 갖다 대는 신문 1면. 살색 거들과 배가 튀어나오지 않도록 잡아주는 커다란 신축성 속옷 하의에 몸을 구겨 넣는 엄마. 나는 엄마를 올챙이배라고 부른다.

"춤추러 가나요, 올챙이배? 미인 대회가 어디서 열리죠, 올챙이배? 올챙이배 어디 갔어요, 올챙이배?"

엄마는 나를 골칫덩이라고 부른다. "입 닥쳐, 골칫덩이." 엄마가 유리 마개로 릴리 오브 더 밸리 향수를 귀 뒤에 찍어 바르고 들썩거리는 발에 댄스화를 신으면 떠날 준비가 끝난다.

"얌전히 있어라, 알았지?" 아빠는 늘 마지막으로 이렇게 말하면서 자기 자동차가 우리 교구의 유일한 차라도 되는 것처럼 자동차 키를 짤랑거린다.

"네, 아빠."

그리고 나 같은 게 살아 있으면 안 된다는 듯한 표정을 지으며 코듀로이 재킷을 입는 유진.

9시 뉴스가 끝나고 영화가 시작한다. 나는 파자마로 갈아입고 비스킷을 찾아낸다. 엄마는 세탁기나 아코디언 상자, 또는 버터 교반기에 비스킷을 숨긴다. 언젠가 유진이 비스킷을 찾아서 먹어 치운 다음 "다음에는 더 그럴듯한 곳에 숨겨요"라는 쪽지를 남겼더니 올챙이배가 크게 화를 냈다. 그래서 우리는 이제 아무것도 남기지 않고 엄마는 아무 말도 하지 않는다. 우리 집은 이런 식이다. 다들 알면서 모르는 척한다.

나는 불을 전부 끄고 발을 올리고 앉아 어둠 속에서 내 몸을 더듬으면서 배우들이 실오라기 하나 걸치지 않고 나와서 수영하는 장면이 클로즈업되면 좋겠다고 생각한다. 오늘의 영화 제목은 『새』이다. 새들이 전깃줄에 줄지어 앉아서 유리 같은 눈으로 아이들을 지켜본다. 언제라도 덮칠 태세다. 선생님들도 아이들을 지키지 못한다. 나는 우리가 기르는 암양의 눈을 파먹는 회색 까마귀들을 떠올린다. 무슨 소리가 들리지만 바람 때문에 우유 여과기가 유리창을 두드리는 것뿐이다. 금속으로 만든 갈고리발톱, 철사로 만든 손 같다. 나는 문에 빗장을 지르고 우리 세터 개를 소파에 앉힌다. 새들이 마을을 공격할 때는 눈을 꼭 감는다.

자정이 지난 뒤 헤드라이트 불빛이 거실을 가로지른다.

엄마가 비틀비틀 들어와서 냉장고를 열자 그 불빛에 뺨이 분홍색으로 빛난다. 아빠가 주전자를 핫플레이트에 올리고 손을 녹이면서 먹을 것을 준비한다.

"실레일러 마을에서 슬래퍼를 봤어. 어떤 여자랑 플로어에 나왔더라."

"여자가 어찌나 작던지." 엄마가 끼어든다. "슬래퍼 옆에 앉으니까 밴텀 암탉만 하더라. 둘 다 춤이라곤 진짜 못 춰. 쓸모없는 것들." 엄마가 토마토를 세게 베어 물고, 유진은 엄마가 진저 로저스 설교를 시작하기 전에 계단으로 향한다.

"밴텀은 어떻게 지내요?" 내가 슬래퍼 짐을 만나 제일 처음 하는 말이다. 그는 크고 붉은 웃음을 터뜨리는데, 마치 무언가가 시작되는 듯한 소리이다. 슬래퍼는 금발머리에다가 입술이 통통하고, 그의 옆에 서면 그늘에 들어가는 것과 똑같다. 그는 옷장만큼 크다. 슬래퍼의 셔츠 단추를 다 풀고 그 안을 들여다보고 싶다. 그는 항상 "저런"이라고 말한다.

"저런, 밴텀이 도대체 누군데?" 우물에 대고 말하는 듯한 목소리다.

아빠가 식탁 상석에 앉아서 양쪽 손바닥으로 담배 덩어리를 문질러 부수어 파이프에 채운다. 아빠는 성격이 엄하지 않아서 눈에서 미소가 떠나지 않는다.

"엄마가 그러는데, 아저씨 애인이 밴텀 암탉 같대요." 내가 말한다.

"저런."

"일주일 내내 둥지에 앉혀놔요?"

"둥지를 안 틀지도 몰라."

"털을 뽑아버려요."

밴텀에 대한 농담은 끝까지 계속되었다. 알 까기, 털 뽑기, 곁눈질, 어색한 농담이 여름을 지나서까지 계속되었다.

슬래퍼는 허리띠를 하지 않는다. 그가 바지를 추켜올리면 바짓단이 발목까지도 내려오지 않는다. 비가 많이 오는 날에 남자들은 일하러 가지 않고 마당에서 잡다한 일을 돌본다. 울타리를 세우고, 양의 발톱을 깎고, 여기저기를 용접한다. 토요일이면 유진은 〈스포츠 스타디움〉을 보면서 손톱을 물어뜯는다. 나는 장작 패는 슬래퍼를 돕는다. 통나무의 위아래를 구분할 줄 알기 때문에 나무가 자라는 방향대로 받침대에 올려놓으면 슬래퍼가 장작을 패기 쉬워진다. 하지만 그러거나 안 그러거나 큰 차이는 없을 것 같다. 옹이가 있든 없든 매번 도끼가 쌩 내려와 장작을 쪼갠다. 아빠가 "쪼개기 지랄 같은 나무"라고 부르는 감탕나무조차도 그가 편하게 내려치면 금방 쪼개진다. 우리만의 리듬이 있어서 내가 통나무를 받침대에 놓으면 슬래퍼가 쪼갠다. 나는 다른 사람과 장작을 팰 때는 손을 얼른 치우지만 슬래퍼 짐과 팰 때는 그러지 않는다. 그와 나는 같은 기계의 부품처럼 빠르고 매끄럽다. 우리는 서로를 믿는다. 그리고 내가 통나무를 받침대에 놓으면 그는 도끼를 휘두를 때마다 미끄러져 내려가는 바지춤을 항상 살짝 추켜올린다.

여름에는 나도 벌목꾼이다. 올챙이배는 여자애가 할 일이 아니라고 한다. 엄마는 패스트리 가장자리를 비틀어 모양을 만들거나 기껏해야 세차하는 것까지가 여자의 일이라고 생각한다. 나는 방을 정리하고, 자세를 가다듬기 위해 머리에 책을 올리고 걷는 연습이나 해야 한단다. 뭐든 집에 매여 있어야 하는 일을.

"톱 근처에 얼씬도 못 하게 해. 쟤가 숲에서 발이 잘려서 돌아오면 당신은 집에 올 생각도 하지 마."

우리는 다들 그런 경우를 본 적이 있었다. 톱에 잘린 발가락, 권양기에 짓이겨진 팔, 쇠파리한테 물린 암말이 화가 머리끝까지 나서 썰매를 도로로 끌고 나가 차를 망가뜨린 적도 있다. 하지만 아침이 오면 나는 일어나서 준비를 마치고 슬래퍼의 차 포드 에스코트가 오는지 도로를 내다본다.

암말을 따라다니는 것이 내 일이다. 얼굴만 하얗고 나머지는 회색인 클라이즈데일 종으로, 키가 170센티미터는 된다. 그리고 말의 그 냄새, 축축한 화분 안쪽에서 나는 것과 똑같은 따뜻한 흙냄새. 나는 말의 목에 코를 묻고 숨을 들이마신다. 게다가 똑똑하다. 어딘가 걸리면 알아서 멈추고 잘 피하기 때문에 어깨가 빠질 일이 없다. 심술은 없지만 빨리 움직이지 않으면 꼬리로 얼굴을 찰싹 때릴 것이다. 우리는 경사지의 나무를 한 줄 건너 한 줄씩 전부 벌채하고 있다. 슬래퍼와 아빠가 나무를 쓰러뜨리고 가지를 다듬는다. 대부분 시트카 가문비나무이고 다듬기 쉬운 낙엽송도 있다. 나는 썰매에 사슬을 걸고 암말을 따라 찻길로 내려가서 목재끼리 최대한 가깝고 밑동이 가지런하도록 모아둔다. 그러고 나서 썰매의 사슬을 풀어서 멍에에 다시 얹은 다음 말꼬리에 매달려 다시 언덕을 올라간다. 슬래퍼는 그런 생각을 하다니 머리가 너무 좋다고 말한다. 아빠는 책에 코를 박고서 종일 죽치고 앉아 있는 유진한테 남는 머리를 좀 주라고, 유진은 아무것도 안 한다고 말한다.

우리는 보온병에 담긴 차를 머그잔에 따라 마시고 오래된 코코런 레모네이드 병에 담아온 우유를 마신다. 토마토 때문에 축축해진 소다빵과 빨간 소스를 뿌린 정어리도 먹는다. 날이 저물어 갈수록 차 맛이 더 써진다. 슬래퍼가 범퍼가 움푹 꺼지도록 앉아서 입에 음식을 잔뜩 넣고 말한다.

"빌어먹을 파리." 그가 파리를 탁 치며 말한다. 파리가 말똥에도 잼에도 내려앉는다. 내가 언덕을 오르내릴 때 파리가 나를 쫓아오면서 암말을 미치게 만든다. 말이 풀을 뜯을 때 나는 말 등에 거꾸로 앉아 발을 옆구리살에 올리고서 누구든 비스킷을 뜯기를 기다린다. 슬래퍼가 나를 말 등에 올려준다. 그는 나를 "피치스"라고 부르지만 나는 복숭아랑 하나도 안 비슷하다. 아빠는 내가 길쭉하고 새콤한 루

진저 로저스 설교

바브 줄기에 더 가깝다고 말한다.

"저 녀석을 잘 다루는구나, 피치스. 난 엉덩이를 물릴 뻔했는데."

"자네는 엉덩이가 늘 드러나 있잖아, 슬래퍼. 자," 아빠가 포장용 끈을 건네주며 말한다. "허리띠를 살 때까지 이걸 써."

"저런." 슬래퍼는 미소를 짓지만 바지에 끈을 꿰지 않는다. 그가 멀뚱히 보고만 있자 아빠가 끈을 다시 주머니에 넣고, 슬래퍼는 다른 사람이 안경을 추켜올리듯 바지춤을 추켜올린다.

슬래퍼는 나에게 업계의 비결을 가르쳐준다. 그는 커다란 손가락을 세우며 말하지만 몸을 숙이지는 않는다. "사슬을 풀고 나서 썰매를 열어. 말이 먼저 움직여버리면 손가락이 다 뭉개지는 거야. 톱 앞에 서 있지 마. 연결고리가 느슨해져서 톱사슬이 끊어지면 좆되는 거야." 그는 어른의 언어라는 금지된 세계를 열고 나를 초대한다. 그런 다음 내가 혼자서 익히도록 놔둔다.

우리는 해가 질 때까지 일한다. 저녁이면 삼림 관리인이 주전자를 가지고 와서 나무 그루터기에 분홍색 약을 칠한다. 우리는 톱과 기름과 석유 깡통을 언덕 꼭대기 나뭇가지 밑에 숨기고 암말을 도로 아래쪽 들판에 풀어둔다. 매주 로봇 집게가 달린 트럭이 와서 긴 목재를 싣는다. 한 차에 25톤을 싣고 우리에게 수표를 주고, 나의 보수는 와인검 젤리 1파운드, 미사가 끝난 뒤에 사는 만화잡지 『번티』와 『주디』, 초코 아이스크림 두 개, 돌처럼 딱딱한 왕사탕이다.

"학교에서 뭐 배워?" 암말을 들판으로 데려갈 때 슬래퍼가 묻는다.

나는 삼각법을 안다. "나는 빗변의 제곱이 다른 두 변의 제곱의 합과 같다는 걸 알아요."

"비뺀이 뭐야?" 슬래퍼가 긴 다리가 들어갈 공간을 마련하기 위해서 조수석을 뒤로 밀지만 그래도 무릎이 대시보드에 닿는다. 그가 열린 창문을 통해서 암말의 고삐를 잡고, 말은 자동차 옆에서 따라온다. "가자, 이 게으른 암컷아! 얼른! 얼른! 이 좆같은 털투성이 방귀쟁이야. 가자!" 그가 왼손으로 차문 바깥쪽을 두드린다.

"애가 있잖아, 슬래퍼. 애가 있다고!" 아빠가 나무란다.

슬래퍼가 나를 본다. 아빠가 룸미러로 나를 보지만 난 아무 말도 못 들은 척한다.

"비뻔이 뭐야?"

이것이 그 시절의 사진이다. 목재를 운반하는 지저분한 벌목꾼 세 명, 나무껍질 아래 매끈하고 하얀 나무. 여자애인 나를 빤히 보는 삼림 관리인. 버번크림 비스킷을 먹고, 침을 뱉고, 비가 오면 차에서 라디오 원 채널을 듣고, 사슬을 날카롭게 갈고, 버팀기둥에다가 줄을 갈고, 치명적인 목걸이처럼 동그랗게 빛나는 톱날. 슬래퍼는 학교에서 뭘 가르치는지 묻고, 그의 줄은 매번 비스듬한 톱날을 정확히 간다. 아빠는 슬래퍼가 톱을 아주 잘 다룬다고 말한다. 아빠는 지난번에 같이 일했던 사람이 점화플러그랑 휘발유 탱크 사이에 성냥을 빠뜨려서 톱이 켜지지 않았는데, 아빠는 그 사실을 알고 해고했다. 나는 슬래퍼 짐에게 학교에서 무엇을 배우는지 말해준다. 나는 올리버 크롬웰이 가난한 사람들에게 "지옥으로 가든지 콘노트로 가라"*고 말한 것도

---

* 크롬웰이 아일랜드 원정 당시 아일랜드 가톨릭 신자들에게 처형을 받든지 자기 땅을 떠나라는 뜻으로 한 말.

알고(그가 검은 말을 타고 서쪽을 가리키는 모습이 보인다), 예수님이 화를 냈다는 것도 안다. 나는 윌리엄 블레이크의 시를 암송할 줄 안다.

호랑이여, 호랑이여, 밤의 숲에서
환히 빛나는구나.
어떤 불멸의 손이나 눈이
너의 무시무시한 균형을 만들었는가?

페이지에 적힌 그 시가, 맨 마지막 물음표의 곡선이 보인다. 슬래퍼가 빗속에서 내 손을 잡고 자동차 보닛에 올려 세운 다음 시를 읊으라고 한다. 나는 기억 속의 시를 읽는다. 그는 나에게 '불멸'이 무슨 뜻이냐고 묻지만 나는 모른다. 슬래퍼는 내가 아일랜드에서 제일 소름끼치는 아이라고 말한다.

"비 맞히지 마!" 운전석에서 분위기를 깨뜨리는 아빠. "내 말 들려, 슬래퍼? 그러다 감기 심하게 걸리겠어. 자네가 집에 데려다줘야지!"

하지만 슬래퍼는 미소 지을 뿐이다. "시를 읊어봐, 피치스."

나는 아빠가 닮았다고 했던 루바브처럼 쑥쑥 자라고 변화가 시작된다. 사촌이 입던 오래된 원피스에 관심이 생긴다. 가느다란 페이턴트 가죽 벨트가 달린 꽃무늬 원피스와 뾰족해서 발가락이 아픈 구두. 나는 학교에서 절뚝절뚝 돌아와서 알린다. 엄마가 "쉬이이이이!" 하더니 피를 받아줄 수건과 고무벨트를 준다. 나는 아빠가 신문으로 턱에 난 피를 닦는 거나 마찬가지라고 생각한다.

"아빠 눈에 안 띄게 해." 엄마가 말한다. 엄마는 늘 여자를 숨긴다. 마치 우리가 금지된 존재라도 되는 것처럼.

나는 이제 열세 살이기 때문에 남자들과 격리된다. 학교 체육 시간에도 똑같다. 나는 농구와 장애물 넘기를 하고 나서 땀을 흘리며 얼굴이 새빨개진 채로 돌아와 교실에서 쉬지 않고 말한다. 나한테서 출산 후의 냄새가 나서 아무도 내 옆에 앉지 않는다. 나는 생리대를 착용하고 릴리 오브 더 밸리 향수를 뿌리고 술집에 춤을 추러 간다. 슬래퍼 집은 늘 밴텀과 함께 거기 있다. 나는 자욱한 담배 연기 속에서 아버지랑 아는 사이인 나이 많은 남자들과 왈츠를 춘다. 샘 콜린스가 페이턴트 가죽 구두를 신고 플로어를 껑충껑충 뛰어다니면서 올챙이배를 빙글빙글 돌리고 엄마의 손이 닿지 않을 정도로 왼손을 높이 드는 것을 본다. 우리는 은발을 깔끔하게 뒤로 넘기고 말과 같은 눈을 가진 그를 '폭시'라고 부른다. 남자들의 손이 내 허리를 움켜잡고 물양동이라도 되는 것처럼 빙빙 돌린다. 놓치면 안 된다는 핑계로 가까이 끌어당긴다. 남자들의 셔츠 등판이 축축하다. 나는 다리가 긴 유리잔에 담긴 베이비챔*을 마신다. 아이스크림 맛이 나고 사진이 흐릿해진다. 유진은 바에 양쪽 팔꿈치를 괴고 앉아서 춤추는 사람들을 바라보고, 박자를 딱딱 맞춰 신발로 자기가 앉은 스툴의 가로대를 두드리지만 플로어에 나가려 하진 않는다.

  슬래퍼는 춤을 못 춘다. 그가 박자에 맞춰 발을 움직인다면 그건 우연이다. 슬래퍼는 리듬 자체를 모른다. 그가 나

---

* 배로 만든 술로, 도수가 낮고 탄산이 든 페리 제품.

를 플로어로 데리고 나가서 양팔을 두르고 양쪽 다리에 차례로 무게를 싣지만 왈츠라기에는 보폭이 너무 크다. 내 머리가 그의 셔츠 네 번째 단추 높이에 닿는다. 내가 까치발을 해야 그의 어깨 너머가 보일까 말까 한다. 그의 냄새가 난다. 땀 대신 송진이라도 흘리는 것처럼 그의 가슴에서 나뭇가지의 냄새가 난다. 셔츠 아래의 털과 온기, 플로어를 돌아다니는 커다란 발, 암말이 생각난다. 나는 리듬에 맞춰 슬래퍼를 이끌려고 애쓰면서 몸을 크게 움직이지만 그는 음악을 느끼지 못하고, 결국 내가 그의 발가락을 밟고 만다.

"발가락에 금속 보호장치라도 끼웠어야 하는 건데." 슬래퍼가 말한다.

그의 밴텀은 키가 나보다도 작고, 입이 그와 비슷하고, 거무스름하고 통통한 여자다. 가슴에 금색 스팽글이 잔뜩 달린 로열블루 블라우스를 입고 있다. 그의 허리띠 버클이 스팽글을 망가뜨릴 수도 있겠다. 슬래퍼에게 버클이 있다면 말이다. 두 사람의 모습은 그 정도로 우습다.

문 닫을 시간이 되면 커플들은 바깥으로 나가서 서는데, 여자는 박공벽에 등을 기대고 남자는 여자 쪽으로 몸을 숙여 양손으로 벽돌을 잡고 키스한다. 우리 학교에서는 그런 것을 스노깅*이라고 부른다. 나는 밴텀에게 스노깅 하는 슬래퍼를 보고 싶다. 이유는 모르겠지만 어떤 모습일지 궁금하다. 내 생각에는 슬래퍼가 밴텀을 맥주통에 올려야 할 것 같다. 두 사람을 찾아보지만 그들은 절대 박공벽 앞에 있는 일이 없다. 나는 슬래퍼에게 키스하면 어떨까, 그의 힘센 손이 내 원피스 안으로 들어오고 그의 입술이 내 입술에 닿으면 어떨까 궁금하다. 엄마가 내 어깨를 팔로 감싸 로맨스와 서로 어루만지는 남녀의 세계로부터 차단하면서 자동차로 데려간다.

이곳의 겨울은 어둡다. 나는 커튼 뒤에서 냉기 때문에 몸을 덜덜 떨며 변좌에 닿지 않도록 쪼그리고 앉는다. 아래층에서는 파라핀 오일 난방기가 부엌 천장에 눈물 같은 모양을 드리운다. 슬래퍼가 들어오면 엄마가 심지를 올려서 눈물 모양이 춤을 추게 만든다. 엄마가 두 번째 빵을 넣을 때 오븐 온도를 올리는 것이 떠오른다. 내가 동그란 스파게티

---

* snogging. 진한 키스나 애무를 뜻하는 속어.

와 구운 소시지를 먹는 동안 엄마가 머리를 양갈래로 길게 땋아준다. 그런 다음 혀로 엄지를 적셔서 잔머리를 정리한다. 나는 슬래퍼의 분홍색 입술이 차를 후루룩거리며 빨아들이는 소리를, 베들레헴의 별이 새겨진 무쇠솥이 창문 밖에서 흔들리는 소리를 듣는다. 학교에 가고 싶지 않다.

나는 도로에서 웅덩이의 얇은 얼음을 깨뜨리고 버스가 올 때까지 나뭇가지를 피우며 하얀 숨을 내뱉는다. 학교에서 서캐가 옮았다. 아빠가 농부의 손으로 나를 붙잡고 엄마는 테레빈유 냄새가 나는 로션으로 내 머리를 적신다. 엄마가 내 두피를 싹싹 빗겨서 빗살 사이로 서캐를 잡아 부엌 식탁에 대고 엄지손톱으로 톡톡 으깨며 말한다. "자, 잡았다."

이번 토요일에 눈이 왔다. 나는 암말의 눈가리개만 놔두고 마구를 전부 벗긴 다음 남자들이 장비를 챙기도록 내버려두었다. 날씨가 갤 때까지 마구간에 넣어두려고 말을 타고 집으로 간다. 도로에서 우리 차가 지나가자 암말이 히힝 울면서 쫓아가지만 우리는 곧 뒤처진다. 슬래퍼가 조수석 창문에서 손을 흔든다. 가끔은 그가 교황이나 무슨 중요한 사람이라도 되나 싶다. 도로는 조용하지만 암말이 귀를 쫑긋 세운다. 저 앞쪽 들판 울타리 대문에서 기다리는 한 살배기 수망아지 세 마리가 보인다. 나는 도로 반대편으로 암말을 바짝 끌어당기려 하지만 재갈이 없기 때문에 불가능하다. 암말이 수망아지들과 코를 맞대고 소리를 지른다. 내가 말에서 내린다. 수망아지들은 고추를 내놓고 있다. 분홍색과 검정색이 섞인 호스 같은 것이 허리선까지 닿는다. 망아지들이 콧김을 뿜으며 대문을 밀자 대문이 나를 덮칠 것 같다. 암말이 뒷다리로 발길질을 하더니 도로에 쪼그려 앉아 소변을 본다. 내가 고삐를 아래쪽으로 세게 잡아당기지만 암말은 내가 안중에도 없다. 암말의 콧소리가 깊어지고 수망아지들이 서로를 깨물면서 입을 벌렸다 닫았다 한다. 망아지들이 발굽으로 빗장을 긁는다. 내가 돌을 던지자 결국 망아지들이 방귀를 뀌며 들판을 달려 내려갔다가 다시 돌아오더니 내가 집으로 끌고 가는 암말 바로 옆의 도랑 속을 달린다. 나는 수망아지들이 한참 멀어지기 전까지는 무서워서 말에 타지 않는다. 아주 작은 기회만 있어도 암말이 다시 달려갈 것이다.

집에 도착하니 슬래퍼의 회색 에스코트가 아직도 마당에 있다. 그가 헛간에서 나와서 나를 품속으로 끌어당긴다.

"너무 춥지, 피치스?" 슬래퍼가 말한다.

"말이 발정 났어요, 슬래퍼!" 이가 딱딱 부딪히고 손이 뻣뻣하다.

"저런."

"장난치는 거 아니에요. 수망아지들이 암말한테 오려고 울타리 대문을 넘을 뻔했어요."

슬래퍼가 아무 말 없이 미소를 지으며 암말의 구유에 귀리를 붓는다. 우리는 얼어붙은 진흙을 지나 집으로 걸어간다. 올챙이배가 수프 안에 든 넓적다리살 스테이크 뼈로 소고기 스튜를 끓였다. 만두가 둥둥 떠 있다. 유진은 『우주의 가장자리에서 보낸 무시무시한 일곱 번의 밤』이라는 책을 읽고 있다. 내가 마지막으로 봤을 때랑 다르게 양쪽 눈썹이 붙었다. 올챙이배가 슬래퍼에게 이런 날씨에는 집에 못 간다고 말한다. 자고 가라고, 다른 말은 듣지 않겠다고 한다.

우리는 위층에 잠자리를 하나 더 마련한다.

"저 자식이 코를 골아서 나랑 유진이 밤새 잠을 설치지만 않으면 좋겠네요." 엄마가 의심하지 못하도록 내가 이렇게 말한다.

"입이 점점 더 험해지는구나, 아가씨. 슬래퍼한테 한마디 해놔야겠다."

하지만 엄마는 절대 말하지 않을 것이다. 우리도 그렇지만 엄마도 슬래퍼를 너무 좋아해서 나쁜 짓 같은 건 절대 못 한다고 생각했다.

그는 내가 보고 있는지 모른다. 그는 비스듬한 파란 불빛이 방을 나누는 곳에 서 있다. 나는 눈이 와서 기쁘다. 슬래퍼가 등 뒤로 문을 닫더니 셔츠 단추는 굳이 풀지 않는다. 그 대신 뒤쪽 목깃을 잡아 머리 위로 셔츠를 벗는다. 가슴이 털투성이고 배는 근육질이다. 지퍼를 내리고 다리를 드러내더니 자리에 앉아서 바지허리를 발까지 내린다. 나는 제일 안쪽 침대에 누워 있는 유진의 숨소리를 따라 한다. 슬래퍼가 네이비색 속옷만 입고 내 침대로 온다. 그가 내 위로 몸을 숙인다. 내 얼굴에 그의 바람 같은 숨결이 느껴진다. 그가 키스하도록 내버려두려고 하는데 옆 침대가 삐걱거린다.

그의 발이 매트리스 끝으로 튀어나온다. 아주 조용한 것을 보니 밖에는 아직도 눈이 내리고 있다. 빛이 더 하얘진다. 우리는 눈더미 안에서 안전하다. 눈 속에 갇혔다. 포근하게 감싸였다. 어쩌면 눈이 더 쌓여서 그가 하룻밤 더 머물러야 할지도 모른다.

"자요, 슬래퍼?" 내가 속삭인다.

"저런." 그는 한참 동안 아무 말도 하지 않는다. "빌어먹게 추운 집이네."

내가 담요로 몸을 감싼 채 그에게 간다. 슬래퍼의 이불을 내리고 안으로 들어가 우리의 온기를 합친다. 나는 그의 등에 딱 달라붙어서 목 아래쪽에 코를 대고 숨을 들이마신다. 내 손이 그의 허리로 미끄러지고, 딱딱한 그의 배를 느끼고, 곱슬곱슬한 음모 사이를 수줍게 방황한다. 그가 뻣뻣해지는 것을 느낀다. 나는 수망아지들을 생각한다. 돌아눕는 그의 손이 차갑다. 크고 부드럽고 정확하다. "세상에, 피치스." 그의 의지가 꺾이면서 그가 속삭이는 소리가 들린다.

라디오 방송에 따르면 아일랜드에 눈이 90센티미터나 내렸다. 나는 낡은 폭스바겐 보닛 뚜껑을 찾아낸다. 슬래퍼와 나는 오후에 수로 바로 위 제일 높은 들판에서 보닛을 썰매 삼아 타고서 도로를 지나 아래쪽 들판까지 멋진 곡선을 그리며 내려온다. 매번 조금 더 멀리 가지만 맨 밑에 도착해 썰매에서 내려서 위쪽을 돌아보면 다시 타지 않을 수가 없다. 슬래퍼는 한 손으로 보닛을 끌고 한 손으로 내 손을 잡고 있지만 거의 한마디도 하지 않는다. 갑자기 나는 아무도 알면 안 되는 중요한 사람이 된다.

나는 암말에게 안장을 얹고서 도로로 내려갔다가 이탄지*를 지나 위로 올라가며 눈 속에서 크게 한 바퀴 돈다. 달이 가짜 태양처럼 어두운 하늘을 밝히지만 땅은 하얗다. 세상이 뒤집혔다. 저녁은 가장자리부터 텔레비전 빛 같은 파란색으로 물든다. 사슬톱이 전부 멈췄다. 후욱후욱 암말의

---

* 泥炭地. 식물이 습한 땅에 쌓여 분해된 토탄(이탄)이 퇴적하여 이루어진 땅. 삽과 비슷한 도구를 이용해서 장작 모양으로 떼어내 말린 다음 불을 피울 때 사용한다.

숨소리와 눈을 따라서 길을 밟아 만드는 발굽 소리가 들린다. 소나무 향기가 사방에 퍼진다. 우리가 찻길을 따라 막 구보를 시작하는데 말이 뒷걸음질친다. 꿩이 나무 위로 푸드득 날아간다. 바람이 불면 말은 쉽게 겁을 먹는다. 내가 말을 세우고 귀를 기울인다. 사슴일지도 모른다. 나는 말에서 내려 나무 사이로 암말을 끌고 간다. 땅이 메말랐고 발 밑에 이끼가 부드럽게 느껴진다. 암말이 비틀거린다. 나뭇가지 밑이 새까맣다. 바로 그때 냄새가 난다. 암말이 고삐를 잡아당긴다. 나는 걸음을 멈추고 귀를 기울인다. 나무 윗부분에서 바람이 마치 휘파람 부는 법을 배우는 사람처럼 휘유우 소리를 낸다. 우리는 냄새를 향해 걸어가고, 바로 그때 냄새가 어디서 나는지 깨닫는다. 슬래퍼의 부츠가 거기 있다. 끈이 깔끔하게 묶여 있고, 바짓단이 발목까지도 내려오지 않는다. 부츠가 내 눈높이에 있는데 그 밑에는 아무것도, 아무것도 없다. 가까이 다가가자 얼굴이 보인다. 얼굴이 까맣다. 그리고 세상에, 그 냄새. 바람이 밧줄에 매달린 그를 살짝 빙글빙글 돌린다. 나는 밧줄을 끊어서 그를 내릴 수도 없다. 자기 똥 속에서 목이 매달린 그를 거기에 두고 나는 집을 향해 전속력으로 달린다.

사람들을 그곳으로 데리고 올라가서 그런 그를 보여주는 것이 가장 힘든 대목이었다. 그들이 거기 서서 보면서 욕을 하고, 세상에, 아이고 천주의 성모님, 저렇게 착한 사람이 도대체 왜 저기 올라가서 저런 짓을 했을까, 같은 말을 하고, 모자를 벗고서 우리가 썰매로 썼던 폭스바겐 보닛에 그를 싣고 아버지의 외투로 덮어 언덕 밑으로 옮기는 것이. 거기에 서서 내가 한 짓이라는 듯이 나를 보는 유진.

우리는 철야 의식을 하고 집으로 돌아와 거실에 앉는다. 꼭 중고 가구점 같다. 벽은 라임색이고 가장자리에 그려진 덩굴장미가 천장 밑에 득시글거린다. 올챙이배가 찬장에서 브리스톨 크림* 병을 꺼내 잔 네 개에 찰랑찰랑 따른다. 마당 대문에 달린 자물쇠가 걸쇠를 때리면서 거실의 침묵을 쿵쿵 내리친다. 아버지는 검댕으로 올라가는 불똥을 바라본다. 유진은 물어뜯을 손톱이 없다. 생살이 드러나 피가

---

* 여러 종류의 셰리를 블렌딩한 다음 달콤한 맛을 가미한 크림 셰리의 브랜드.

맺혔다. 나와 눈이 마주친 유진의 눈에 비난과 책망이 가득하다. 나는 내 숨소리를 의식한다.

올챙이배가 부엌에서 초를, 부활절에 축성 받은 하얀 초를 가지고 나와서 아빠의 성냥으로 불을 붙인다. 촛농을 떨어뜨려서 거실 곳곳에 세운다. 엄마가 레코드를 한 장 꺼내더니 거실 불을 끈다. 불꽃이 거실을 밝힌다. 난로 선반에 트로피가 있다. 은도금을 한 커플이 빙글빙글 도는 중간에 딱 멈춘 모습이다. 그들이 불빛 속에서 몸을 떤다. 음악이 흐른다. 올챙이배가 유진의 손을 잡고 일으킨다. 유진은 춤을 추고 싶지 않지만 엄마가 끈질기게 당긴다. 나는 엄마가 뭘 하는지 안다. 아빠가 시선을 피하면서 엄마가 원피스를 갈아입을 때랑 똑같은 표정을 짓는 것을 보고 나는 무슨 일이 일어나고 있음을, 부모님이 미리 이야기를 나눴음을 깨닫는다. 세워둔 계획이 있는 것이다. 엄마는 늘 남자라면 춤추는 법을 알아야 한다고 생각했다. 엄마가 보기에 슬래퍼 짐의 유일한 단점은 플로어에서 느릿느릿하고, 우아하지 않게 움직이는 것이었다. 그래서 예방책으로서 유진에게 춤을 가르치는 것이다. 유진이 스텝을 알면 위기를 뚫고 나갈 수 있다는 듯이, 나중에 밧줄에 목을 매지 않게 막아주리라는 듯이.

엄마는 느린 왈츠로 시작하고, 유진은 마지못해 엄마를 따라 몸을 움직인다. 뻣뻣하게 굳은 몸으로 엄마의 스텝을 흉내낸다. 아빠는 불에서 시선을 떼지 않는다. 올챙이배는 유진을 이끌고 가구 사이를 누비면서 음악이 멈출 때까지 하나-둘-셋, 하나-둘-셋 속삭인다. 전축 바늘이 레코드 홈에서 탁탁 소리를 내더니 리듬이 퀵스텝으로 바뀐다. 아빠가 일어나서 외투를 벗고 내 손을 잡는다. 멜빵의 금속 부분이 내 옆구리에 파고든다. 길 떠나는 여자의 맑고 단호한 목소리가 우리를 떠민다. 올챙이배가 유진의 귀에 대고 박자를 헤아린다. 하나, 하나-둘, 하나. 우리는 각자가 차지하는 공간에 주의하면서 서로 빙빙 돌며 춤을 춘다. 그러다가 노래가 릴*로 바뀌고 이제 보드란**의 원시적인 다-럼 소리만이, 나무가 가죽을 두드리는 소리만이 들린다. 다-럼. 다-럼. 새된 바이올린 소리, 현에 털을 대고 당기는 소

* reel. 경쾌한 스코틀랜드 춤곡.
** bodhrán. 아일랜드 전통 북.

리, 멜로디언, 뒤이어 바람통이 헐떡이는 소리, 실황 연주에서 나오는 약간의 부정확함. 우리는 가구를 방 가장자리로 옮기고, 나는 바닥에 럭스 세제를 뿌린다. 우리는 잔을 비우고 파트너를 바꾼다. 유진이 박자에 맞춰 움직이기 시작하더니 박자에 몸을 맡긴다. 엄마가 신발을 벗는다. 아빠의 셔츠가 땀에 젖어 색이 진해진다. 음악은 화려하고 귀에 거슬린다. 그림자가 우리보다 더 크다. 두 배로 커진 키가 구부러진 채 천장에 드리워진다. 두 명과 두 명이 마주보는 춤이다. 우리는 서로 마주본다. 유진이 스코틀랜드 고지의 무용수처럼 펄쩍펄쩍 뛴다. 움직임은 모르지만 리듬은 찾았다. 우리는 유진을 가야 할 자리로 이끈다. 처음에는 여자들이 자리를 바꾸고, 그다음에는 남자들이 자리를 바꾼다. 우리는 마주보는 남자를 이끌고 오른쪽으로 일곱 발짝 갔다가 돌아온다. 우리는 파트너를 빙글 돌린 다음 다시 시작한다. 불 때문에 거실이 따뜻해져서 곡이 끝났을 때 나는 카디건을 벗는다. 유진과 내가 셰리를 꿀꺽꿀꺽 마신다. 금지된 맛이 난다. 엄마가 헤어드라이어 받침대를 가지고 와서 마이크인 척 거기에 대고 노래를 부른다. 유진이 손을 아주 높이 들고 폭시를 흉내내면서 배를 내밀고, 우리는 원을 그리며 돈다.

"여기 자주 오세요?" 그가 말한다.

"양이 새끼 낳을 때 말고는 자주 와요."

"열악한 지역에 사세요?" 그가 내뱉는다.

"네, 보조금을 받아요."

"세상에, 당신은 정말 멋지군요. 어린 암양 냄새만 한 건 없죠."

그가 나를 향해 셰리 냄새가 나는 숨을 내쉰다. 우리는 일리언 파이프*의 끼익거리는 소리와 쥐어짜는 소리에 맞춰서 움직이고, 바람통 소리에 이끌려 들어간다. 떨리는 틴 휘슬**의 경쾌한 소리와 흔들림이 어둠 속으로 구불구불 퍼진다. 아빠 머리에서 벗겨진 부분을 덮는 긴 머리카락이 내려와 어깨에 거의 닿으려 한다. 엄마가 거들을 벗어서 검지에 걸고 훌라후프처럼 돌리고 왼손은 허리에 얹는다. 내가 기억하는 마지막 사진은, 고무줄이 끊어지면서 날아가

---

* uileann pipe. 아일랜드의 전통 백파이프.
** tin whistle. 아일랜드의 전통 피리.

는 거들과 유진이 완벽한 트위스트로 나를 빙글 돌리면서 "박공벽에서 진하게 키스할까요?"라고 묻는 장면이다.

폭풍

어머니는 어떤 일들이 일어나기 전에 꿈에서 미리 보았고, 꿈에서 여러 가지를 발견했다. 그날 아침, 어머니가 꿈꾸듯이, 잠에 취한 것처럼 아래층으로 내려와서 말했다. "전에 쓰던 풀 베는 낫이 지금 어디 있는지 알겠어." 어머니가 장화를 신었고 나는 늪으로 따라 올라갔다. 어머니는 당단풍 아래에서 걸음을 멈추더니 가시덤불이 석회석 벽을 뒤덮고 있는 곳을 가리켰다.

"저 안에 있어." 어머니가 말했다.

아니나 다를까 어머니의 말이 맞았다. 우리는 새 낫으로 가시덤불을 자르고 예전 낫을 찾아냈다.

낙농장은 부모님이 잘 안 쓰는 물건을 잔뜩 넣어둔 어둡고 축축한 곳이었다. 내가 태어나기 전부터 그랬다. 벽에 발린 노란 페인트에는 기포가 있었고 바닥의 판석이 반짝였다. 들보에 걸린 굴레는 뻣뻣하고 재갈에는 먼지가 쌓여 있었다. 버터 교반기가 그대로 있고 시큼한 우유 냄새가 아직 났는데, 나무통은 매끈했지만 좀먹어서 구멍이 뺑뺑 뚫려 있고 주걱은 이미 없어진 지 오래였다. 내가 기억하는 한 창문에 유리가 달려 있던 적이 없었고, 오로지 녹슨 창살과 나무를 사이로 불어 들어오는 바람의 기이한 박수 소리밖에 없었다.

누군가 낡은 부화기와 닭장도 넣어 놓아서, 녹슨 금속 기계가 예전에는 찻숟가락처럼 반짝였다. 새로 태어난 병아리를 거기에 넣었는데, 노란 꽃잎처럼 손에 올려서 따뜻한 열기 속에 넣으면 보송보송하고 동그란 공은 다리를 끊임없이 움직이면서 그 온기를 자기 것으로 받아들였다. 온기는 우리를 살아 있게 한다. 가끔 그 움직이는 노란 공이 바깥의 추위를 이기지 못하고 쓰러졌고 주황색 화살 같은 발이 아래를 가리켰다. 아버지의 손이 어린 잡초를 쳐내듯 병아리를 팽개쳤다. 어머니는 병아리를 부드럽게 집었다. 그러고는 살아 있다는 낌새를 찾아 노란 몸을 살피다가 결국 찾지 못하면 "우리 불쌍한 병아리"라고 말한 다음 나를 보고 미소를 지으며 병아리를 쓰레기통에 넣었다.

우유 거름망도 아직 있었다. 낡은 거즈가 닳아서 풀린 올에 덩어리진 먼지가 매달려 있었다. 그리고 구스베리 잼 병 몇 개. 잼에서는 셰리 같은 냄새가 났고 곰팡이가 살짝 핀 채 병 안에서 말라붙었다. 우리는 크랩애플 젤리를 만들곤 했다. 시큼한 크랩애플을 네 조각 내서 과육, 씨방, 씨앗으로 다 해체될 때까지 끓였다. 스툴을 뒤집어 놓고 낡은 베갯잇 모서리를 다리에 각각 묶은 다음 군데군데 덩어리진 액체를 부으면 똑, 똑, 똑, 잼 솥에 밤새 떨어졌다.

내가 낙농장에 들어가는 것은 누가 뭘 가져오라고 심부름을 시킬 때였다. 바니시 한 통이라든가, 6인치짜리 못이라든가, 머리가 큰 암말에게 씌울 굴레라든가. 걸쇠가 너무 높이 달려 있었다. 나는 방부제 깡통에 올라서서 손을 뻗어 동그랗고 나뭇잎처럼 얇은 금속 버튼을 눌러서 열었다. 가고 싶어서 갈 때도 있었는데, 커다란 상자 안을 들여다보기 위해서였다. 크고 녹슨 금속 상자는 아이에게 해적의 여행 가방이었다. 너무 낡은 나머지, 속에 든 물건을 다 꺼내고 들어서 빛에 비춰 보면 체를 들여다보는 것 같았으리라. 그 속에 내 마음에 드는 물건은 하나도 없었다. 습기 때문에 책장이 다 달라붙은 낡은 책들에, 사진도 없고 갈색 지도와 기도서 몇 권이 고작이었다. "전부 네 친가 친척들 거야." 어머니는 아버지가 들으면 안 될 때 내는 목소리로 말했다. 상자의 길이는 나와 비슷했고 높이는 내 키의 반 정도였으며 뚜껑은 뻑뻑하고 손잡이는 없었다. 내가 상자를 열고서 그 안에 든 물건을 보고, 책등이 부서지고 표지가 떨어져 나간 책을 손가락으로 만져보다가 뚜껑을 쾅 닫으면 금속이 끼익 소리를 냈다.

그러다가 꿈이 찾아와서 모든 것을 바꾸었다. 어머니가 세상을 떠난 자기 어머니의 꿈을 꾸었다. 한밤중에 나를 깨운, 부엌에서 어머니가 통곡하는 소리. 부엌 식탁을 쾅쾅 내리치는 소리. 거북이 잠옷을 입고 층계 끝에 서서 어둠 속을 보는 나. 바닥에 누워 몸을 웅크린 어머니, 다정한 말 한마디 하는 일이 없지만 그때는 다정하게 말하던 아버지. 어머니를 달래며, 어머니의 이름을 부르며. 메리, 메리이, 아, 메에리이. 절대 서로 닿지 않던 두 사람, 상대방이 잡을세라 얼른 그레이비 통에서 손가락을 떼던 두 사람이 서로 닿았다. 나는 위층으로 다시 올라가 다정한 말이 다른 것으로 바뀌어가는 소리에 귀를 기울였다.

아침에 전보가 왔다. 어머니는 전보를 담배 종이처럼 돌돌 말아 굴렸다. 아버지가 채비를 했다. 내가 라디오를 틀자 이웃집 여자가 내 손을 탁 쳤다. 나의 할머니, 몸 군데군데가 보랏빛이고, 핏줄이 파랗게 비치는 늙은 가슴이 축 처지고, 우리가 그림을 세척하듯 조심조심 씻기던 노란 피부를 가진 여자는 뻣뻣해진 채 프릴이 대어진 관에 실려 집으로 왔고 우리는 할머니를 서늘한 거실에 모셨다.

장례식이 끝난 뒤 이웃 사람들이 다 같이 우리 집으로 왔고 길가에 차가 빽빽하게 늘어섰다. 나는 모르는 사람의 무릎에 앉았다. 사람들이 담배쌈지를 넘기듯 나를 주고받았고 나는 레모네이드를 큰 병으로 세 병이나 마셨다. 이모가 햄을 지키고 서 있었다. "맛있는 가운데 부분 좀 더 드실 분?" 이모의 손에 들린 칼이 무시무시했다.

어머니는 앉아서 난롯불을 바라보며 한마디도 하지 않았다. 양치기 개가 긴 의자에서 일어나 자기 몸을 핥는데도 아무 말이 없었다.

우리는 소를 다 내다 판 것이 이미 몇 년 전이었지만 어머니는 외양간을 치우는 일에 몰두했다. 마당비와 양동이를 들고 나가서 외양간 칸막이와 복도를 문질러 닦았고 고양이들이 마실 우유를 쪼르르 부어주던 낡은 휠캡까지 반짝반짝하게 닦았다. 그런 다음 집으로 들어와서 저녁 시간까지 성상聖像을 향해 말했다. 어머니는 폭풍이 온다고 상상했다. 바람 소리가 들리면 계단 밑 벽장에 틀어박혀 문을 잠갔고, 천둥이 치면 귀를 솜으로 틀어막았다. 개들과 함께 식탁 밑에 숨었다. 한번은 아빠와 내가 마구간 다락에서 보리를 찧다가 들판 위쪽을 향해 소들에게 소리치는 어머니를 보았다. "척! 척! 허시! 척! 허시!" 상상 속의 소들을 불러 모으려고 아연 양동이 손잡이를 덜걱거리는 어머니. 아버지가 어머니를 달래 안으로 데리고 들어갔다. 그때부터 어머니는 위층에서 살게 되었다.

그래서 여름이 되자 이제부터 내가 『파머스 저널』을 찢어서 커다란 찻주전자 주둥이를 막은 다음 일꾼들에게 가져다주었다. 일꾼들은 지푸라기를 빨면서 나를 보았고, 입에 음식을 가득 넣은 채 아버지에게 내가 곧 다 크겠다고 말했다.

한밤중에 어머니가 처음 보는 연파랑색 잠옷 차림으로 나를 찾아왔다. 어머니는 나를 침대에서 끌어내더니 어둠 속에서 계단을 내려간 다음 풀 깎인 초원을 지나고 원뿔 모양으로 쌓아 둔 건초를 지났다. 씨앗이 우리의 맨발을 따끔따끔 찔렀다. 우리는 위로, 위로 계속 올라가 그루터기만 남은 들판을 지났다. 엄마가 내 손을 꽉 잡고 있었다. 바람이 불어 뒤로 펄럭거리는 어머니의 잠옷 자락. 우리는 꼭대기의 꼭대기에 도착해서 똑바로 누워 별을 보았고, 놋쇠 빛의 머리카락을 가진 어머니는 정신 나간 소리를 했지만 전혀 말이 안 되는 것은 아니었다. 오히려 우리가 감지하지 못하는 것을 느꼈다. 개가 도로의 자동차 소리를 제일 먼저 듣듯이.

어머니는 자신이 스튜 냄비라고 부르는, 나무 꼭대기 위에 옹기종기 모인 별들을 가리키며 어떻게 해서 그것들이 거기 모이게 되었는지 이야기해주었다. 동물들은 무척 목이 말랐지만 물이 없었다. 기린은 갈증 때문에 목이 굽었고, 양은 털이 빠졌고, 뱀은 너무 건조해서 몸을 구부릴 수 없었다. 하지만 젊은 암퇘지가 물이 가득한 스튜 냄비를 발견했고 구름이 스스로를 쥐어짤 때까지 버틸 물을 모두에게 주었다. 스튜 냄비는 손잡이가 구부러져 있었고, 동물들이 물을 다 마시자 별들이 구부러진 손잡이 모양을 갖게 되었다. 저 위의 별들이 바로 그것이었다. 나도 하늘의 하얀 점들을 연결해서 그것을 볼 수 있었고, 내 파자마의 거북이들이 다리를 따라 내 겨드랑이로 기어오르는 것이 느껴졌다.

우리는 새벽까지 그곳에 있었고, 건초 냄새가 바람에 실려 올라왔다. 어머니는 아버지의 손이 어떻게 15년 동안 어머니를 멍들게 했는지, 누군가를 사랑하는 것과 좋아하는 것의 차이가 무엇인지 말해주었다. 내가 똑같이 잔인한 눈을 가졌기 때문에 나도 아버지만큼 싫다고 했다.

그때부터 나는 이유 없이 낙농장에 들어가기 시작했다. 거긴 아주 조용해서 머리 위에서 물탱크가 꾸룩거리는 소리와 바람 소리밖에 없었다. 천장 들보 사이 구멍으로 놀이집이 보였는데 내 자매들이 인형을 가지고 올라가던 곳으로, 경사진 지붕에 머리를 자주 찧었다.

어머니를 멀리 데리고 갈 자동차가 왔을 때 자매들은 이미 떠난 지 오래였다. 아버지는 어머니가 아프다고, 하지만 눈에 보이는 것은 아니라고 말했다. 나는 그러면 어머니가 속으로 피를 흘리고 있다는 뜻이냐고 물었다.

"그 비슷한 거야." 아버지가 말했다.

나는 싱크대 위에 걸린 예수 성심 그림을, 절대 꺼지지 않는 빨간 불빛이 밝혀진 빨간 심장을 생각했다.

내가 금속 상자를 열고 안을 들여다본다. 기도서를 들어서 손가락으로 책장을 넘긴다. 어머니의 팔처럼 황갈색이고 매끈하다. 나는 찢어진 갈색 지도를 펼치지만 아는 지명을 찾을 때까지 어디가 땅이고 어디가 바다인지 구분하지 못한다. 노르웨이에 곤충 날개가 붙어 있다. 옆방에서 부모님의 말소리가 들린다. 다른 책을 펼쳐 그림을 찾아보지만 하나도 없다. 나는 상자 안으로 들어가 쭈그려 앉는다. 유리 깨지는 소리가 들린다. 어머니의 목소리가 된 바로 그 소리가 비명에 가깝게 올라간다. 무언가 떨어진다. 양철 지붕을 당기자 금속이 끼익 단단히 조여지는 소리를 내며 내 위로 내려앉는다. 전부 새까매진다. 내가 더 이상 존재하지 않는 것 같다. 크고 까만 양철 안에서, 축축한 책 위에 앉은 사람은 내가 아니다. 빵 상자나 케이크 부스러기가 남아 있는 찬장 냄새처럼 낡고 퀴퀴한 냄새가 난다. 백 년은 된 냄새. 예전에 쥐들이 부화기 철망을 갉아 먹었던 기억이 난다. 쥐들이 병아리에게 달려들었고 우리는 살을 파먹힌 다리 달린 솜털 조각을 사방에서 발견했다. 나머지 병아리들은 지치고 겁에 질려 페인트 깡통이나 둘둘 말린 철조망 사이에 숨어 있었다. 아직은 날아서 도망칠 수 없었다. 우리가 병아리를 집어 올리자 미친듯이 작게 고함치며 노란 몸이 고동쳤다.

내가 다 컸다고 마지막으로 말한 남자는 화상을 입었다. 어머니는 화상처럼 나쁜 건 없다고 항상 말했다. 어머니의 말이 옳았다. 이제 내가 누구의 헛소리도 참지 않는다는 사실을 다들 안다. 일꾼들은 이제 장화를 문밖에 둔다. 이제 감자 속이 딱딱하다는 말도 하지 않는다. 그랬다면 내가 음식을 푸는 커다란 스푼으로 그들을 찰싹 때릴 것이다. 일꾼들도 안다.

내가 일요일마다 찾아가지만 어머니는 자기가 어디에 있는지, 내가 누구인지 모른다.

"나예요, 엄마." 내가 말한다.

"난 늘 생선 냄새를 견딜 수가 없었어." 어머니가 말한다. "그 남자랑 그 남자의 청어 말이야."

"나 모르겠어요? 엘렌이에요."

"트로이아의 엘렌! 말에 타!" 어머니가 말한다.

어머니는 카드놀이를 잘해서 매주 속임수로 사람들의 주머닛돈을 털고, 수간호사는 어머니가 목욕하는 사이에 찾아가 어머니의 신발에서 돈을 꺼내야 한다.

하지만 나는 정신 병원을 계속 찾아간다. 복도에서 나는 소독약 냄새, 간호사들의 고무창 신발, 일요일 신문을 두고 다투는 소리가 좋다. 나는 왜 계속 찾아갈까? 어머니는 광기가 핏줄에 흐르는 것이라고 항상 말했고 나는 양가에서 그것을 물려받았다. 내가 그곳에 가는 나름의 이유가 있을 것이다. 어쩌면 나는 그곳에 익숙해지고 있을지도 모른다. 아주 약간, 나를 지키기 위해서 그곳을 아주 조금 받아들이는 것이다. 백신처럼 말이다. 최악의 시나리오를 직시해야 한다. 그러면 무엇이든 대비할 수 있다.

노래하는 계산원

우체부 스메더스, 갈색 편지를 들고 다니는 그 유들유들한 썩을 놈. 그가 자랑스러운 파란 제복을 입고 저기 온다. 또다른 하루, 또다른 빽빽하고 밝은 공간을 더럽히러 온다. 그가 거리를 성큼성큼 걸어 우리 집 포치*로 들어오더니 모자 아래 머리카락을 뒤로 넘기고 우편함에 대고 말한다.

"좋은 아침, 아가씨들!"

당밀처럼 달콤한 목소리가 우리의 몸을 더듬으려는 것

---

* 집이나 건물 출입구에 지붕으로 덮인 외부공간.

처럼 복도를 가로지른다. 그는 우리의 먼 친척 옆집에 사는데, 우리 친척은 몰몬 로드 위쪽 트럭에서 생선을 판다. 그래서 스메더스가 신문지로 싼 대구나 가자미, 민어를 우리에게 갖다주는 것이다.

"이봐요, 숙녀분들! 오, 아가씨들!"

그의 악취. 나 잡아봐라, 라고 말하는 듯한 그 목소리. 뭔가 잘못됐다. 우리는 지난주에 생선을 세 번 먹었다. 그중 한 번은 신선한 연어였는데, 우리는 이 친척을 잘 알지도 못한다. 엄마가 트럭을 가진 친척 여자가 있다고 말한 적이 있을 뿐이다.

"이봐요! 숙녀분들!"

언니 코라는 꼼짝도 하지 않는다. 가스레인지 모서리에 팔꿈치를 괸 채 아침마다 피우는 담배를 빨아들인 다음 연기를 작고 가느다란 광선처럼 내뿜는다. 코라는 담배꽁초를 비벼 끌 때까지 절대 입을 여는 법이 없다. 부엌 벽 뒤에서 우리의 잠을 깨우는 편직기가 계속 빠르게 돌아간다. 이웃 사람이 처음 이사 왔을 때 우리는 그 남자가 코 고는 소리라고, 침대 머리판이 우리 집 벽에 닿아 있나 보다 생각했지만 아니었다. 우리는 옆집 사람들을 모른다. 엄마가 이웃 사람들에 대해서 얘기했었다. 새벽까지 포커를 치는 사람들, 광장에서 말뚝에 밧줄을 팽팽하게 묶어 대형 텐트를 치는 남자들.

코라가 담배를 마지막으로 한 모금 빨아들이고 꽁초를 비벼 끈 다음 연보라색 가운 허리끈을 졸라맨다. 언니가 문을 열어 스메더스를 들일 때 나는 리놀륨 바닥에서 언니의 맨발 발자국이 사라지는 것을 본다.

"아침의 절세미인이군." 그가 이렇게 말하고 코라가 스케치할 대상이라는 듯이 맨발에서부터 위로 쭉 훑어본다. 그의 입술이 자기 침으로 반짝인다. "아, 우편제도란 정말 만능이라니까. 대단한 서비스지! 우리가 없었으면 아가씨들은 어쩔 뻔했어?" 그가 꾸러미를 건네고 당당하게 들어와 현관 탁자에 가방을 내려놓는다. 그런 다음 손을 살짝 비비고 주변을 둘러본다. "저, 코라, 차 한 잔 주면 아주 고맙겠는데."

심부름꾼에게 주는 보상.

현실적인 언니는 그를 참아준다. 코라에게는 그가 가져

오는 번들거리는 꾸러미가 필요하고 차는 싸니까 괜찮은가 보다. 언니는 아침식사로 뭘 만들지 생각하며 냉장고를 들여다본다. 달걀 두 개, 플로라 마가린, 시든 양상추, 텅 빈 냉장고를 드러내는 환한 빛. 코라가 문을 닫고 전기주전자 플러그를 꽂는다. 수요일이고 티백이 거의 다 떨어졌으므로 오늘은 찻가루까지 넣을 것이다. 스메더스가 안락의자에 편안하게 앉는다. 코라가 라디오를 켜고 선물을 많이 주는 지미 영[*]의 프로그램에 주파수를 맞춘다. 그런 다음 지갑에서 동전을 하나 힘겹게 꺼내서 나한테 준다.

"성냥 한 갑만 사다줄래?"

"성냥? 아직 있는—"

"얼른 가봐, 착하지."

코라가 그냥 시키는 대로 하라고, 라는 표정을 지어서 나는 브레스월 스트리트에 있는 신문 가판대로 터벅터벅 간다. 왕복 20분은 걸리는 거리지만 집에 너무 빨리 돌아와버린다. 스메더스의 허리띠가 지나치게 졸라매져 있고 코

---

[*] 영국의 가수이자 라디오 진행자.

노래하는 계산원　131

라는 잠옷을 뒤집어 입은 채 손으로 슬리퍼의 보풀을 만지작거린다. 그리고 끈적해진 잠 같은 냄새. 오트밀이 끓어 넘쳤다.

이제 나는 눈치가 생겨서 충분히 시간을 끈다. 가게에 꾸물꾸물 다녀오면서 파란 문 앞 계단에 놓인 우유를 한 병 훔쳐서 시내로 가는 내내 마신다. 크림 맛이 많이 나는 우유가 점점 연해지다가 바닥으로 갈수록 메스꺼워진다. 나는 가게에서 성냥 한 갑이든 뭐든 코라가 사오라고 한 것을 산다. 그래야 서로 아무 말도 할 필요가 없다. 나는 귀금속 가게 유리창 너머로 크고 귀한 보석 반지를 껴보는 여자들과 반지를 손가락 마디 위로 살살 올려서 다시 빼내는 스코틀랜드인 직원을 본다.

이 마을에는 바람이 쌓인다. 일렬로 늘어선, 똑같이 생긴 붉은 벽돌 집들 사이에 갇힌 차가운 바람. 몇몇 집은 햇빛과 공기를 두고 다투는 것처럼 초승달 모양을 이루고 있다. 아직 학교에 다니지 않는 아이들, 재떨이를 같이 쓰며 소문을 수군거리는 카페 여자들 틈에 있으니 내가 눈에 띈다.

내 또래 여자애들은 까끌까끌한 격자무늬 교복을 입고 학교에 가서 졸업시험에 대비해 열심히 공부하는 중이다. 나는 학교에 질렸고 코라는 상관없다는 듯 나더러 하고 싶은 대로 하라고 했다. 나는 마당에 있던 드럼통에 교과서를 넣고 천천히 태웠다. 대수학, 가정, 지리책에 실린 대륙이 불꽃에 오그라들더니 재가 되었다. 하지만 달리 할 일도 없고, 내 또래 아이도 없고, 연속극과 월급날과 코라가 생리를 시작하기 전에 생각해내는 엉뚱한 생각밖에 없다보니 이제 가끔 학교가 그립다.

집으로 돌아갈 때 난간에 손을 얹고 걷다보면 잠시 후 난간이 끊기고 길이 울퉁불퉁해진다. 가끔 스메더스가 나가면서 대문을 닫지 않아서 개들이 들어와 수국 앞에서 다리를 들고 오줌을 싼다. 하지만 나는 혹시 몰라서 늘 포치에서 귀를 기울이며 기다린다. 우리 포치에는 휘어진 석고판과 말라붙은 퍼티 통 등 아빠가 떠난 뒤 우리가 치우지 않고 방치한 잡동사니가 널려 있다.

코라는 노래를 부른다. 언니가 일을 마치고 돌아와서 말한다. "나 요즘 테스코*에서 노래하는 계산원이라고 불려. 누군가 행복해하는 걸 보니 좋다고들 하더라."

"언니 정말 그래?"

"뭐가 그래?" 코라가 묻는다.

"행복하냐고."

"행복하냐고? 행복?" 코라가 내 머리를 톡톡 두드리고 웃는다. "주전자에 물이나 올려, 정신 나간 동생아."

코라는 차에 우유를 넣지 않고 찻잔을 들어올려 김을 살짝 후후 분다. 나는 이럴 때의 언니가 좋다. 가만히 앉아서 우리를 바깥세상으로부터 안전하게 지킬 방법을 생각할 때 말이다. 이 초라한 집을 경찰과 가스회사 직원과 작고 튼튼한 클립보드를 들고 다니면서 텔레비전 수신료를 수금하는 여자로부터 차단할 방법을.

벽에서 아버지 사진이 떨어졌지만 액자는 걸레받이에 결연하게 기대어 서 있다. 펨브로크 부두에서 찍은 사진으로, 트럭 운전수의 우람한 팔이 양쪽에서 어깨를 감싸고 있

---

* 영국에 본사를 둔 다국적 슈퍼마켓 체인으로 아일랜드에도 많은 매장이 진출해 있다.

다. 선착장과 면세점을 지으러 가는 건설 인부들로 가득 찬 트럭. 아버지의 눈은 까맣고 원기가 넘친다. 우리 둘 다 굳이 못을 다시 박지 않았다. 우리 삶에 저 나쁜 놈을 다시 걸어두려 하지 않았다.

위층에서 코라가 샤워를 하면서 테스코의 동료들과 놀러 나갈 준비를 한다. 언니는 새로 산 토리 에이머스 앨범의 노래를 부른다. 남자애 목소리처럼 높고 불안하다.

"다리미 너무 뜨거워지지 않게 조심해!" 언니가 아래층을 향해 소리친다.

요즘처럼 비가 많이 올 때면 우리는 옷을 다려서 말린다. 지난번에 내가 코라의 폴리에스터 잠옷 등판을 태우는 바람에 갈색 삼각형 자국이 생겼다. 내가 일부러 그랬을지도 모른다는 생각은 하고 싶지 않다.

바깥을 보니 건너편 집에 불이 켜지고 창가에 일본식 등이 가짜 태양처럼 걸려 있다. 홍조 같은 분홍색과 커드 같은 노란색의 예쁜 등이다.

우리가 밤잠을 푹 잔 것은 그날이 마지막이었다. 신문에 실린 기사 때문이다. 스메더스가 아침 일찍 와서 웬일로 초인종을 누른다.

"문 열어!"

오늘은 생선 없이 신문만 가지고 왔다. 그의 모자가 벗겨지고, 나는 생선을 파는 먼 친척이 죽은 것이 틀림없다고 생각한다. 하지만 그보다 더 끔찍한 일이다. 신문 헤드라인에 이렇게 적혀 있다. 크롬웰 스트리트의 악몽. 코라가 숨을 들이마시고 가스불로 로스만 담배에 불을 붙인다. 우리는 천천히 기사를 다 읽는다. 마룻널 밑에서 발견된 여자애들. 정원에 묻힌 여자들. 극악무도한 취향을 가진 사이 좋은 부부가 체포되었다. 시신을 발굴할 계획이다.

내 머릿속에 제일 먼저 떠오른 생각은 우유다. 그 집 문이 파란색이었다. 나는 사진 속의 별로 수상할 것 없는 테라스 주택을 살펴보다가 격자판에 걸린 25라는 번지 표지판을 보고 그제야 진짜임을 깨닫는다. 나는 언니가 우체부와 섹스하는 동안 프레드 웨스트*의 우유를 마셨다.

우리 아버지가 그를 알았다. 프레드 웨스트는 여기에 왔었고, 우리 집에서 저녁 식사도 했다. 강가에서 일하는 벽돌공이었는데, 크고 반짝이는 검정색 신발을 신었다. 턱수염과 짙은 눈썹이 전부 연결된 털투성이 남자. 털이 많기도 했다. 눈이 어디 있는지 알아내려면 얼굴을 후후 불어야 할 것만 같았다. 하지만 신문 속의 그는 깨끗하게 면도한 얼굴로 무심한 표정을 짓고 있었다. 진실이 밝혀지자 흉포함이 보였다. 나는 그의 무릎에 앉았고 한 팀이 되어 언니를 상대로 체커 게임을 했다. 그의 커다란 손가락이 우리 말을 들고서 언니의 말을 잡았고, 게임판 반대쪽 끝까지 가서 말 두 개를 쌓아 킹으로 만들어서 다시 돌아와 더 많은 말을 잡았던 기억이 난다.

  오늘 아침, 코라는 나를 내보내지 않는다. 대신 내가 주전자에 물을 올린다. 코라가 스메더스를 복도로 데려가 벽에 밀어붙인다. 언니의 목소리가 들리지만 무슨 말인지 알아들을 수 없고, 몇 분 뒤 스메더스가 아무 말 없이 거리로 빠져나가 우리 인생에서 사라진다. 스메더스가 결국 코라

---

* 영국 그로스터셔의 연쇄살인범으로, 두 번째 아내와 공모하여 1967년부터 1987년까지 최소 열두 명의 젊은 여성과 소녀를 성폭행하고 살해했다. 피해자 중에는 전 부인과 그녀의 딸, 프레드의 친딸도 포함된 것으로 추정된다.

가 견디지 못할 것을 가져온 셈이다. 그 여자애들은 내 나이였다. 내가 그렇게 될 수도 있었다. 코라는 생선 몇 꾸러미를 위해 남자와 섹스를 하려고 심부름을 시키는 척하며 잉글랜드에서 가장 위험했던 거리로 나를 내몰았다. 갑자기 나는 엄마가 살아 있으면 좋겠다고 생각한다. 그래서 코라가 나를 위해 엄마 노릇을 하며 나를 먹여 살릴 필요가 없으면 좋겠다고 생각한다.

"저 사람은 이제 안 올 거야." 코라가 신문을 다시 접으며 말한다.

"어차피 생선은 질렸어. 다음에는 정육점 남자랑 자."

코라는 미소를 짓지 않는다. 아마 그럴 수가 없을 것이다. 코라는 창문 밑에서 발목을 깔고 앉아 신문을 넘긴다. 언니 뒤에서 태양이 떠올라 늘어선 집들 위에서 힘을 모은다. 아침 햇살을 받으니 언니의 머리카락 끝이 건조하고 갈라져 보인다. 오늘 언니는 늙어 보인다. 지쳐 보이지는 않지만 의욕이 별로 없어 보인다. 앞으로 나아가기 위해서 단념한 사람처럼.

나는 프라이팬에 달걀 두 개를 깨뜨려 넣고 가장자리가

하얗게 변하는 것을 지켜본다.

"아빠가 아는 사람이었어." 코라가 말한다.

"응."

나는 팬을 기울여서 흰자를 기름에 익혀 모양을 만든다. 그리고 기름에 빵 두 조각을 던져 넣는다.

"둘이서 저 포치를 같이 만들었는데. 세상에."

"단단하게, 아니면 물렁하게?" 내가 말한다.

"뭐?"

"언니 달걀 말이야. 단단하게 익혀, 물렁하게 익혀?"

"물렁하게."

코라는 아빠가 동료 운전수들과 함께 찍은 사진을 보고 있다. 나는 언니가 사진을 집어 들지도 모른다고 잠깐 생각하지만, 언니는 그러지 않는다. 코라가 시선을 내려 신문을 읽는다. 언니는 턱이 아빠랑 똑같다. 이제야 알았는데, 언니의 얼굴은 각이 져서 단호해 보이지만 눈은 다른 말을 한다. 언니가, 노래하는 계산원이 울음을 터뜨릴 듯한 표정을 짓는다.

"물렁한 달걀 하나 나왔습니다." 내가 이 나간 접시에 노른자가 동그란 달걀과 구운 빵을 담으며 말한다. 접시 테두리에 파란색 물망초 장식이 얼키설키 그려져 있다.
 "이거 먹어." 내가 말한다. "기분이 좀 나아질 거야."

화상

그들은 여름 동안 시험해볼 생각이다. 다 같이 모든 문제의 원인인 그들의 과거와 맞서 짓밟아 없앨 것이다. 적어도 생각은 그렇다.

첫날 밤, 그들은 집 앞쪽에 나와 앉아 있다. 세 아이와 아버지, 그리고 새 아내 로빈. 아이들은 포치 그네에 앉아서 하늘을 본다. 경찰 제복처럼 무서운 파란색이다. 다리가 제일 긴 장남이 발로 난간을 밀어 그네를 움직이고, 남동생과 여동생은 양옆에 앉아 있다. 아버지는 흔들의자에 앉아 있지만 의자를 흔들지는 않는다. 대신 그는 기억을 떠올린다.

붕대와 연고 냄새, 알루미늄 포장에 싸인 거즈, 가벼운 화상을 치료하는 차가운 식초. 새 아내는 난간에 서서 손톱줄로 손톱을 다듬는다. 신체적으로 그녀는 애들 엄마와 정반대이다. 평범한 생김새에 가슴이 납작하고 노란 머리카락은 허리까지 내려온다. 모두가 귀를 기울인다. 키 큰 소나무들이 바람을 쓰다듬고(거기 누구야, 라고 묻는 것 같다. 누구야? 누구?) 그녀의 사슬이 삐걱거린다. 저 아래 들판에서 무언가가 덜걱거린다. 암소가 울타리 대문에 몸을 긁고 있는지도 모른다. 아이들은 앞뒤로 계속 흔들리며 어둠과 부딪친다. 여자애가 눈을 감자 아버지가 아이를 안아 올려 데리고 들어간다. 두 아들은 새엄마와 셋이서만 남고 싶지 않아서 얼른 따라 들어간다.

침실에 켜진 불이 더러운 창유리를 통해 희미하게 새어 나온다. 로빈은 스프링 위로 매트리스가 꺼지는 소리와 운동화가 나무 바닥에 떨어지는 소리, 고무 허리밴드를 튕기는 소리, 지퍼 소리, 낮은 목소리를 듣는다. 캄캄하지만 별이 빛나고, 시골에는 뱀이 있다. 시골. 낯선 집으로 이어지는 자갈길, 곰팡이와 소똥의 냄새, 푹푹 팬 마당 웅덩이에 갇힌 빗물.

남편이 밖으로 나와 나무판 바닥 위를 걷는다. 그의 목소리는 다정하고 울림이 깊다. 로빈은 그와 결혼한 것을 후회하지 않는다.

"돌아갈 수 없는 건 아니야, 로빈. 결정된 건 하나도 없어. 알지?"

"알아." 로빈이 손을 뻗어 그의 손을 꼭 쥔다.

"이 상황을 받아들여야 돼. 잘 안 풀리면 언제든지 시내로 돌아갈 수 있어. 아무런 피해도 없을 거야. 알겠지?"

그녀가 어둠 속에서 고개를 끄덕인다.

"젠장, 옛날로 돌아온 것 같아. 식기 서랍을 쾅 닫는 소리가 들릴 것만 같아. 그게 시작이었어. 그 여자가 식칼 서랍을 쾅 닫으면 문제가 생긴다는 낌새를 챌 수 있었지." 그가 손가락 관절이 새하얘지도록 난간을 꽉 잡는다. "이 그네 보여? 내가 아들을 위해서 여기 달았어. 맨발로 그네를 타면서 화상을 식히라고 말이야. 젠장." 그가 전부 자신에게는 너무 벅차다는 듯이 고개를 젓는다. "어떻게 난 그렇게 오랫동안 아무것도 모를 수가 있었을까?"

"이제 그만 자자, 여보." 로빈이 그의 손을 잡으며 말한다.

그들의 물건이, 상자며 커다란 여행 가방이 바닥에 널려 있지만 로빈은 아이들 방에서 새어 나오는 취침등 불빛에 의지해 침실로 간다. 두 사람은 씻지도 않은 채 옷을 벗고 눕는다. 로빈이 담요를 턱까지 끌어올린다. 어둠 속에서 그녀는 남편을 알아볼 수 없다. 여기는 너무 어둡다는 생각을 떨칠 수가 없다. 로빈은 백만 달러를 준다 해도 그 자갈 깔린 도로를 혼자 걸어가지 않을 것이다. 몸을 돌려 따뜻한 남편의 품에 안기자 밑에서 그녀를 끌어당기는 잠이 느껴진다. 로빈은 잠에 굴복하여 까무룩 빠져들면서 남편의 전부인도 이쪽에서 잤을까 생각한다.

아침이 되어 문과 창문을 열어서 고정시키자 신선한 바람이 집 안으로 들어온다. 걸쇠가 뻑뻑한 창문도 있고 구석구석이 거미줄이다. 두 사내아이가 창틀에 죽어 있는 나방과 벌레를 살펴보면서 이쑤시개로 뒤집어보고, 다리 개수를 세고, 날개를 뜯어낸다.

"징그러워!" 여자애가 식료품실의 오래된 콘플레이크 상자 밑에서 새끼 바퀴벌레를 발견하고는 말한다.

온통 하얀 먼지가 두껍게 내려앉았다. 여자아이는 수평면에 자기 이름을 쓴다(이제 막 읽고 쓰는 법을 배웠다). 난로 위에 걸려 있는 박제 수사슴 머리는 꼭 눈속에서 빠져나온 것 같다. 로빈은 지켜보는 듯한 그 플라스틱 눈이 마음에 들지 않는 데다가 부엌에서도 왠지 황량한 느낌이 든다. 벽은 주황색이고, 싱크대 위에는 브이자를 그리며 날아가는 파란색 목조 거위들이 매달려 있고, 식탁은 건들거린다.

그들은 아침식사로 여기 오는 길에 먹다 남은 정크푸드를 먹는다. 크래커, 마가린, 토르티야 칩. 로빈이 병에서 인스턴트커피를 긁어내고 스튜 냄비에 물을 끓인다. 서랍 속의 나이프, 포크, 스푼은 대부분 녹슬었다. 냉장고를 열자 녹색 식초병에 둥둥 뜬 피클, 말라버린 마늘, 쭈글쭈글해진 핫도그가 보인다.

"누구 페니실린 주사 맞을 사람?" 로빈이 곰팡이 핀 토마토를 들고 말한다.

아침 식사를 마친 뒤에는 집을 탐색한다. 생활 공간은 전부 2층에 있다. 넓은 식당 겸 주방, 크고 천장이 높은 거실,

욕실 딸린 침실 셋, 싱글 침대가 여덟 개 놓인 공동 침실(추수감사절이면 친척들이 왔다). 부엌 옆 창고에 세탁기와 건조기, 요람이 있고 벽 선반에 페인트 깡통과 아기 장난감, 프리스비, 숯이 빼곡하게 쌓여 있다. 전부 햇볕을 너무 많이 받아서 색이 바랬다. 거실에서 계단을 내려오니 1층은 텅 비어 있다. 이 아래에는 퀴퀴한 기운, 콘크리트 바닥, 낡은 가죽과 뿌리와 쥐 냄새뿐 아무것도 없다. 둘째가 계단 꼭대기에 서서 가족들이 1층으로 내려갔다가 올라오는 모습을 지켜보지만 내려갈 용기를 내지 못한다.

마당을 따라 내려가면 칸막이가 있는 검은 축사, 건초 더미, 문 안쪽에 독버섯이 난 닭장이 있다. 마당 제일 끝의 나무 여러 그루에 작고 딱딱한 복숭아가 달려 있다. 아침 해가 집 한쪽 면에 깊고 만져질 듯한 그늘을 드리운다. 텃밭에 콩을 지지하는 대나무 막대는 비스듬히 기울긴 했지만 아직 서 있다. 남자애들이 땅에서 막대를 뽑아 투창이라도 된 듯 키 큰 잡초 너머로 던진다. 여자애는 기린 인형을 안고 조용히 돌아다니면서 기린을 들어 틈새로 닭장과 헛간 칸막이 안을 보여주고, 빈 사료 봉투에 적힌 상표명을 읽는다.

남자애들이 아버지와 함께 차를 타고 물건을 사러 간 사이 로빈은 여자애를 데리고 들판으로 내려가 들꽃을 딴다. 이름을 모르는 덤불 때문에 화단이 피처럼 빨갛다. 여자애가 옻나무를 가리키면서 로빈에게 "조심해요" 하더니, 손을 뻗어 가장 빨갛고 묵직한 꽃을 딴다. 여자애가 손목의 동그란 흉터를 긁자 로빈이 꽃을 들어줄까 묻는다.

  아이가 잽싸게 소매를 내리며 아니라고 고개를 젓는다.

  그들은 바스락거리는 미나리아재비가 핀 풀밭을 다시 올라가 집으로 돌아간다. 여자애가 창고에서 플럼토마토가 들어 있던 낡은 깡통을 몇 개 발견해 변색된 라벨을 벗기자 반짝거리는 은색 통이 드러난다. 로빈이 빗자루로 바닥을 쓰는 동안 아이가 깡통에 빨간 꽃을 꽂는다.

  남자애들이 갈색 식료품 봉투 몇 봉과 맥도널드 해피밀을 들고 돌아온다. 아이들의 아버지가 샘에서 식수를 떠 왔다. 여자애가 등받이 없는 의자에 올라가 앉자 식탁이 흔들려서 음료수가 쏟아진다. 얼굴에 겁에 질린 표정이 스쳐지나간다. 아이가 심하게 울기 시작한다.

  "얘야!" 아버지가 말한다. "얘, 우리 아기, 왜 그래? 자,

괜찮아. 여기, 내 거 마셔."

그가 딸을 무릎에 앉히고 자기 음료수를 한 모금 먹인 다음 감자튀김을 케첩에 찍으면서 딸에게 착하지, 우리 딸, 어서 먹어, 금방 마당의 잡초만큼 키가 클 거야, 라고 말하지만 아이는 아빠의 무릎 사이로 미끄러져 내려가 식탁 밑에 쭈그리고 앉는다.

그날 밤, 아이들이 잠자리에 들고 문단속을 끝낸 다음 두 사람이 침대에 누워 이야기를 나눈다.

"여기에 오다니 벌레가 득시글거리는 깡통을 연 거나 마찬가지일지도 몰라." 그가 말한다. "아이들을 여기로 데리고 오다니. 벌레가 득시글거리는 커다란 깡통을 연 거지."

"그렇지 않아, 여보."

"그년이 아직도 여기 있는 것 같아. 느껴져. 아이들도 느끼고 있어." 그가 말한다. "오늘 봤잖아, 겨우 음료수 좀 쏟은 걸로 얼마나 당황하는지. 이럴 필요가 없을지도 몰라." 그가 손을 뻗어 선풍기를 한 단 올린다. "한번은 식당에 갔다가 애가 포도 주스를 쏟았어. 그게, 포도 주스는 얼룩이 생기잖아. 게다가 좀 좋은 식당이었거든. 흰 식탁보도 깔려 있고 그런 식당. 그래서 그 여자가 이성을 잃고 내가 어쩌기도 전에 저 작은 애 뺨을 힘껏 때리더라고."

"세상에."

그가 플라스틱 컵에 담긴 물을 마신다. 배에 난 털 몇 가닥이 하얗게 세었다.

"이 집을 새롭게 꾸밀까 봐. 여기저기 고치고 좀 바꾸고 말이야." 로빈이 말한다. "애들 친구들도 초대하고. 집이 좁은 것도 아니니까."

"글쎄." 그가 이마를 닦는다. "성수도 뿌리고 목사님도 모셔야 할지도 모르지. 아니면 불을 질러버리고 얼른 도망가야 할지도. 집으로 돌아가서 머리가 어떻게 된 건 아닌가 검사도 받고."

"걱정 마." 그녀가 그의 머리카락을 긁어주며 말한다. "다 괜찮아질 거야. 두고 봐."

"그랬으면 좋겠다." 그가 주먹으로 베개를 두드리며 말한다. "정말 그러면 좋겠어."

제일 먼저 부엌부터 시작한다. 서랍장과 건들거리는 식탁까지 가구를 전부 들어내고 벽에 붙은 소화기와 나무로 만든 거위도 떼어내고 찬장을 비운다. 그들은 낡은 휘트니 은행 달력 뒷면에 새로운 주방 설계도를 그린다. 아일랜드 식탁을 놓기로 한다. 그러면 다 같이 둘러앉아서 요리도 할 수 있다. 두 사람은 아이들에게 전화번호부의 '목공소' 목록에서 이름을 하나씩 고르라고 한 다음 전화를 걸어 견적을 묻는다.

주말이 되자 주방 한가운데 아일랜드 식탁이 완성된다. 고급스러운 것은 아니고 높이가 좀 있고 밑에 장이 달린 직사각형 조리대일 뿐이다. 가스회사 직원이 와서 가스레인지에 관을 연결해주었다. 로빈이 여자애를 데리고 협동조합에 가서 조리대 상판에 붙일 예쁜 붉은 벽돌 타일을 고르고 가장자리에 붙일 베이지색 잎사귀 장식 타일을 스물네 개 산다. 온 가족이 대야에 시멘트를 섞어서 타일을 전부 붙인다. 로빈은 다들 잠든 후에도 여자애가 일을 돕도록 허락한다. 그녀는 앉는 부분이 캔버스로 되어 있어서 떼어내 세탁기에 돌릴 수 있는 높은 접이식 의자를 다섯 개

사고, 전기 기사를 불러 가스레인지 위에 밝기 조절 스위치를 설치한다. 남자애들이 머리 위 들보에 갈고리를 달아 천장에 조리기구를 전부 건다.

주방 공사가 끝난 날 밤, 남자는 루트비어를 사러 차를 몰고 윈 딕시 슈퍼마켓에 간다. 로빈은 오븐에 라자냐를 넣어놓았고 디저트로 초콜릿케이크를 굽고 있다. 아이들이 아일랜드 식탁 주변에 놓인 접이식 의자에 무릎을 꿇고 앉아서 돕는다. 로빈은 밀가루와 코코아를 체로 내리는 일을 첫째에게 맡기고 나무 스푼으로 버터와 설탕을 섞는다. 여자애가 찻숟가락으로 베이킹파우더와 옥수수 전분을 계량해서 넣고 케이크틀에 버터를 바른다. 그동안 여자애 오빠는 달걀을 섞는다. 로빈은 모두 돌아가며 반죽을 섞게 하고, 왼손잡이라서 반시계 방향으로 반죽을 섞는 여자애를 보며 미소 짓는다. 로빈이 오븐 온도를 확인하고 틀에 반죽을 붓는다. 아이들이 그릇을 깨끗이 핥는다.

"됐다." 로빈이 말한다. "아빠가 곧 오실 거야. 정리하자."

로빈이 초에 불을 붙여 아일랜드 한가운데 놓고 조명을 어둑하게 낮춘다. 여자애가 따온 빨간 꽃이 창틀에 있는 것을 보고 그녀가 손을 뻗는데, 바로 그때 발밑에서 뭔가 느껴진다. 처음에는 쥐라고 생각한다. 그녀는 쥐가 무섭지 않다. 여자애가 제일 먼저 소리를 지른다. 아이들이 위험을 피해 본능적으로 아일랜드 식탁에 올라가다가 불 켜진 초를 쓰러뜨린다.

바로 그것이 아버지가 맞닥뜨린 장면이다. 소리를 지르는 세 명의 아이와 새 아내, 타오르는 불꽃, 주방에서 시작된 불, 움직이는 바닥. 그는 불이 옮기 전에 얼른 촛불을 끄고 바닥을 내려다본다. 이런 광경은 처음이다. 무슨 이유에선지 움직일 수가 없다. 그는 아프리카의 어느 들판에 메뚜기떼가 내려앉아서 곡식을, 생계 수단을 몇 분만에 다 먹어 치우는 옛날 흑백영화를 떠올린다.

바퀴벌레가 사방에 기어다닌다. 몸이 딱딱하고 반짝이는 벌레들. 아일랜드 식탁 주변에서 기어다니며 찬장 문 위로, 수도꼭지 뒤로, 음수대 밑으로 허둥지둥 도망친다. 고양이 오줌 같은 냄새를 풍기는 창틀의 빨간 꽃 뒤로 소용돌이치며 움직인다. 벌레들이 내는 소리가 가랑비 소리와 다르지 않다. 아이들은 아일랜드 식탁에 서 있다. 첫째가 들보에 걸린 서빙스푼, 뒤집개, 국자 같은 조리도구를 내려 동생들에게 나눠준다. 아이들이 죽이기 시작한다. 운동화를 신은 발로 쿵쿵 밟는다. 처음에는 머뭇거리던 여자애도 벌레들을 제대로 후려치려고 소매를 걷어올린다. 로빈이 창고로 달려간다. 한 걸음 내디딜 때마다 신발 밑에서 끔찍한 소리가 난다. 그녀가 테니스 채와 플라스틱 야구 방망이를 가져와서 같이 죽이기 시작한다. 남편은 홀린 듯 서 있고 새 아내는 양손으로 벌레를 죽인다.

"가만히 서 있지 말고 좀 도와줘!" 로빈이 소리친다.

그녀가 남편에게 야구 방망이를 건네고 아일랜드 하부장의 문을 열자 또다시 한 무리가 바닥으로 쏟아져 나온다. 이 집의 심장부 같은 곳에서 쏜살같이 줄줄이 기어나와, 아래층의 주방 한가운데로 몰려든다. 귀청을 찢는 사나운 아이들의 목소리가 천둥처럼 집안을 울린다. 벌레를 죽이려고 다들 기어 내려온다.

"덤벼!" 아버지가 소리친다. "덤벼라, 이 새끼들아!"

반짝이는 냇물처럼 밀려들던 벌레떼가 똑똑 떨어지는 물방울 정도로 줄어들었다가 뚝 끊길 때까지 시간이 얼마나 걸렸는지 그들은 알지 못한다. 아버지의 눈썹이 땀에 젖고, 여자애의 머리를 묶은 고무줄이 거의 머리카락 끝까지 흘러내리고, 남자애들은 축구 경기라도 뛴 것처럼 호흡이 거칠다. 그들은 요리가 타는 냄새도 맡지 못한다. 다 같이 보고 있다. 다 같이 귀를 기울이고 있다. 모두가 귀를 기울인다. 자신들의 심장박동 소리가 들린다. 물이 한 방울 싱크대에 똑 떨어지자 온 가족이 하나가 된 듯 격렬하게 움직인다.

남자애한테는 이상한 이름

나는 너에게 말해주려고 집으로 돌아왔다. 나는 나의 과거로 걸어 들어왔다. 이제 나에게는 너무 작아진 옷, 여성 잡지에 실릴 법한 이야기. 아, 예전에도 돌아왔었다. 몇 번의 약혼 파티, 조카의 세례식, 크리스마스 때 배를 타고 건너왔다. 너를 만난 건 그런 자리에서였다. 너는 전채를 먹으며 나에게 말을 걸었고, 스팽글 드레스 차림의 여주인과 검은 옷을 입은 남자 사이에 우리 둘이 서 있을 때 너는 나에게 바삭한 토스트에 올린 파테를 내 입에 넣어주었다. 너에게 나는 크리스마스의 불장난 상대, 연휴의 지루함을 잊게 해줄 존재였고 나에게도 너는 그런 존재였다. 하지만 내가 걸음마를 배웠던 이 마룻바닥에 이제 내 여행 가방이 닻처럼 무겁게 놓여 있다. 어쩌면 나는 영영 돌아온 것일지도 모른다.

방에서 친척 여자들이 차를 들고 내 주변으로 모여든다. 찬장 깊숙이에서 꺼낸 도자기 잔과 잔받침이 쟁반에서 쨍그랑거린다. 트위드 차림의 뼈대가 굵은 여자들로, 나에게 옳고 그름과 예의범절을, 또 힘든 노동의 가치를 가르쳤다고 생각한다. 포기해놓고 그것을 행복이라고 부르는, 배가 납작하고 변덕스러운 여자들. 우리는 남자를 위로하는 여자와 절대 거절하지 않는 남자의 후손이다. 여자들이 제일 좋은 찻잔에 차를 따르고 내 미래에 대해서 묻는다. "지금 무슨 일을 하지?" 또 "이제부터 뭘 할 거니?" 묻는데, 둘은 다르다.

"글을 쓸 거예요." 내가 말한다. 외설적인 소설 말이에요, 라고 덧붙이고 싶다. 음란하고 음탕한 소설, 『패니 힐』*은

---

* 영국 소설가 존 클러랜드가 18세기에 발표한 호색 소설.

주일미사 책처럼 느껴질 소설.

이 대답에는 늘 비웃음이 따른다. 재치 있는 대답이지만 이상한 직업이라고, 특히 내 나이에는 더욱 그렇다고 한다. 그들은 머릿속으로 내 나이를 계산하느라 내가 태어난 즈음에 무슨 일이 있었는지, 누가 죽었는지 기억하려 애쓴다. 내 나이를 확실히 모르지만 이제 넌 어리지 않다고 말한다. 지금쯤에는 다른 일을 하고 있어야 한다. 안정된 수입과 괜찮은 자동차를 가진 미혼 남성에게 들러붙어 있어야 한다.

"너랑 책이라." 그들이 고개를 저으면서, 티백을 짜면서 말한다.

이 사람들은 사실을 반도 모른다. 내가 그들을 어떤 모습으로 바꾸었는지, 힘들게 얻은 지금의 얼굴에서 어떻게 20년을 지워내고 벌꿀 같은 금발을 어떻게 지웠는지 모른다. 어떻게 다른 나라에서, 다른 이름으로 살게 했는지. 어떻게 낡고 더러운 양말처럼 뒤집어 놓았는지. 내가 한 온갖 거짓말을.

내가 여행 가방을 풀자 의식과도 같은 순서가 시작된다. 침대와 안락의자, 창가에 놓인 의자에서 다들 몸을 내밀고 내가 무슨 옷을 새로 샀는지, 내 구두가 에나멜 가죽인지, 내 원피스는 실크인지 궁금해하며 대화를 나눈다. 천을 만져보고, 밑단이 얼마나 긴지 확인하고, 라벨을 읽고, 가방을 뒤진다.

"저기 꽤 좋은 게 있네. 어디서 났어?"

"세상에, 미니스커트 좀 봐!"

"하지만 미니가 다시 유행이잖아, 몰랐어?"

"쟨 다리가 예쁘니까."

"참 좋은 리넨이긴 한데 다리기 힘들겠어."

"다릴 필요 없는 옷이 최고야, 안 그래?"

"저건 사이즈가 몇이야? 나한테 맞지 않을까? 이런 말을 해도 될지 모르겠지만 살이 좀 쪘구나. 하지만 넌 키가 크니까 괜찮아."

나는 실용적인 면 블라우스와 고무밴드 플레어스커트, 까만색 울 바지 정장, 캐시미어 원피스를 철사 옷걸이에 건다. 내 직업을 감추는 실용적인 신발. 친척들을 헷갈리게 만드는 빨간 하이힐. 이들은 내 물건을 뒤지면서 내가 어떤 사람인지 알아내려 애쓴다.

곧 친척들은 저녁식사를 준비하러 주방으로 간다. 6시가 다 되어간다. 남자들이 곧 집으로 돌아올 것이다. 싱크대에 감자를 쏟는 소리, 스튜 냄비 뚜껑이 달그락거리는 소리가 들리고 곧 순무 삶는 냄새가 위층으로 올라온다. 저녁이면 뒷방이 노랗게 멍드는 것을 그동안 잊고 있었다. 나는 창문 밑에 앉아서 그늘에 얼굴을 숨기고 햇볕에 책을 내놓은 채 읽으면서 이렇게 책을 멀리 두고 보면 눈에 안 좋을까 생각한다. 나는 『자메이카 여인숙』을, 이 속임수로 나를 처음 끌어들였던 책을 읽으면서 딸이면 '대프니'라는 이름이 좋겠다고 생각한다.

나는 더블린에서 너를 만나기로 했다. 카우보이 부츠를 신은 너는 잘생기고 키가 커 보인다. 너는 인사로 내 목에 입을 맞추지만 입술이 차갑다. 그리고 내 기억에는 없는 것이, 금 피어싱이 왼쪽 귓불에 튀어나와 있다. 너는 잉글랜드의 공기가 나한테 잘 맞는 것 같다고, 얼굴이 활짝 피었다고 말한다.

"거기서 뭘 하는지 모르지만 좋아 보이네." 네가 못마땅하다는 듯 말한다.

아일랜드 여자는 잉글랜드를 싫어해야 한다. 집에 틀어박혀서 아들을 제대로 키우고, 닭의 속을 채워 요리하고, 파슬리를 뿌리고, 시끄러운 일요일 경기를 견뎌야 한다.

"나 몸 팔잖아, 몰랐어?"

"음, 말버릇은 그대로네." 너는 껄껄 웃더니 내 팔짱을 끼고는 해안으로, 샌디코브로, 추운 오후 햇살 속에 버섯처럼 우뚝 선 제임스 조이스 타워의 화강암 돔으로 나를 데려간다.

"저 사람이 그 유명한 책을 다 썼어." 네가 말한다. "생각해 봐, 여기가 그 콧물녹색 바다야.*"

더러운 바다가 너울거리며 남성 전용이었던 해변이 내려다보이는 바위에 철썩 부딪친다. 나는 몸을 뉘고 외투로 둘러싼다. 짭짤한 바람이 매섭다. 엉덩이가 떨어져 나갈 것 같다. 우리는 아무 말도 없이 한참 동안 그렇게 누워 있고, 각자의 생각이 따로 뻗어나간다.

서쪽 어딘가의 여자애 이야기가 떠오른다. 그녀는 자기

---

* 제임스 조이스의 『율리시스』 도입부에서 주인공 벅 멀리건이 샌디코브에서 바다를 내려다보며 "콧물녹색의 바다"라고 말한다.

아버지가 지은 오두막, 굴뚝도 없는 단칸방에서 발견되었다. 그는 숲속에 딸을 데려다 놓고 이웃이 알아차리느니 죽게 내버려두었다. 사진이 아직도 눈에 선하다. 들것에 실린 시체 자루, 학교 단체 사진에서 미소를 짓고 있는 소녀. 그녀의 머리와 어깨에 동그라미가 쳐져 있었다.

낚싯배 한 척이 지나간다. 거리가 별로 멀지 않아서 남자들의 노랫소리가 들린다. "나의! 나의! 나의! 디일라일라!" 우리는 호스를 향해 더 깊은 바다로 나아가는 그들을 지켜본다.

너는 재미있다고 생각한다.

"멍청한 것들." 네가 미소를 지으며 말한다.

너는 다른 남자들이 즐기는 것을 보면 늘 좋아했고, 너도 조금 즐겼다. 나 역시 지금 내가 아는 것을 알지 못했다면 재미있다고 생각했을 것이다. 예전에 나는 앎에는 지나침이 없다고 생각했다. 대학 시절에는 아무리 배워도 성에 차지 않았다. 나는 침대 옆 장에 책을 잔뜩 쌓아놓고 밤늦도록 읽어치웠고, 책을 팔아서 다음 책을 사는 데 보탰다. 시간이 지나면 배움이 줄어들 수 있다는 듯이 말이다. 하지만 이제 나는 지나치게 많이 안다. 나 자신에 대해 반박할 수 없는 이야기를 엿들은 사람이 된 기분이다. 그러므로 천천히 해야 한다. 마음의 준비가 될 때까지 혼자서만 알고 있어야 한다. 너무 가득 담긴 잔을 들고 있어서 쏟을까 봐 못 움직이는 느낌이다.

곶에 비가 내린다. 나는 비가 남쪽으로 이동하며 회색으로 부드럽게 휩쓰는 광경을 본다. 갈매기들이 급강하해서 바위에 똥을 싸고 날씨를 앞지른다. 우리가 이런 시간을 보내는 것은 이번이 마지막이라는 느낌이 든다. 우리 사이의 격의 없는 분위기는 여기서 끝날 것이다.

"한잔하러 가자."

우리는 바다의 가장자리를 벗어나 시내로 향한다. 술집은 어둑하면서 따뜻하고, 빛바랜 헐링* 팀 사진이 벽에 걸려 있다. 앞줄의 남자들은 한쪽 무릎을 꿇고 카메라를 본다. 너는 바에 누가 있는지 확인하고, 나는 너에게 이야기를 들었지만 한 번도 소개받은 적 없는 네 친구들을 떠올

---

* 하키와 비슷한 아일랜드의 구기 종목.

린다. 중년 남자 세 명이 카운터에 앉아 『이브닝 헤럴드』를 보면서 유력한 경주마에 동그라미를 치고, 개 경주에 돈을 걸고, 승률에 대해 이야기한다. 너는 파인트 잔을 두 개 들고서 마구간의 불을 끄려고 양동이 두 개에 물을 가득 퍼 오는 사람처럼 테이블로 온다. 서두르면서, 금방 다시 가지러 갈 것처럼.

불가의 안락의자에 앉자 나는 그 밤들이, 크리스마스부터 새해 첫날까지의 일주일이 다시 떠오른다. 아무도 없는 네 어머니의 집에서 둘이 보낸 여섯 날과 여섯 밤, 내가 알몸에 네 옷만, 무릎까지 내려오는 스탠드칼라 셔츠와 뒤꿈치가 갈색이 된 두꺼운 축구 양말만 걸쳤던 그때. 우리는 집에 틀어박혀서 포장해 온 음식을 먹었다. 차우멘,* 신선한 대구와 감자 튀김, 정말 이상한 크리스마스 음식이었다. 방 한구석에 걸려 있던 일장기가, 피로 얼룩진 휴전처럼 새빨갛게 물든 가운데 부분이 생각난다. 네가 그것을 떼어내 탁 털고서 네 어머니의 킹사이즈 침대에 알몸으로 누워 있

---

* 국수를 잘게 다진 고기, 야채와 함께 볶은 중국식 요리.

던 나에게 떨어뜨렸던 것도. 아마도 나는 그때 알았어야 했다. 우리는 한밤중에 일어나 사랑을 나눈 다음 커피를 내렸고, 너는 할 말이 별로 없었지만 그건 괜찮았다. 나는 똑바로 앉아서 눈이 녹아 질퍽해진 진창을 지나가는 자동차 소리, 늦은 시간에 집으로 돌아가는 기분 좋은 취객들이 괴상하게 부르는 〈고요한 밤〉에 귀를 기울였다. 유리창에 흩뿌려진 이슬비 때문에 올록볼록 물집이 잡힌 조지 왕조 양식 주택들의 풍경.

네가 무엇을 기대하는지 궁금하다. 또다시 엿새 간의 불장난일까? 내가 네 어머니의 침대에서 보낸 일주일처럼 사소한 일을 흘려보내지 못할 만큼 눈치 없는 여자라고 생각하는 것 같다.

"왜 말이 없어?" 네가 묻는다.

그러자 마음의 준비가 전부 사라진다. 되돌릴 수 없는 말이 퉁명스럽게, 빠르게 쏟아져나온다. 네 손이 술잔을 꽉 잡는다. 나는 네가 무슨 말이든 하기를 기다린다. 나는 너를 사랑하지 않지만 네가 날 사랑한다고 말하면 좋겠다. 그러면 균형이 회복될 것 같다. 내가 아이를 지우지 않으려면 너는 적어도 나를 사랑해야 한다.

화격자에서 생나무가 쉭쉭 소리를 내며 타오르고 나무껍질이 벗겨지며 송진이 흘러나온다. 할머니가 군인이라고 부르던, 줄줄이 연결된 불꽃들이 숯 위를 행진하지만 너는 아무 말도 하지 않는다. 네가 무슨 말을 하든 나는 감당할 수 있다. 나는 통에 빗물을 받아서 쓰고 하늘을 살필 것이다. 열다섯 가지 바람의 유형을 배울 것이고, 부스럭거리는 당단풍나무 소리를 듣고 내일 내릴 비의 무게를 짐작할 것이다. 쐐기풀 수프와 민들레 빵을 만들고, 아무것도 요구하지 않는다. 나는 너에게 위안을 주지 않을 것이다. 나는 남자를 아이처럼 보살피는 여자가 되지 않을 것이다. 그런 여자는 내 세대에서 끝이다.

너는 바에 앉은 두 사람을, 가죽 재킷과 청바지 차림의 삼십대 초반의 젊고 자유로운 남자들을 본다. 네가 자리에서 일어나 카우보이 걸음으로 일고여덟 발짝만 가면 그곳이다. 너는 거품이 잔의 중간쯤으로 내려갈 때까지 흑맥주를 마신다. 목에 걸린 돌멩이처럼 움직이는 너의 후골이 보인다.

"그래, 이미 일어난 일이니 어쩔 수 없지." 네가 말한다.

내가 테이블 위로 손을 뻗어 네 윗입술에 묻은 거품을 닦아내지만, 손이 닿자 예전에 우리가 닿았던 기억이 떠오르고, 네가 몸을 뒤로 뺀다.

"대프니라는 이름 어때?"

그 순간, 내 결정에 이름이 붙는다. 배 여행도 없고, 돌돌 만 20파운드짜리 지폐도 없고, 낡은 여성지가 놓인 새하얀 대기실도 없다.

네가 잔을 들여다본다.

"남자애한테는 이상한 이름이네."

너는 그 차가운 입술을 움직여 미소를 짓는다. 네 표정은 사진 속 헐링 선수의 표정과 다르지 않고, 나는 그것이 자존심 아닐까 생각한다. 자존심은 나도 알기 때문이다. 갑자기 나는 너를 원하지 않는다. 너를 친구들로부터, 담배 연기 자욱한 당구장에서 보내는 밤으로부터 떼어놓고 싶지 않다. 나는 이 작별의 술잔을 마시겠지만, 이 밤이 끝나면 너와 악수할 것이다. 여우를 잡듯이 너를 덫으로 잡아서 그렇게 너와 같이 살지 않을 것이다. 몇 년 후 어느 날 밤에

네 눈을 들여다보았다가, 가장 후회하는 것이 크리스마스 파티에서 만난 여자와 어머니의 침대에서 보낸 은밀한 엿새 밤인 남자를 발견하지는 않을 것이다.

"다 마셔." 네가 내 잔을 가리키며 말한다. "지금 넌 철분이 많이 필요하잖아."

그래서 나는 아일랜드 흑맥주를 1파인트 마시고, 네가 흰 거품에 숨겨진 무기질의 이름을 말했다는 사실에서 위안을 얻는다.

어디 한번 타봐

로슬린은 게이터 로지 호텔 주차장으로 들어가서 핸드브레이크를 올린다. 주변에 아무도 없는 것이 징조가 좋다. 뒤쪽에 차가 두 대 서 있는데, 낡은 파란색 뷰익 옆에 칠이 벗겨진 픽업트럭이 세워져 있고 운전석에서 못생긴 갈색 잡종개가 헐떡이고 있다. 로슬린은 그의 개가 아니기를 바란다. 남자는 자기 내면과 닮은 개를 고른다고들 하는데, 이 개는 너무 못생겼고 남자도 그 사실을 안다.

로슬린이 열기가 쏟아지는 바깥으로 나가자 쓰레기에서 역한 냄새가 난다. 점심시간은 벌써 지났다. 그녀가 치맛주름을 매만지고 심호흡을 한다. 잘돼야 해. 로슬린이 이렇게 생각하며 하이힐 신은 발로 자갈길을 걸어간다. 그녀가 포치를 향해 성큼성큼 걸어가는데 뚱뚱한 도마뱀이 돌 틈의 회반죽 위를 지그재그로 기어간다. 로슬린이 문을 열고 에어컨에서 나오는 차가운 강풍을 느낀다.

"파란 셔츠를 입고 갈게요." 그가 말했었다.

"온 세상 남자 두 명 중 한 명은 파란 셔츠를 입을걸요. 모자를 써요."

"그래 봤자 마찬가지예요. 미시시피 남자 두 명 중 하나는 모자를 쓰는데요."

"그냥 써요." 그녀가 말했다.

웨이트리스가 바에서 달러 한 뭉치를 펴고 있다. 그녀가 로슬린을 보고 담배를 비벼 끄더니 오후 4시의 미소를 짓는다. 파란 셔츠를 입은 남자가 그녀를 등진 채 창가에 앉아 있다. 탁자에 카우보이모자가 놓여 있다. 유일한 손님이다. 로슬린이 그를 향해 곧장 걸어간다.

"당신이 거스리?"

"맞아요. 당신은 로슬린?"

그녀가 고개를 끄덕인다.

"모자를 쓰는 게 지겨워서요." 그는 로슬린이 모자를 어디에 쓰는 건지 모른다는 듯이 멍청하게 자기 머리를 가리킨다. 거스리는 자리에서 일어나 매너 있게 의자를 빼줄 생각이었지만 로슬린은 이미 자리에 앉아서 등받이에 플라스틱 가방끈을 걸고 있다. 기대했던 것보다 훨씬 예쁘다. 거스리는 그녀가 전화기 너머에서 가짜 웃음을 꾸며내는 뚱뚱한 여자일 줄 알았다.

로슬린은 그에게 이런 만남이 처음일 리가 없다고 생각한다. 남자는 지나치게 침착하고 얼굴이 크롬처럼 반들반들하며 광대뼈 아래가 푹 들어갔다. 이 만남이 친구 사이의 격의 없는 만남이 아니라고, 그녀가 우연히 여기 들어와 말상대를 찾다가 달리 아무도 없어서 그의 옆에 앉은 게 아니라고 여길 만한 것은 없다. 두 사람은 크게 신경 쓰지 않는다. 만약 아는 사람이 들어온다 해도 그들 역시 이 뜬금없는 교대 시간에 점심식사를 하러 온 신혼부부는 아닐 가능성이 크다. 그런 것까지 전부 생각하고 지나칠 만큼 오래 통화한 끝에 그들은 모든 것을 운에 맡기고 여기까지 와서 미시시피의 술집에서 의지할 것 하나 없이 마주 앉아 있다. 젠장.

"마음을 바꿨나 보다 생각하는 중이었어요." 그가 손바닥을 아래로 한 채 유포油布 식탁보에 손을 내려놓으며 말한다. 손톱이 길다. 세 번째 손가락에 붙인 옅은 살색 밴드가 눈에 띈다. "뭐 좀 마실래요?"

"당연히 마셔야죠. 뭐 좀 먹었어요?" 로슬린이 잔 밑에 놓인 빨간 냅킨을 빼서 무릎에 펼친다.

"아뇨. 당신이 올 때까지 기다리고 있었어요."

그가 두 사람 사이에 메뉴판을 방패처럼 들고서 말을 고른다.

"해산물 좋아해요?"

"물론 좋아하죠. 나를 뭐라고 생각하는 거예요? 내가 유대인 같아요?"

그는 대답할 말이 없다.

"세상에, 당신 유대인은 아니죠?" 그녀가 말한다.

거스리가 웃는다. "당신처럼 예쁜 여자는 진짜 오랜만에 봐요." 그는 이렇게 말하면서 막상 소리 내서 말하니 진부

어디 한번 타봐 175

한 대사처럼 들린다고 생각한다. 거스리는 여기 오는 내내 할 말을 연습하느라 코르벳*까지 박을 뻔했는데, 정작 제일 뻔한 말을 너무 빨리 꺼내고 있다. 이 여자한테서는 좋은 냄새가 난다. 금발에 살갗은 햇볕에 그을렸고 똑똑하다. 진짜 횡재했다. 그녀가 입술을 비죽 내밀고 메뉴판을 내려다본다. 속눈썹에 까만 마스카라를 칠했고 눈꺼풀에는 파란 섀도를 발랐다. 머리 뿌리는 짙은 색인 것이 다 보인다.

그들은 메뉴판에 적힌 코스를 읽으면서 요리와 오되브르, 앙트레, 뒤쪽에 적힌 디저트 메뉴, 음료 페이지에 적힌 각종 세계 맥주를 눈으로 훑는다. 로슬린은 크고 두툼하게 자른 데블즈푸드 케이크**를 한 조각 먹을 수 있겠지만 지금도 브래지어 후크가 등을 찌르고 있다. 브래지어를 입은 것은 모빌에서 열린 넬슨네 막내 세례식에 참석한 이후 처음이다. 거스리는 마늘이나 양파가 들어가지 않는 음식을 주문하는 게 좋겠다고 생각한다.

웨이트리스가 다가와 귀 뒤에 꽂아둔 연필을 뺀다.

---

* 제너럴 모터스에서 생산하는 스포츠카.
** 초콜릿 함량이 높아서 진하고 묵직한 초콜릿 레이어 케이크.

"주문하실래요?"

그녀는 주문을 받는 내내 카우보이모자에서 시선을 떼지 않는다. 밴드에 깃털이 꽂힌 아주 커다란 모자다. 카우보이에게는 오이스터 록펠러*와 더티라이스,** 그리고 버드와이저 한 병 더. 숙녀분은 보일드 크로피시***와 스카치위스키 스트레이트 샷.

"운전 안 해요?" 그가 말한다.

"네. 흰 노새를 타고 왔어요."

"유머 감각이 있으시네. 마음에 들어요."

"괜찮다니 다행이네요."

거스리가 얼굴을 붉히며 창밖을 내다본다. 식당은 바다에 박힌 기둥 위에 서 있고, 탁한 물이 식당을 받치는 기둥들에 부딪친다. 해가 너무 밝아서 앞이 거의 보이지 않는다. 하늘 위에서 대단한 난교가 벌어져서 위에서 무슨 일이 벌어지는지 아무도 못 보게 모두의 눈을 가리는 것만 같다.

---

* 굴에 버터와 파슬리, 허브 등으로 만든 소스를 얹어 오븐에 구워낸 뉴올리언스 요리.
** 각종 야채와 고기를 다져 넣고 고춧가루, 후추 등으로 양념하는 케이준 볶음밥.
*** 가재에 각종 향신료와 옥수수, 감자 등을 넣고 끓인 요리.

그런 생각을 하던 중에 웨이트리스가 술과 크래커를 가지고 온다.

그들은 달리 할 말이 없어서 담배에 불을 붙인다. 몇 마디 주고받았더니 마음이 열렸다. 꼭 그녀가 그의 바지 지퍼를 내리기라도 한 것 같다. 로슬린은 한 번도 본 적 없는 남자를 만나려고 자기가 여기까지 차를 몰고 왔다니 믿기지 않는다. 『타임스 피카윤』에 실린 작은 광고, 여자를 구한다고 굵은 글씨체로 실린 문구, 통화 몇 번 끝에 이렇게 됐다. 두 사람이 여기에 있다는 사실이 모든 것을 말해준다. 이제 서로를 봤으니 다 된 셈이다.

로슬린이 말보로를 꺼낸다. 그가 라이터 뚜껑을 딸깍 열고 불을 켜서 내민다. 그녀가 고개를 숙이고 그를 보며 코로 숨을 내쉰다. 거스리는 그녀가 로렌 바콜이나 마돈나처럼 근사한 옷을 입고 손톱을 길게 기르는 영화배우 같다고 생각한다. 그녀는 요리가 나오기도 전에 스카치위스키를 비우고, 술잔에 두꺼운 립스틱 자국이 생긴다. 거스리는 제재소 동료들한테 얘기해주고 싶다. 빅 앤디는 점심 도시락에 위스키를 싸올 수도 있겠지만 사실 맥주 두 잔만 마시면 오줌도 못 참는다. 거스리가 크래커를 집어서 비닐 포장을 얼른 벗기고 맥주를 꿀꺽꿀꺽 마신다.

"마지막으로 뭘 먹은 게 언제예요?" 로슬린이 묻는다.

"어제요."

요리가 나오자 로슬린이 가재를 도자기처럼 조심스럽게 들고 머리를 쪽쪽 빨아먹더니 껍데기를 던져버리고 스카치위스키를 한 잔 더 마신다. 거스리는 포크로 더티라이스를 퍼서 크래커에 올리고 입에 밀어 넣은 다음 맥주를 몇 모금 마신다. 그러고는 굴에 레몬즙과 타바스코를 뿌려서 후루룩 요란하게 먹는다.

"하나 만들어드릴까?" 그가 말한다.

"아뇨. 난 됐어요. 이거 하나 먹을래요?" 로슬린이 집게를 잡고 가재를 들어올리며 말한다. "아주 맛있네요. 매콤하고."

"나도 괜찮아요. 내가 그걸 먹기 시작하면 절대 못 멈춰요. 쿠키처럼."

"이런 만남이 그렇듯이요?"

거스리가 자세를 고쳐 앉는다.

"절대 아니에요." 그가 말한다. "이런 거 한 번도 안 해봤어요."

"뭐든 처음이 있는 법이죠. 그럼 너무 절박해서 그런 광고를 낸 거예요? 물론, 만약 그렇다면 나는 절박한 사람한테 반응한 거고. 나한테도 썩 좋은 말은 아니네요?"

"우리한테 공통점이 있나 보죠."

"내가 절박하다는 말은 안 했어요. 당신이 절박하다는 거지."

"그럼 당신은 설문조사라도 하러 왔어요?"

그녀가 웃는다.

요리사가 부엌에서 여닫이문을 밀며 밖으로 나온다. 겨드랑이 주변이 축축하다. 그가 포치로 나가는데 뜨거운 바람 한 줄기가 들어온다. 기온이 오르는 것이 느껴진다.

거스리가 이야기를 시작하더니 제재소 일에 대해서 로슬린에게 들려준다. 라드헤드가 손을 놓으면 안 되는 곳에 놓는 바람에 톱에 끼었다고, 그래서 보험금을 많이 받았지만 다친 손이 오른손이고 그는 오른손잡이였다고. 로슬린은 좁고 길쭉한 모양의 아파트에 페인트칠을 한 이야기를 한다. 모든 방을 아주 옅은 파란색으로 칠했다고, 몇 주 동안이나 머리카락에서 페인트 냄새가 빠지지 않았다고. 또 고속도로에서 차가 고장 나서 팬벨트 대신 팬티스타킹으로 고쳤다는 이야기도 한다. 두 사람은 가정사 이야기를 피하면서도 상대방의 부엌 창을 은근슬쩍 들여다보려 애쓰며 그 안에 아기 의자가 있는지 궁금해한다.

접시가 치워지자 한 잔 더 주문하고, 또 한 잔 주문한 다음 거스리가 계산한다. 로슬린은 그가 둥글게 만 뭉치에서 지폐를 몇 장 꺼내는 모습을 지켜본다.

"당신은 톱에 뭐 낀 적 없죠?"

"그럼요. 내 장기는 전부 멀쩡하게 작동합니다."

거스리가 그녀의 의자를 빼준다. 웨이트리스가 하품을 하면서 잔을 치우고 팁 5달러를 챙긴다. 두 사람이 방충문을 쾅 닫자 저녁 시간이 되기 전에 포치에서 잠깐 졸던 요리사가 설핏 깬다. 누구 차를 타고 갈지 이야기하는 소리가 들리지만 요리사는 굳이 눈을 뜨고 그들이 어느 쪽으로 가는지 보지 않는다.

두 사람은 로슬린의 트럭을 타고 로데오 지역을 통과한

다음 피카윤을 지나 잭슨으로 향한다. 둘 다 어디로 갈지, 언제 멈출지 아무 생각이 없다. 로슬린은 집에서 멀어질수록 그 감정도 더 멀리 밀려난다는 듯이 차도를 누빈다. 그러나 멀리 갈수록 그 감정은 더욱 커진다. 로슬린은 바보가 아니다. 자신이 무언가로부터 도망치고 싶어서 차를 몰고 있음을 안다.

두 사람은 대화를 조금 나누지만 할 말이 더는 생각나지 않아서 조용해진다. 거스리는 그녀가 운전하는 동안 대시보드에 발을 올리고 싶지만 바닥에 그대로 둔 채 담배를 피우고, 바람이 초조함을 가라앉혀주기를 바라면서 차창을 내린다. 그러다가 침묵이 가끔 그러듯 분위기를 바꾸자 이제 말을 하지 않는 것이 오히려 만족스럽다. 두 사람은 그저 표지판과 고속도로 양옆에서 흔들리는 높다란 옥수수, 자동차 후드에서 번득이는 하얀 태양을 바라본다.

로슬린은 어느새 남편을 생각한다. 예전에는 그를 자신의 남자라고 불렀다. 남편이 주변에 없을 때에도 "내 남자"라고 말했다. 그는 외모가 그럴싸하고 냉장고에서 갓 꺼낸 맥주 캔처럼 차갑다가도 사소한 부분에서 머리가 잘 돌아간다. 로슬린이 양치를 해도 숨결에서 스카치위스키 냄새를 잡아내고, 요리하기가 귀찮아 가게에서 에투페*를 사다가 양념을 더해서 내놓으면 캔을 미리 버렸더라도 알아차린다. 쉽게 넘어오지 않는 그런 남자다. 로슬린은 남편이 로버트 드니로나 숀 펜 같다고 생각했다. 비밀스럽고 심오한 남자. 그녀는 남편과 10년을 함께 살면서 그의 영역으로 들어가려 애썼다. 그렇게까지 꽁꽁 숨기는 것을 보면 굴 껍데기 안의 진주처럼 정말 귀한 무언가가 그 안에 분명히 있으리라 생각했기 때문이다. 하지만 그러다가 포기해버렸고 그 안에 아무것도 없음을 깨달았다. 아무것도. 딱딱하고 텅 빈 껍데기뿐. 남편은 껍데기를 만드는 데 모든 에너지를 쏟아부었고, 그 안으로 들어가 애초에 자기가 뭘 보호하려고 했는지 전부 잊었다. 그 사실을 깨달은 날, 로슬린은 아침을 먹자마자 자기가 좋아하는 대로, 얼음을 넣은 잔에 스카치위스키를 가득 넣어서 마시기 시작했고 거실에서 만취해버렸다. 집으로 돌아온 남편은 속옷 차림으로 그의 안

---

* 밀가루와 버터로 만든 루에 가재나 새우 등의 해산물, 야채, 육수, 향신료를 넣어 만드는 뉴올리언스 지방의 요리.

락의자에 멍하니 앉아 있는 로슬린을 보았다. 열기 때문에 팬티가 그녀의 살갗에 달라붙었고, 공기는 묵직했으며, 거실은 지옥처럼 더웠고, 뜨거운 공기를 내쫓기 위해 선풍기가 최대 속도로 돌아가고 있었다. 그는 그 모습을 보자마자 로슬린이 떠나리란 사실을 알았다. 딱 알 수 있었다. 로슬린 역시 남편이 알아보았음을 알았다. 인생의 10년을 허비했음을 깨닫는 것은 즐거운 일이 아니다.

"무슨 생각 해요?"

로슬린이 남자를 본다. 셔츠를 딱 맞게 입어서 마음에 든다.

"왜 이름을 거스리라고 지었대요? 그런 이름을 가진 사람은 한 번도 못 봤는데."

"아, 엄마가 우디 거스리*의 엄청난 팬이라 그 사람한테서 내 이름을 따 왔어요. 다행히 난 기차를 타고 떠돌아다니며 자라지는 않았지만." 그녀도 그가 백인 빈민층이라는 걸 알아두는 게 낫다.

---

* 미국 포크 음악계의 전설적인 인물로, 사회주의와 반파시즘을 주로 노래했다.

"그럼 우디 거스리가 당신 아버지는 아닌 거죠?"

"거의 그런 셈이지만요."

"그럼 거스리, 라디오로 노래 좀 들을까요?"

"그러죠. 뭐 듣고 싶어요?"

"아무거나요. 우울하지만 않으면 돼요."

그가 올드팝 방송을 튼다. 우회로를 통과해 도시 반대편으로 빠져나올 때까지 버디 홀리, 루비 터너, 비틀즈가 나온다. 두 사람은 어리사 프랭클린이 나오자 소리를 죽이고, 〈유 네버 캔 텔You Never Can Tell〉이 나오자 척 베리와 같이 큰 소리로 노래하고, 조니 캐시와 함께 선을 지킨다.* 둘 다 한 곡을 끝까지 따라 부르지 못한다. 거스리가 휘파람을 분다. 로슬린은 멜로디를 휘파람으로 부는 사람을 본 적이 없다. 그녀가 박자에 맞춰 손가락을 딱딱 울리자 팔찌가 요란하게 흔들린다. 거스리는 미스터 보쟁글스**를 태우고 드라이브하는 기분이라고 말한다. 그녀는 미시즈 보쟁글스겠죠, 라고 말할 뻔하지만 늦지 않게 입을 다문다. 로슬린은 고

---

* 조니 캐시의 노래 중에 〈아이 워크 더 라인(I Walk the Line)〉이라는 곡이 있다.
** 미국의 유명한 탭댄서이자 배우 빌 로빈슨의 별명.

등학생 때처럼 그의 손을 잡고 같이 기어를 바꾸면 어떨까 생각한다. 두 사람은 잭슨 시를 빠져나온 다음 잠시 멈춰서 기름을 넣고, 돈을 내고, 맥주 여섯 캔 묶음을 사서 바로 다시 출발한다. 멈춘다는 것은 돌아간다는 뜻이 될 수도 있기 때문이다. 버드와이저를 마신 다음 깡통을 찌그러뜨려 바닥에 던지니 커브를 돌 때 바닥에서 캔이 덜그덕거린다.

길이 막히기 시작하자 두 사람은 무슨 일인가 싶어서 라디오 소리를 낮춘다. 노란 재킷을 입은 남자들이 수신호로 교통을 지도하고 있다. 길가에 세워진 자동차 행렬은 끝이 보이지 않는다. 잠시 후 노란 황혼이 내려앉는 들판에서 천천히 도는 대관람차의 불빛이 보인다.

"카니발이잖아! 세상에! 저기 가봅시다!" 거스리가 조수석 차창으로 몸을 내밀고 소리친다. "저 관람차를 타고 높이 올라가보자고요." 그는 어차피 언젠가는 멈춰 서야 하는데 사막에 멈추느니 술을 파는 곳에 멈추는 게 낫겠다 싶다.

"타고 싶어요?"

"응, 타고 싶어요. 저걸 타고서 아주 제대로 겁먹어보고 싶네요." 거스리는 저런 놀이기구를 탄 게 몇 년은 되었다.

"미쳤군요." 로슬린은 이렇게 말하지만 유턴해서 들판을 향해 차를 몬다. 두 사람은 트럭을 세우고, 키를 꽂아둔 채 문을 쾅 닫아 잠그지만 그 사실을 알아차리지도 못한다.

"재즈 페스티벌 같네요!" 거스리가 말한다. "맥주나 좀 더 마시죠!"

아이들이 뭘 너무 많이 들고 걸어 다닌다. 한 손에는 풍선, 한 손에는 솜사탕. 아빠가 사격을 제대로 할 수 있도록 봉제 인형은 엄마가 겨드랑이에 끼고 있다. 거스리가 누군가 저 조그만 아이들의 허리밴드에 커다란 헬륨 풍선을 묶어서 다들 하늘로 솟구치면 좋겠다고 생각하던 참에 어릿광대가 다가온다. 빨간 코를 붙였고 얼굴의 하얀 칠이 벗겨지고 있다. 광대가 로슬린의 귀 뒤에서 달걀을 꺼내고 거스리의 귀 뒤에서는 25센트짜리 동전을 꺼낸다.

"정말 대단한데?" 거스리가 말한다. "어떻게 하는 거죠?"

"마술이죠." 광대가 말한다.

"마술이래, 세상에. 정말 아무것도 없는 데서 돈을 만들어낼 수 있으면 여기 이러고 있지 않겠지."

그러나 광대는 "마술"이라는 말만 되풀이할 것이므로 로슬린은 그에게 1달러를 주고 다음 커플에게 떠넘긴다.

두 사람은 대관람차 밑에 서서 플라스틱 컵에 담긴 맥주를 마신다. 칸마다 사람이 다 앉아서 천천히 돌고 있다. 로슬린은 보고만 있어도 속이 메스껍다.

"그래서, 저거 타고 싶어요?" 그녀가 말한다.

"그럼요. 내가 표 사 올게요."

"난 안 탈래요." 로슬린이 고개를 저으며 말한다.

"안 탄다니 무슨 소리예요?"

"무슨 말인지 설명해줘요? 저걸 타느니 날달걀을 삼키겠어요."

"아이, 왜 그래요. 오싹하고 재미있을 거예요."

"혼자 타요."

"당신도 같이 타요."

"싫어요."

"음, 당신이 안 타면 나도 안 탈래요."

그들은 들판을 조금 더 돌아다니고, 로슬린의 하이힐이 풀밭에 푹푹 빠진다. 과자와 아이스크림을 파는 부스가 있고 사람들이 북적거리면서 돌림판 앞에서 행운의 번호에 돈을 걸고, 다트를 던지고, 싸구려 인형을 따려고 플라스틱 링을 던진다. 작은 가짜 말들이 결승선까지 달린다. 힘없는 집게가 플라스틱 잡동사니들을 향해 내려가는 인형 뽑기 기계도 있다. 두 사람은 기린들 사이에서 코를 내밀고 있는 물개 인형을 보고 25센트짜리 동전을 탈탈 털어서 집게가 아래로 내려가는 것을 계속 보지만 매번 배터리가 다된 것처럼 인형을 스치고 지나갈 뿐이다.

"젠장!"

"걱정 마요. 우리가 노리는 건 그게 아니니까." 거스리가 이렇게 말하고 마지막 동전을 넣더니 집게가 밑으로 내려갔다가 빈 채로 올라오는 것을 지켜본다.

커다란 주황색 판에 좌석이 빙글빙글 돌아가는 놀이기구가 사람들을 마구 흔들자 창백해진 얼굴들이 비명을 지르며 쌩 지나간다.

"저거 타볼래요?" 그가 말한다.

"아뇨. 그랬다가는 가재를 다 토하고 말 거예요."

성인들만 할 수 있는 낚시 부스에는 밧줄로 울타리가 쳐진 테이블 위에 술병이 늘어서 있다. 밧줄을 받치는 기둥이 슬슬 기울어지려는 참이다. 두 사람은 한 번에 3달러를 내고 차례로 술병을 노린다. 거스리는 나중에 필요할지도 모른다는 생각에 버번 병을 눈여겨보지만, 뚜껑이 매끄러워서 걸 만한 부분이 없고 장대 끝에 달린 고리랑 크기가 거의 비슷하다보니 손이 정말 차분해야 한다. 버클이 큼지막한 허리띠를 차고 맨 끝에 서 있는 남자는 하는 족족 술병을 낚아서 부스 주인이 그만 가라고, 술을 그 정도나 땄으니 파티를 열어도 되겠다고 말한다.

그들은 사람들이 거대한 미끄럼틀을 타고 내려오는 것을 본다. 노란 플라스틱 미끄럼틀의 중간이 허리처럼 움푹 들어갔다. 길이가 30미터도 넘는 것 같다. 반대쪽에서 계단을 올라가 자루를 타고 미친 듯한 속도로 미끄러진다. 제일 아래 표지판에는 이렇게 적혀 있다. 몬스터 미끄럼틀, 어디 한번 타봐.

"저거 탑시다!" 거스리가 말한다.

"싫어요."

"아아, 그러지 말고. 한번 타보고 싶지 않아요? 여기까지

와서 아무것도 안 할 수는 없잖아요. 근성을 좀 보여줘요!"

"절대 싫어요."

"살다보면 사소한 위험을 즐길 필요가 있어요, 로슬린." 그가 말한다. "같이 타고 내려오면 되잖아요. 무사히 내려오게 해줄게요."

로슬린이 미끄럼틀을 타고 내려오는 사람들을 올려다본다. 비명을 지르는 아이들, 커플, 허리밴드를 잔뜩 추켜올린 노인들, 모두가 즐기고 있다.

"너무 높은데."

거스리가 올라가자며 부추긴다. 그가 로슬린의 손을 잡자 두 사람은 맥주를 다 마시고 컵을 풀밭에 버린다. 밑에서 티켓을 파는 남자는 뉴욕 억양으로 지루한 듯 말한다. 돈을 내자 그가 자루를 준다. 두 사람은 좁은 계단 밑에서 줄을 선다. 한쪽에만 난간이 있고 끝도 없이 올라가는 철제 사다리다. 그들은 천천히, 개미처럼 높이높이 계단을 올라간다. 로슬린은 밑을 보지 않는다. 저 아래 들판의 스피커에서 〈아 유 론섬 투나잇?Are You Lonesome Tonight?〉을 부르는 엘비스 프레슬리의 목소리가 올라온다. 길고 부드러운 특유의 "오◦" 발음이 어둠 속에 둥둥 떠다닌다. 거스리가 땅에서 벌레처럼 돌아다니는 사람들을 내려다본다. 그때 저 위에서 젊은 여자의 목소리가 "잠시만요! 지나갈게요! 실례합니다!" 하고 말하더니 그녀가 사람들 사이로 꾸물꾸물 내려온다.

"겁을 먹었군." 여자가 지나갈 때 그들 뒤에서 올라오던 남자가 말한다. "그래도 생긴 건 귀엽네."

땅에서 누군가가 풍선을 놓쳐서 난간 바로 옆으로 날아온다. 거스리가 풍선을 잡으려고 몸을 내밀지만 너무 멀다.

"몸 내밀지 마요." 로슬린이 말한다. "무섭잖아요." 그녀의 눈에 담긴 두려움은 진짜다.

"이건 바위처럼 튼튼해요. 봐요." 거스리가 이렇게 말하고 계단에서 펄쩍펄쩍 뛴다. 그러자 계단 전체가 뱀처럼 출렁거린다.

"어어. 내려갈래요. 지금 당장." 로슬린이 몸을 돌려 난간 사이에 빽빽하게 낀 행렬을 내려다본다. 줄은 천천히 올라간다. 진전이 느리지만 두 사람은 거의 다 왔다. 로슬린이 몸서리를 치고 덜덜 떨며 난간을 붙잡는다.

거스리가 그녀에게 팔을 두른다. 그는 로슬린이 몇 살인지 맞춰보려 하지만 나이를 절대 짐작할 수 없는 유형이다. 마흔 살? 마흔다섯?

"그런 생각 하지 말고 그냥 계속 올라가요. 나랑 있으면 안전해요." 거스리가 미소를 짓는다. 그는 신문 광고를 통해 만난 이 여자가 좋다. 갑자기 낙관적이고 취한 기분이 든다.

이제 맨 꼭대기에서 적당한 간격으로 사람들을 내려보내는 직원이 보인다. 남자가 힘센 손으로 등을 거의 자동적이다시피 밀면 사람들이 가장자리 건너편으로 사라진다.

스피커에서 척 베리의 〈유 네버 캔 텔〉이 흘러나온다.

"우리 노래다!"

두 사람은 여기 오면서 저 노래를 두 번이나 불렀다.

"우우 베이비!"

거스리는 누가 듣든 말든 신경도 쓰지 않고 노래한다. 로슬린이 그를 보면서 이제 어떻게 될까 생각하며 집에 있는 남편을 떠올린다. 아마도 바로 이 순간 저녁 식사를 찾아 주방에서 코를 킁킁거리며 그녀가 냉장고에 붙여놓은 쪽지를 읽고 있을 크고 멋진 조개. 거스리는 미소를 띠운 채 노래한다. 식대라도 벌려고 노래하는 것처럼 가사를 힘차게 내뱉는다. 진짜 그래도 괜찮을 것 같다.

로슬린의 어깨에 얹힌 손가락 끝이 제재소 일에 단련되었는지 꼭 골무를 낀 것 같다.

이제 하느냐 마느냐 둘 중 하나인데, 로슬린은 결국 하겠구나 하고 이제야 깨닫는다. 그는 다른 남자들과 달리 우물쭈물하지 않을 것이다. 두 사람이 원하는 것은 바로 저 밑에 있다. 로슬린은 할 것이다. 파란 셔츠를 입은 이 남자와 함께 간판의 알파벳 절반은 불이 들어오지 않는 싸구려 모텔에 갈 것이고, 그것으로 인해 무언가가 시작되기를 바랄 것이다. 세상에. 드디어, 10년 만에, 그녀는 원하는 것을 가질 참이다. 살아 있는 기분을 다시 느끼게 해줄 사람, 이 옷 속에 누군가가 존재한다고 느끼게 해줄 사람을 말이다. 로슬린은 이제 아닌 척하면서 집에서 얌전히 기다리지 않을 것이다. 캔을 전부 따지도, 쓰레기통에 숨기지도 않을 것이다.

그녀가 거스리의 모자를 벗겨서 자기 머리에 쓰고 턱 밑으로 가죽끈을 조인다. 그가 웃으면서 숱 적은 머리카락을 들어올리는 바람을 느낀다. 로슬린이 자기 머리를 가리키며 말한다. "모자를 쓰는 게 지겨워서요."

"갑자기 엄청 명랑해졌네요."

이제 거의 다 왔다.

바로 앞 순서는 중년 여성이다. 그녀가 치마를 추켜올리는 순간 손이 불쑥 나와서 떠밀자 비명을 지르며 미끄럼틀을 따라 내려간다. 머리카락이 휘날린다. 이제 그들 차례다.

두 사람은 자루를 겹쳐서 놓고, 거스리가 먼저 앉는다.

"같이 타십니까?" 손이 말한다.

"네."

"음, 여자 분을 앞에 앉히세요."

로슬린이 어깨에 가방끈을 단단히 메고 남자의 무릎 사이에 앉자마자 그의 허벅지가 그녀의 옆구리를 꽉 조인다.

"꽉 잡아요!"

그녀가 밑을 내려다본다. 생각보다 더 가파르다. 일이 벌어지는 것은 순식간이다. 준비되었느냐고 묻지도 않고 손이 그냥 밀어버린다.

남자와 여자

아버지는 나를 여기저기 데리고 다닌다. 인공 고관절 수술을 했기 때문에 내가 문을 열어줘야 한다. 우리 집에 가려면 숲 사이로 난 긴 도로를 따라 차를 몰아야 하고, 양이 도로로 나가지 못하도록 울타리 대문을 열었다가 다시 닫는 걸 두 번씩 해야 한다. 나는 능숙하다. 차에서 내려 대문을 열고, 아버지가 폭스바겐을 통과시킨 다음 대문을 다시 닫고 조수석에 올라탄다. 아버지는 차를 출발시키고는 도로로 들어가기 전에 기름을 아끼려고 경사로에서 속도를 모으고, 그런 다음 그날의 행선지를 향해 출발한다.

가끔 고물상에 가는데, 그곳에서 아버지는 부품을 찾거나 무슨 안내 광고에서 싸게 파는 물건을 알아보고 나서는 퇴비가 잔뜩 뿌려진 어느 밭에 힘들게 가서 양배추를 뽑거나 먼지 자욱한 헛간에서 감자 종자를 고른다. 가끔 대장간에 가면 나는 우윳빛 하늘이 드문드문 비치는 물통을 물끄러미 바라본다. 수면에서 하늘이 느릿느릿 흘러가다가 대장장이가 빨갛게 달궈진 쇠를 첨벙 담그면 구름이 화르륵 사라진다. 토요일이면 아버지는 시장에 가서 우리에 갇힌 양의 척추를 만지고 입 안을 들여다본다. 양을 몇 마리 사면 굳이 집으로 돌아가 트레일러를 가지고 오는 대신 차 뒷좌석에 싣기 때문에, 앞좌석 사이에 앉아서 양을 지키는 것이 내 일이다. 양은 작은 자갈 같은 똥을 싸고 매애 애애 우는데, 서퍽 양의 혀는 우리가 월요일에 요리해 먹는 생간만큼이나 까맣다. 집으로 가는 길에 아빠가 배를 채우려고 어딘가 들를 때까지 나는 양을 지킨다. 보통은 브리디 녹스의 집에 들르는데, 직접 도축하는 브리디에겐 항상 고기가 있기 때문이다. 핸드브레이크가 고장 난 탓에 아빠가 브리디네 마당에 차를 세우면 내가 차에서 내려 바퀴 뒤에 돌을

낀다.

나는 수천 가지로 써먹을 수 있는 딸이다.

"아이고, 부인. 어떻게 지내요?"

"댄!" 브리디가 털털거리는 자동차 소리를 못 들은 척 말한다.

브리디는 작고 칙칙한 집에서 남편도 없이 살지만 밭에서 트랙터를 모는 아들들이 있다. 키가 작고 정말 시시한 남자들로, 웰링턴 장화를 기워서 신는다. 브리디는 빨간 립스틱과 파우더를 바르지만 손은 남자 같다. 나는 브리디의 얼굴과 몸이 어울리지 않는다고, 내가 인형 머리를 뽑아서 다른 인형 몸에 끼웠을 때 같다고 생각한다.

"애 먹일 것 좀 없을까? 집에선 제대로 못 먹어서 말이야." 아빠는 우리가 사순절 동안 설탕을 아껴 모아서 보내주는 아프리카 아이를 보는 눈으로 나를 본다.

"아이고." 브리디가 늘 똑같은 아빠의 농담에 미소를 지으며 말한다. "내가 보기엔 못 먹은 얼굴이 아닌데. 거기 앉아요. 주전자에 물 올릴 테니까."

"솔직히 말해서 부인, 난 뭐 한 잔 정도는 마셔도 될 것 같아. 시장에 다녀왔는데 양값이 아주 어마어마하더라고."

아빠가 양과 소와 날씨에 대해서, 이렇게 이 작은 시골 마을이 어쩌다 이렇게 궁핍해졌는지 이야기하는 동안 브리디는 테이블을 차리고, 셰프 브라운소스와 콜먼 머스터드를 내놓고, 훈제 소고기인지 삶은 햄인지를 크고 두껍게 자른다. 나는 창가에 앉아 자동차 안에서 어찌할 바 모르고 빤히 바라보는 양을 지켜본다. 아빠가 눈에 보이는 것을 전부 먹어 치우는 동안 나는 비스킷으로 작은 탑을 쌓고 초콜릿을 빨아먹고 나머지는 식탁 밑에 있는 양치기 개에게 준다.

집에 도착하면 내가 부삽을 찾아와서 자동차 바닥에 떨어진 양의 똥을 모아 버리고 헛간 다락에서 보리를 찧는다.

"어디 갔었어?" 엄마가 묻는다.

나는 엄마와 함께 송아지 사료와 비트 펄프가 담긴 양동이를 들고 마당을 가로지르면서 우리가 어디에 다녀왔는지 이야기한다. 아빠는 쇼트혼 암소 옆에 앉아서 양동이에 젖을 짠다. 오빠는 거실 난롯가에 앉아서 공부하는 척한다. 오빠는 내년에 고교 중간시험을 본다. 대단한 사람이 될 테니 울타리 대문을 열거나 똥을 치우거나 양동이를 들고 다니지 않는다. 오빠가 하는 일이라고는 읽고 쓰고 아빠가 특별히 사준 제도용 연필로 삼각형을 그리는 것뿐이다. 오빠는 우리 집안의 수재이다. 저녁 먹으라고 부를 때까지 거실에서 나오지 않는다.

"셰이머스한테 내려가서 저녁 차려놓았다고 말해." 아빠가 말한다.

거실에 내려가려면 장화를 벗어야 한다.

"올라와서 먹어, 이 망할 게으름뱅이 새끼야." 내가 말한다.

"일러준다." 오빠가 말한다.

"못 할걸." 나는 이렇게 말하고 부엌으로 돌아와서 오빠의 접시에 완두콩을 퍼준다. 오빠는 우리랑 달리 순무나 양배추를 먹지 않는다.

저녁이 되자 엄마는 겨울 동안 빌린 텔레비전을 보고 나는 책가방을 가져와서 부엌 식탁 앞에 앉아 숙제를 한다. 화요일이면 엄마는 8시가 되기 전에 큰 찻주전자에 차를 우린 다음 화덕에 자리잡고 앉아 남자가 여자에게 운전을 가르치는 프로그램에서 시선을 떼지 않는다. 기어를 어떻게 바꾸는지, 어떻게 클러치에서 발을 떼고 속력을 내는지. 저 뒤 언덕 너머에 사는 트랙터를 모는 거친 여자와 시내에 사는 프로테스탄트 여자를 빼면 우리가 아는 여자 가운데 운전하는 사람은 아무도 없다. 광고가 나오는 동안 엄마의 시선이 화면을 벗어나 서랍장 꼭대기를 간절하게 바라본다. 거기 낡고 금 간 찻주전자 안에 폭스바겐 여벌 열쇠가 들어 있다. 내가 알면 안 되는 사실이다. 나는 한숨을 쉬고 기름종이에 섀넌 강 물줄기를 따라 그린다.

크리스마스이브가 되자 나는 표지판을 몇 장 내건다. 상자를 오려서 빨간 마커로 산타 할아버지 이쪽이에요, 라고 쓰고 길을 알려주는 화살표를 그린다. 산타클로스가 길을 잃거나 울타리 대문이 번거로워서 안 올까 봐 늘 걱정이다. 나는 도로 끝 울타리 말뚝, 목재 대문, 그리고 트리가 있는 거실로 이어지는 문 안쪽에 표지판을 박는다. 그런 다음 산타를 위해서 커피 테이블에 흑맥주 한 잔과 케이크 한 조각을 놔두고, 크리스마스 아침이 되면 할아버지가 무척 취하겠다고 생각한다.

아빠가 벽장에서 좋은 모자를 꺼내 쓰고 거울을 본다. 챙에 뻣뻣한 깃털이 달린 근사한 모자다. 아빠는 드문드문 벗겨진 머리를 감추려고 머리에 딱 맞춰 쓴다.

"크리스마스이브인데 어디 가?" 엄마가 묻는다.

"송아지 때문에 누구 좀 만나려고." 아빠가 말하고 문을 쾅 닫는다.

나는 침대에 눕지만 잠이 잘 안 온다. 우리 반에서 산타클로스한테 아직도 선물을 받는 아이는 나밖에 없다. 선생님이 "산타클로스한테 아직도 선물받는 사람?" 하고 물었을 때 나만 손을 들면서 알게 됐다. 나만 다르다. 하지만 매년 산타 할아버지가 안 올 가능성이, 내가 다른 아이들과 똑같아질 가능성이 커지는 느낌이 든다.

새벽에 잠에서 깨보니 엄마가 벌써 난롯가에 무릎을 꿇고 앉아서 신문을 찢으며 미소 띤 채 불을 피우고 있다. 저번에 내가 "올라와서 먹어, 이 망할 게으름뱅이 새끼야"라고 말해서 산타 할아버지가 안 왔을지도 모른다는 끔찍한 생각이 퍼뜩 떠오르지만 알고 보니 다녀갔다. 내가 부탁했던 타이니티어스 인형*을 두고 갔는데, 우리 집에 있는 것과 똑같은 포장지로 싸여 있다. 크리스마스 이틀 전에 보낸 편지가 하룻밤 만에 북극에 도착하다니, 나는 우편제도가 꼭 마법 같다고 생각한다. 잉글랜드에 편지를 부쳐도 일주일은 걸려야 도착하는데. 셰이머스는 이제 산타 할아버지한테 선물을 받지 않는다. 셰이머스가 사실 저녁 내내 거실에서 뭘 하는지 산타 할아버지가 다 아는 게 아닐까 싶다. 『히트 앤드 런』 잡지나 읽고 찬장에 든 레드 레모네이드를 꺼내 마시면서 머리를 전혀 쓰지 않는다는 것을 말이다.

일어난 건 엄마랑 나뿐이다. 우리는 일찍 일어나는 새들이다. 둘이서 차를 우리고 아침식사로 토스트와 초콜릿 핑거**를 먹는다. 그러고는 엄마가 제일 좋은 앞치마, 온통 딸기가 그려진 앞치마를 입고 라디오를 켠 다음 양파와 파슬리를 다지는 동안 나는 빵가루를 만든다. 우리는 칠면조 속을 채우고 부엌에서 왈츠를 춘다. 셰이머스와 아빠가 내려와서 트리 밑에 놓인 선물을 풀어본다. 셰이머스는 크리스마스 선물로 다트판을 받았다. 아빠가 다트판을 직접 뒷문

---

* 물을 먹이면 눈물을 흘리고 오줌을 싸는 아기 모양 인형.
** 막대 모양 비스킷에 초콜릿을 입힌 과자.

에 건 다음 다트를 던지고 분필로 점수를 적는 동안 엄마와 나는 모자 달린 방한 재킷을 입고 돼지와 소와 양에게 먹이를 주고 암탉을 밖으로 내보낸다.

"왜 아빠랑 오빠는 아무것도 안 해요?" 내가 엄마에게 묻는다. 나는 따뜻한 짚 안으로 손을 넣어 더듬더듬 달걀을 찾는다. 겨울에는 암탉이 알을 적게 낳는다.

"남자니까." 엄마는 이 한마디면 전부 다 설명된다는 듯이 말한다.

크리스마스 아침이므로 나는 아무 말도 하지 않는다. 집으로 들어가는데 다트가 날아와서 몸을 숙이자 머리 위로 쌩 지나간다.

"하! 하!" 셰이머스가 말한다.

"명중이네." 아빠가 말한다.

새해 전날 눈이 온다. 눈송이가 창틀에 떨어져 녹는다. 또 한 해가 끝난다. 나는 아침으로 셰리 트라이플을 한 그릇 먹고 텔레비전으로 〈명견 래시〉를 보다가 잠든다. 저녁 식사를 마친 다음 인형을 가지고 놀지만 타이니티어스에 물을 채우고 등에 난 구멍으로 짜내는 것에 질린다. 그래서 머리를 뽑아봤는데 목이 너무 두꺼워서 다른 인형의 몸통에 안 끼워진다. 나는 셰이머스와 다트를 한다. 셰이머스가 분필로 리놀륨 바닥에 위치 표시를 두 개 긋는다. 하나는 자기가 던질 위치, 다트판에 더 가까운 하나는 내가 던질 위치다. 내가 19점의 트리플 라인을 맞추자 셰이머스가 말한다. "운이네."

"87점." 내가 점수를 더해 말한다.

"운이야."

"오빠는 운이 뭔지 몰라." 내가 말한다. "플루크 앤드 웜스* 사전 찾아봐."

"내 말이 그거야." 셰이머스가 말한다.

나는 애 취급당하는 것이 지긋지긋하다. 빨리 크면 좋겠다. 난롯가에 앉아 있으면 다른 사람이 와서 저녁 먹으러 오라고 부르고, 삼각형이나 그리고, 특별한 연필 끝에 침을 바르고, 자동차 운전석에 앉아 있으면 다른 사람이 내가 지

---

* 영어로 플루크(fluke)는 '운'이라는 뜻도 있지만 '흡충'이라는 뜻도 있다. '플루크 앤드 웜스(fluke and worms)'는 인간의 몸에 사는 기생충을 총칭하는 말이다.

나가도록 대문을 열어주면 좋겠다. 부릉! 부릉! 나는 자동차에 감탕나무 가지를 달아 장식하고 주의. 양이 타고 있음, 이라고 적힌 범퍼 스티커를 만들어 붙일 것이다.

그날 밤 우리는 옷을 차려입는다. 엄마는 암적색 원피스를 입는다. 쇼트혼 암소 같은 색이다. 엄마의 살갗에는 누가 페인트에 담가둔 칫솔을 털어낸 것처럼 주근깨가 나 있다. 엄마가 나에게 진주 목걸이를 채워달라고 한다. 예전에는 침대에 올라서서 목걸이를 채워주었지만 이제 나도 컸다. 우리 반 여자애들 중에서 제일 크다. 선생님이 우리 키를 재주었다. 엄마는 키가 크고 날씬하지만 손이 딱딱하다. 나는 언젠가 엄마도 브리디 녹스처럼 일부는 남자 같고 일부는 여자 같은 사람이 될까 궁금하다.

아빠는 단장하지 않는다. 나는 아빠가 목욕하거나 머리 감는 모습을 본 적이 없다. 모자랑 신발만 바꿀 뿐이다. 아빠가 머리에 좋은 모자를 눌러 쓰고 신발을 신는다. 서퍽 양을 팔았을 때 산 크고 까만 신발이다. 아빠가 끈을 묶느라 애를 먹는다. 몸을 숙이기가 힘든 것이다. 셰이머스는 팔꿈치에 노란 패치가 달린 녹색 점퍼와 다리통이 튜브 같은 까만 바지를 입고 키가 커 보이는 카우보이 부츠를 신는다.

"하이힐을 신었다가는 넘어질 텐데?" 내가 말한다.

우리는 폭스바겐에 탄다. 나와 셰이머스가 뒷자리, 엄마와 아빠가 앞자리다. 내가 차 안을 청소했는데도 양 똥 냄새가 난다. 우리를 원래의 자리로 끌어내리는 희미하고 자극적인 냄새다. 나는 너무 화가 난다. 아빠가 하나밖에 없는 와이퍼를 켜자 끼익거리면서 눈을 치운다. 까마귀 떼가 나무에서 날아오르며 높고 굶주린 소리를 낸다. 뒷좌석에는 문이 안 달려 있기 때문에 엄마가 차에서 내려 대문을 연다. 나는 진주 목걸이를 한 엄마가, 빙글 돌면서 빨간 치마를 펄럭이는 엄마가 아름답다고 생각한다. 또 아빠가 차에서 내리면 좋겠다고, 좋은 옷을 입은 엄마 대신에 아빠가 눈을 맞으면 좋겠다고 생각한다. 나는 다른 집 아빠들이 아내의 외투를 들어주고, 문을 잡아주고, 가게에서 갖고 싶은 게 있는지 물어보고, 필요없다고 해도 초콜릿과 잘 익은 배를 사 오는 모습을 보았다. 하지만 아빠는 그렇게 하지 않는다.

스펠먼 홀은 주차장 가운데 서 있다. 문 위에 비뚤어진 '메리 크리스마스' 간판이 있고 그 주변에 색색의 알전구가 드리워져 있다. 안으로 들어가면 창고처럼 크고 미끄러운 나무 바닥이 있고 벽 쪽에 벤치가 있다. 묘한 조명 때문에 흰색 옷마다 눈부시게 빛난다. 정말 놀랍다. 신문 파는 여자의 블라우스 속 브래지어가 다 보이고 경매사의 바지에는 눈 같은 솜털이 붙어 있다. 눈동자가 까만 회계사는 회색과 흰색 울로 만든 다이아몬드 패턴 점퍼 차림이다. 머리 위에서 깨진 거울 조각으로 만든 동그란 구가 천천히 돌면서 빛난다. 무도회장 제일 안쪽에 놓인 포마이카 탁자에는 레모네이드와 오렌지 주스, 커스터드 크림 비스킷, 치즈와 양파맛 테이토 감자칩이 쌓여 있다. 정육점 아주머니가 탁자 뒤에 서서 빨대를 주고 돈을 받는다. 내가 시골을 돌아다니면서 알게 된 여자들이 거기 있다. 산사나무 열매처럼 빨간 립스틱을 바른 브리디, 지난주에 나한테 오래된 케이크를 주고 아빠에게 셰리 한 잔을 열심히 권하면서 아빠를 거실로 데려가 새로 산 가구를 보여주었던 세라 콤스, 늘 튀김을 만들고 차 대신 커피를 마시며 위액 과다분비 때문에 집에 단것을 절대 두지 않는 에마 젠킨스 양.

무대에서 빨간 블레이저와 캔디 스트라이프* 나비넥타이 차림의 남자들이 드럼과 기타, 트럼펫을 연주하고, 용감한 모란이 앞으로 나와서 〈마이 러블리 리트림My Lovely Leitrim〉을 부른다. 뻐꾸기 왈츠가 나오자 엄마와 내가 제일 먼저 플로어로 나가고, 음악이 멈춘 뒤에도 엄마는 셰이머스와 춤춘다. 아빠는 도로변에 사는 여자들과 춤을 춘다. 아빠는 춤출 때는 저렇게 멀쩡한데 대문을 왜 못 여는 걸까 궁금하다. 셰이머스는 직업학교에서 알게 된 십대 여자애들과 자이브를 추며 손을 들고 엉덩이를 뒤로 빼고, 여자애들은 맹렬하게 빙글빙글 돈다. 나이 많은 삼십대 남자들이 나에게 춤을 청한다.

"퀵스텝 출래?" 또는 "하프셋은 어때?" 그들이 묻는다.

나보고 발이 가볍다고 한다.

"우와, 너 깃털처럼 가볍구나." 남자들은 이렇게 말하고 내 춤 실력을 시험한다.

---

* 흰색과 밝은색의 얇은 줄무늬.

폴 존스 춤이 끝난 뒤 음악이 멈추고, 나는 봄에 아픈 양에게 먹이는 위스키처럼 시큼한 냄새를 풍기는 농부에게 붙들리지만 시장의 우리 주변에서 가축을 달래는 젊은 청년이 끼어들어서 나를 구해준다.

"저 사람 신경쓰지 마." 그가 말한다. "자기가 최고인 줄 알아."

그에게서는 밧줄 냄새, 새로 코팅한 아연, 제이스 플루이드 소독액 냄새가 난다.

하프셋 춤이 끝나자 목이 마르다. 엄마가 레모네이드를 사 마시고 자선 복권을 사라고 50펜스를 준다. 느린 왈츠가 시작되자 아빠가 세라 콤스에게 다가가고 그녀는 벤치에서 일어나 재킷을 벗는다. 맨 어깨가 드러나고 가슴 윗부분이 보인다. 엄마는 무릎에 핸드백을 올리고 앉아 지켜본다. 오늘 밤은 엄마가 왠지 슬퍼 보인다. 암소가 죽어서 트럭이 사체를 실으러 올 때처럼 엄마 주변이 온통 슬픈 분위기다. 검은 구름이 흘러들어와서 금방이라도 터져 엉망진창으로 만들 수 있을 것만 같다. 내가 온전히 이해하지 못하는 무슨 일인가가 벌어지고 있다. 엄마에게 가서 레모네이드를 건네지만 엄마는 우아하게 조금만 마신 다음 고맙다고 말한다. 내가 복권을 절반 잘라 건네지만 엄마는 별로 신경쓰지 않는다. 아빠가 세라 콤스를 끌어안고, 자신이 원하는 건 느린 곡이라는 듯 천천히 춤을 춘다. 셰이머스는 주머니에 양손을 넣고 제일 안쪽 벽에 기대어 서서 여자 화장실 거울을 독차지한 금발 머리 여자를 내려다보며 미소 짓는다.

"아빠 좀 말려봐."

"뭐?" 셰이머스가 말한다.

"아빠 좀 말리라고."

"내가 왜?" 셰이머스가 말한다.

"그러면서 오빠가 제일 똑똑하다는 거지?" 내가 말한다. "멍청한 새끼."

내가 플로어를 가로질러 세라 콤스의 등을 톡톡 두드린다. 갈비뼈를 쿡쿡 찌른다. 그녀가 돌아서자 널찍한 페이턴트 가죽 벨트가 머리 위의 미러볼에서 쏟아지는 빛을 받아 반짝인다.

"실례합니다." 내가 그녀에게 시간을 좀 내달라는 듯이 말한다.

"킥킥." 그녀가 나를 내려다보며 웃는다. 안구가 우리 집 찬장에 든 찻주전자처럼 금이 가 있다.

"아빠랑 춤추고 싶어서요."

"아빠"라는 말에 그녀의 표정이 바뀌고 아빠를 잡고 있던 손에서 힘을 뺀다. 내가 넘겨받는다. 이제 무대 위의 남자가 트럼펫을 불고 있다. 아빠가 벌을 주듯 내 손을 꽉 잡는다. 벤치에 앉은 엄마가 손수건을 꺼내려고 가방에 손을 넣는 모습이 보인다. 엄마가 여자 화장실로 간다. 아빠 주변에 온통 증오와 비슷한 느낌이 감돈다. 아빠가 무력하다는 느낌이 들지만 나는 신경쓰지 않는다. 내 평생 처음으로 힘을 갖는다. 나는 끼어들어서 넘겨받을 수 있다. 구하고 구원받을 수 있다.

자정이 가까워지면서 전반적으로 소란스러워진다. 다들 플로어로 나와서 무릎을 구부리고 핸드백을 휘두른다. 용감한 모란이 새해 카운트다운을 하고, 그다음엔 다들 입을 맞추고 끌어안는다. 모르는 남자들이 나를 꽉 끌어안고서 내가 그들의 갈증을 달래줄 물이라도 되는 것처럼 키스한다.

부모님은 키스하지 않는다. 지금까지 살면서 내가 기억하는 한 두 사람이 닿는 것을 본 적이 없다. 한번은 친구를 위층으로 데려가서 집을 구경시켜준 일이 있다.

"여기는 엄마 방이고 여기는 아빠 방이야." 내가 말했다.

"너희 부모님은 같은 침대에서 안 주무셔?" 친구가 순수하게 깜짝 놀란 목소리로 말했다. 그제야 나는 우리 가족이 평범하지 않을지도 모른다는 생각이 들었다.

밴드가 속도를 높인다. 오 호키, 호키, 포키!

"저녁으로 먹은 칠면조를 소화시킵시다. 자두 푸딩 먹고 찐 만큼 빼야죠!" 용감한 모란이 소리치고, 플로어에서 폼을 재던 사람들조차 풍만한 몸매 자랑을 포기하고 몸을 비틀며 자이브를 추고, 나는 어깨와 허리를 흔들면서 엉덩이를 시장 남자의 엉덩이에 부딪치다가 결국 모르는 남자랑 춤을 춘다.

국가가 나오자 모두 일어선다. 아빠는 손수건으로 이마를 닦고 셰이머스는 몸을 움직이는 데 익숙하지 않아서 숨을 헐떡거린다. 불이 켜지자 모든 게 달라졌다. 사람들이 벌게진 얼굴로 땀을 흘린다. 모든 것이 평소대로 돌아온다.

경매사가 마이크를 넘겨받아 수많은 사람들에게 줄줄이 감사 인사를 한 다음 샤롤레 송아지와 염소 한 마리, 차와 설탕, 빵과 잼, 자두 푸딩, 민스파이를 경매에 붙인다. 염소가 서 있던 곳에 자갈 같은 똥이 떨어져 있어서 나는 누가 저걸 치울까 생각한다. 마지막이 되어서야 복권을 추첨한다. 경매사가 복권 반쪽이 든 상자를 금발 여자에게 내민다.

"안쪽 깊은 데서 꺼내주세요." 그가 말한다. "몰래 보면 안 됩니다. 일등상은 위스키 한 병입니다."

그녀가 천천히 시간을 들이면서 관심을 끈다.

"얼른." 그가 말한다. "옳지, 이건 도박이 아니에요."

여자가 그에게 표를 건넨다.

"자, 이게 무슨 색 같아, 지미? 연어색 티켓이군요, 칠백 이십오. 칠, 이, 오. 묶음 번호 삼 엑스 사 이 구 에이치. 다시 불러드릴게요."

내 건 아니지만 번호가 아주 가깝다. 어차피 난 위스키가 필요 없다. 내가 타면 귀여운 양이 아플 경우에 대비해 간직할 것이다. 나는 차라리 다음 상품인 애프터눈티 비스킷 한 상자가 좋다. 사람들이 핸드백과 바지 뒷주머니를 뒤지면서 전반적으로 소란스러워진다. 경매인이 숫자를 몇 번 더 부르고 이제 다시 뽑아야 하나 싶을 때 엄마가 자리에서 일어난다. 엄마는 고개를 들고 직선으로 플로어를 가로지른다. 사람들이 공간을 내주며 엄마가 지나갈 수 있도록 옆으로 물러선다. 엄마의 새 하이힐이 미끄러운 플로어에서 또각또각 소리를 내고 빨간 치마가 펄럭인다. 나는 엄마의 이런 모습을 본 적이 없다. 보통이라면 엄마는 너무 부끄러워서 표를 나에게 주고, 내가 달려나가서 상품을 받아온다.

"술 좀 드시고 싶으세요, 부인?" 용감한 모란이 엄마의 복권 번호를 읽으며 묻는다. "오늘 같은 밤에는 몸을 따뜻하게 유지하는 데 확실히 도움이 되죠. 파워스 위스키 한 잔이면 여자한테 남자는 필요 없잖아요. 안 그래요? 칠백이십오, 맞네요."

엄마가 우아한 옷을 입고 그 자리에 서 있는데 뭔가 크게 잘못된 느낌이다. 엄마는 저런 데 어울리지 않는다.

"이제 일련번호를 확인하죠." 모란이 시간을 끌며 말한다. "죄송합니다, 부인. 일련번호가 다르네요. 오늘 밤도 남편이 따뜻하게 해줄 겁니다. 믿음직하고 익숙한 품으로 돌아가는 거죠."

엄마가 돌아서서 미끄러운 플로어를 또각또각 걸어간다. 엄마가 사실은 당첨되지 않았는데 당첨됐다고 착각했다는 사실을 모르는 사람이 없다. 갑자기 엄마가 걷는 게 아니라 달린다. 희고 환한 빛 속을 달려 외투 보관소를 지나서 문으로 다가간다. 머리카락이 말꼬리처럼 팔랑거린다.

바깥 주차장의 짓밟힌 풀밭과 상록수 화단에 눈이 쌓였지만 아스팔트는 축축하고 떠나는 자동차들의 전조등 불빛을 받아 반짝인다. 풍성하고 흔들림 없는 달빛이 땅을 꾸준히 비춘다. 엄마와 셰이머스와 나는 차에 타서 덜덜 떨며 아빠를 기다린다. 차 키가 아빠에게 있기 때문에 시동을 걸어 따뜻하게 히터를 틀 수 없다. 나는 발이 돌처럼 차갑다. 튀김을 파는 트럭의 열린 해치에서 기름진 증기가 구름처럼 피어오른다. 크롬 도금된 부분에 통통한 갈색 소시지가 그려져 있다. 주변에서 사람들이 떠나면서 손을 흔들고 "잘 자요!" 또 "새해 복 많이 받아요!" 하고 외친다. 그들은 튀김을 받아서 차를 몰고 떠난다.

튀김 트럭이 해치를 닫고 주차장이 텅 비자 아빠가 나온다. 아빠가 운전석에 앉아서 시동을 거니 차가 털털거리고, 우리는 주차장을 빠져나와 마을 외곽 언덕을 올라간 다음 집을 향해 좁은 도로를 구불구불 내려간다.

"밴드가 썩 나쁘지 않았어." 아빠가 말한다.

엄마는 아무 말도 하지 않는다.

"밴드가 활기차더라니까." 이번에는 더 크게.

여전히 엄마는 아무 말도 하지 않는다.

아빠가 〈파 어웨이 인 오스트레일리아Far Away in Australia〉를 부르기 시작한다. 아빠는 화가 나면 늘 노래를 한다. 속으로는 화를 내면서 겉으로는 명랑한 척하는 거다. 이제 마을의 불빛이 우리 뒤로 멀어진다. 이 도로는 어둡다. 우리는 창가에 촛불을 켜둔 집들, 전구가 깜빡이는 크리스마스트리, 앞유리에 신문지를 덮어둔 주차된 자동차들을 지나친다. 아빠는 노래를 끝까지 부르기 전에 멈춘다.

"댄스홀에서 예쁜 아가씨는 찾았냐, 셰이머스?"

"그렇게 마음에 드는 여자는 없었어요."

"그 금발 아가씨는 꽤 괜찮던데."

남자와 여자 219

나는 가축 시장을, 난간에 기대어 어린 암소와 암양을 사려고 입찰하는 온갖 남자들을 생각한다. 또 세라 콤스를, 우리가 그 집에 갈 때마다 그녀가 풍기는 풀 내음의 향수 냄새를 생각한다.

집 앞 도로 끝의 밤나무 가지에 눈이 두텁게 쌓여 있다. 아빠가 차를 세우고 약간 후진한 다음 브레이크를 밟는다. 아빠는 엄마가 내려서 대문을 열기를 기다리고 있다.

엄마는 움직이지 않는다.

"어디 아파?" 아빠가 엄마에게 말한다.

엄마는 앞만 본다.

"문이 걸리기라도 했어?" 아빠가 말한다.

"직접 열어."

아빠가 엄마 쪽으로 손을 뻗어 조수석 문을 열지만 엄마가 문을 쾅 닫는다.

"내려서 대문 열어!" 아빠가 나에게 소리를 지른다.

왠지 나는 움직이면 안 될 것 같은 기분이 든다.

"셰이머스!" 아빠가 소리친다. "셰이머스!"

아무도 꼼짝하지 않는다.

"제에기랄!" 아빠가 말한다.

나는 겁이 난다. 바깥을 보니 내가 산타할아버지 이쪽이에요, 라고 쓴 표지판 한쪽 귀퉁이가 떨어져서 축축하게 젖은 마분지가 바람에 펄럭거린다. 아빠가 엄마를 본다. 목소리에 악의가 가득하다.

"멋지게 차려입고서 온 동네 사람들 앞에서 복권 일등에 당첨된 줄 알고 걸어가더라." 아빠가 웃으면서 문을 연다. "그래놓고 거지처럼 내빼는 꼴하고는."

아빠가 차에서 내린다. 뜨거운 석탄 위를 걷는 것처럼 걸음걸이에 분노가 서려 있다. 아빠가 노래한다. "저 멀리 오스트레일리아에서!" 아빠가 손을 위로 뻗어 대문의 철사를 푸는데 갑자기 바람이 불어 아빠의 모자를 날린다. 대문이 활짝 열린다. 아빠가 모자를 집으려고 몸을 숙이지만 바람이 조금 더 밀어내 손이 닿지 않는다. 아빠가 몇 걸음 더 가서 다시 모자를 집으려 몸을 숙이지만 또다시 바람에 날려 조금 더 멀어진다. 나는 우리랑 똑같은 포장지를 쓰는 산타클로스를 떠올리고, 갑자기 깨닫는다. 마땅한 답은 하나밖에 없다.

아빠가 점점 작아진다. 나무들이 움직이는 것 같다. 여름이면 초록 손을 뻗어 우리를 지켜주는 밤나무가 뒷걸음질치고 있다. 문득 나는 자동차가 움직이고 있음을 깨닫는다. 우리 차가 뒤로 미끄러지고 있다. 핸드브레이크가 고장났는데 내가 밖으로 나가서 바퀴에 돌을 괴지도 않은 것이다. 바로 그때 엄마가 운전대를 잡는다. 아빠 자리로, 운전석으로 가서 발을 브레이크에 올린다. 이제 뒤로 밀리지 않는다. 엄마가 가속 페달을 밟고 기어를 넣는다. 기어박스가 삐걱거리지만—엄마가 클러치를 충분히 밟지 않았다—차가 다시 털털거리더니 우리는 어느새 움직이고 있다. 엄마가 산타할아버지 표지판을 지나서, 이제 노래를 멈춘 아빠를 지나서, 활짝 열린 대문을 지나 우리를 앞으로 데려간다. 엄마가 우리를 데리고 눈 덮인 숲으로 향한다. 소나무 향기가 난다. 뒤를 돌아보니 아빠가 후미등을 보며 서 있다. 아빠 위로, 아빠의 대머리 위로, 아빠의 손에 들린 모자 위로 눈이 내린다.

자매

포터 일가는 보통 자기들이 언제 도착하는지 엽서를 보내서 알려준다. 베티는 기다린다. 그녀는 개가 짖을 때마다 어느새 층계 맨 밑의 창가로 가서 공작 고사리 사이로 자전거를 타고 올라오는 우체부가 보이는지 확인한다. 6월이 거의 다 되었다. 서늘함이 많이 가셨다. 나무에 달린 자두가 통통해지고 있다. 곧 포터 일가가 와서 희한한 음식과 새 손수건, 뜨거운 물병, 얼음을 요구할 것이다.

베티의 여동생 루이자는 젊을 때 잉글랜드로 가서 외판원 스탠리 포터와 결혼했는데, 그는 등 뒤로 길게 늘어뜨린 루이자의 머리카락에 반했다고 했다. 루이자는 늘 머리가 아름다웠다. 어렸을 때는 베티가 매일 밤 루이자의 금발 머리를 백 번씩 빗기고 단단히 땋은 다음 새틴 리본으로 묶어주었다.

베티의 머리카락은 늘 그랬듯 평범한 갈색이다. 그녀는 늘 손이 가장 아름다웠고, 희고 우아한 손으로 일요일이면 오르간을 연주했다. 이제는 오랜 세월 일하느라 엉망이 되어서 손바닥 살갗은 남자처럼 딱딱해지고 관절이 굵어져서 엄마의 결혼반지가 빠지지 않는다.

베티는 농가주택에, 큰 집이라고 부르는 곳에 산다. 원래 개신교도 지주의 집이었는데, 자식도 없이 결혼 생활이 끝나자 팔고 이사를 갔다. 그 땅을 산 토지 수용 위원회가 3층짜리 건물을 부수었고, 하인들이 쓰던 남은 2층짜리 건물과 주변 땅 30만 제곱미터를 싸게 내놓자 베티의 아버지가 결혼할 때 샀다. 주택이 정원에 비해 너무 작고 마당과 너무 가깝지만 담쟁이덩굴로 뒤덮인 벽은 근사하다. 화강암 아치 길은 마구간과 헛간, 높다란 창고, 마차 차고, 견사, 우물이 있는 마당으로 이어진다. 뒤쪽에는 담으로 둘러싸인 멋진 과수원이 있는데, 자식이 없었던 지주는 다른 아이들이 드나들지 못하도록 앵거스 황소를 풀어놓았었다. 이 집에는 역사가, 과거가 있다. 사람들 말에 따르면 그 유명한 파넬이 이 집 거실에서 이를 뺐다. 커다란 부엌에는 창살을 친 창문과 AGA 오븐레인지, 그리고 베티가 토요일마다 문질러 닦는 소나무 식탁이 있다. 거실의 하얀 대리석 벽난로는 마호가니 가구와 잘 어울린다. 계단은 곡선으로 구부러지면서 빛이 잘 드는 층계참으로 이어지고, 오크나무 문을 열면 마당이 내려다보이는 커다란 침실 세 개와 아버지가 병들었을 때 베티가 수도를 설치한 욕실이 나온다.

베티도 잉글랜드로 가고 싶었지만 집을 돌보기 위해 남았다. 어머니는 베티와 루이자가 어릴 때 갑자기 돌아가셨다. 어느 날 오후에 나무를 주우러 나갔다가 초원을 가로질러 돌아오는 길에 쓰러져 죽었다. 한 번씩 크게 성질을 부리는 변덕스러운 아버지를, 언니였던 베티가 어머니 대신 돌보는 것이 당연해 보였다. 베티의 삶은 쉽지 않았다. 소 떼를 치고 검사도 받고, 돼지도 통통하게 살찌우고, 크리스마스가 되기 전에 칠면조를 기차에 실어 더블린으로 보내야 했다. 그들은 여름이면 초원의 풀을 깎고 가을에는 귀리를 거두어들였다.

아버지는 지시만 내리면서 일은 점점 더 적게 했고, 제일 힘든 일은 돈을 주고 사람을 사서 시켰다. 수의사의 청구서를 보며 트집을 잡고 아플 때 축성해주러 온 신부님을 모욕했으며 베티의 요리를 얕잡으면서 제대로 된 게 하나도 없다고 말했다. 예전과 같은 게 하나도 없다는 뜻이었다. 그는 변화를 싫어했다. 세상을 떠날 즈음에는 까만 외투를 입고 들판을 걸어 다니면서 초원의 풀이 얼마나 높이 자랐는지 보고, 줄기에 달린 곡식 낟알을 세고, 암소가 살이 빠졌다고, 대문에 녹이 슬었다고 지적했다. 그러다가 어두워지기 직전에 집으로 돌아와서 말했다. "시간이 많이 안 남았어. 많지 않다고."

"암울하게 생각하지 마세요." 베티는 이렇게 대답하고 하던 일을 계속했다. 하지만 지난겨울에 아버지가 몸져눕더니 세상을 떠날 때까지 사흘 동안 병상에서 고함을 지르고 발길질하며 "버터밀크! 버터밀크!"라고 외쳤다. 화요일 밤에 아버지가 스스로의 의지에 따라 세상을 떠나자 베티는 슬프기보다 마음이 놓였다.

베티는 그동안 루이자가 어떻게 지내는지 소식을 계속 들었다. 베티는 참석하지 못했지만 결혼식을 올렸고, 원하는 대로 아들 하나와 딸 하나를 낳았다. 베티는 크리스마스마다 우편으로 프루트케이크를 보냈고, 부활절에는 집에서 만든 퍼지*를 보냈으며, 아이들의 생일을 기억했다가 자신을 위해서는 쓸 엄두도 못 낼 돈을 카드에 같이 넣어 보냈다.

베티는 결혼을 하기엔 너무 바빴다. 한때 아버지가 못마땅하게 여기는 시릴 도라는 개신교도 청년을 만난 적이 있었다. 하지만 아무 일도 없었다. 결혼 적령기도 출산 적령기도 지나갔다. 베티는 큰 집에서 아버지의 시중을 들면서 성질을 달래고, 진한 차를 우려주고, 토요일 밤이면 아버지의 셔츠를 다리고 좋은 구두에 광을 내는 것에 익숙해졌다.

아버지가 죽은 뒤 베티는 땅을 남에게 빌려주고 아버지가 얼라이드 아이리시 은행에 남긴 예금을 아껴 쓰면서 근근이 살았다. 그녀는 쉰 살이었다. 집은 그녀의 것이었지만

---

* 설탕, 버터, 우유 등으로 만드는 디저트.

아버지는 유언장에 루이자가 살아 있는 동안 이 집에 살 권리를 준다는 단서를 붙였다. 아버지는 항상 루이자를 더 예뻐했다. 루이자는 아버지가 바라는 대로 듣기 좋은 말을 했지만 베티는 그저 먹을 것과 입을 것을 챙겨주고 성질을 달래줄 뿐이었다.

포터 일가로부터 아무 소식도 없이 6월이 지나자 베티는 불안해진다. 그녀는 채소밭에서 썩는 양상추와 골파를 상상하고 바닷가에 잠깐 집을 빌릴까, 발리머니나 카호어 포인트로 떠날까 고민한다. 하지만 떠나지 않으리란 사실을 마음속 깊이에서는 이미 안다. 베티는 어디에도 가지 않는다. 그녀가 하는 일이라고는 요리하고, 청소하고, 집에서 쓸 소젖을 짜고, 일요일에 미사에 참례하는 것밖에 없다. 그러나 베티는 이대로가 좋다. 모든 물건이 자신이 놓아둔 그대로인 것이, 집을 혼자 쓰는 것이 좋다.

아버지가 죽고 나자 엄청난 해방감이 뒤따랐다. 베티는 잡초를 뽑고, 정원을 깔끔하게 가꾸고, 토요일이면 전지가위를 들고 나가서 제단에 장식할 꽃을 자른다. 또 예전에는 시간이 없어서 못 했던 일들을 한다. 코바늘뜨기도 하고,

레이스 커튼도 푸른빛으로 물들이고, 예수 성심 램프의 전구도 갈고, 말구유의 이끼도 긁어내고, 아치형 대문에 페인트도 칠한다. 나중에 과일이 익으면 잼을 만들 수 있다. 그녀는 온실에 감자를 저장할 구덩이를 파고 토마토 절임을 만든다. 정말이지 포터 일가만 안 오면 아무것도 낭비하지 않아도 된다. 베티가 여름을 혼자 보낸다는 생각에 익숙해져서 조용히 콧노래를 부르면서 설탕에 절인 오렌지 껍질을 저울에 달고 있는데 자전거 탄 우체부가 문앞으로 찾아온다.

"9일에 저녁 배를 타고 온다네요, 엘리자베스 양." 그가 말한다. "에니스코시까지는 버스를 타고 온다는군요. 차를 보내야 할 거예요." 우체부가 엽서를 찬장에 놓고는 차를 마시려고 핫플레이트에 주전자를 올린다. "오늘 날씨는 썩 나쁘지 않네요."

베티가 고개를 끄덕인다. 집을 정리할 시간이 나흘밖에 없다. 더 일찍 알려줄 수도 있었을 텐데. 차를 가져오지 않다니 이상하다. 스탠리는 커다란 회사 차를 항상 자랑스럽게 여겼다.

다음 날 아침, 베티는 걸레로 쓰던 아버지의 낡은 조끼를 버리고 빈 흑맥주 병을 숲으로 가져가서 덤불 아래 던져놓는다. 양탄자를 꺼내서 필요 이상으로 세게 두드리자 돌풍 같은 먼지가 피어오른다. 그녀는 낡은 침대보를 옷장 안쪽에 숨기고, 매트리스를 뒤집고, 좋은 시트를 깐다. 베티는 아플 때를 대비해서 좋은 침구를 늘 준비해놓았다. 혹시 의사나 사제가 다녀갔다가 그 집에서는 시트에 천을 대고 기워서 쓰라는 말이 퍼지는 것은 싫었다. 그녀는 금이 가거나 이 나간 접시를 찬장에서 전부 꺼내고 좋은 버드나무 문양 디너 세트를 선반에 올려둔다. 식료품점에 밀가루와 설탕과 빻은 밀을 주문하고, 무릎을 꿇고서 바닥이 반짝반짝 빛날 때까지 닦는다.

무더운 금요일 저녁, 그들이 집 앞 대로에 도착한다. 택시가 경적을 울리자 베티가 앞치마를 벗고 서둘러 나가서 그들을 맞이한다.

"아, 베티!" 루이자는 이 집에 베티가 있어서 놀란 듯이 말한다.

베티가 루이자를 끌어안는다. 하얀 여름용 투피스를 입고 구불구불한 금발을 늘어뜨린 루이자는 늘 그렇듯 젊어 보인다. 맨팔이 햇볕에 갈색으로 그을렸다.

루이자의 아들 에드워드는 키가 크고 호리호리해졌다. 집에 있기를 좋아하는, 속을 알 수 없는 아이로 컸다. 에드워드가 차가운 손을 내밀자 베티가 그 손을 잡고 흔든다. 에드워드의 악수에는 거의 아무 감정도 없다. 루이자의 딸 루스는 인사 한마디도 없이 낡은 테니스 코트로 달려간다.

"이리 와서 베티 이모한테 입 맞춰야지!" 루이자가 소리 지른다.

"스탠리는 어디 있어?"

"아, 바빠서. 할일이 많다나 봐." 루이자가 말한다. "나중에 올 거야."

"그래, 넌 아주 좋아 보이는구나, 항상 그렇지만."

루이자가 미소를 짓자 돌출된 하얀 치아가 너무 많이 드러난다. 그녀는 칭찬을 듣기만 할 뿐 돌려주지는 않는다. 택시 기사가 자동차 지붕 짐받이에서 여행 가방을 내린다. 짐이 엄청나게 많다. 책과 베개, 웰링턴부츠, 플루트, 비옷, 체

스판, 양모 점퍼를 가져왔고 까만 래브라도까지 데려왔다.

"치즈 좀 가져왔어." 루이자가 이렇게 말하며 베티에게 냄새가 고약한 체더 치즈 한 덩어리를 건넨다.

"세심하기도 하지." 베티가 냄새를 맡는다.

루이자가 대문 앞에 서서 송신탑에 항상 불이 밝혀진 렌스터산과 골짜기의 푸르른 낙엽수 숲을 바라본다.

"아, 베티. 집에 오니까 너무 좋다." 루이자가 말한다.

"들어와."

베티가 식탁을 차려놓았다. 오븐레인지에 올려둔 주전자 두 개에서 물이 끓자 주둥이가 입을 삐죽거리듯이 김을 조금씩 뱉는다. 저녁 햇살이 격자무늬 창문으로 쏟아져 들어와 차가운 로스트치킨과 감자샐러드를 비춘다.

"불쌍한 코번트리는 오는 내내 이동장에 갇혀 있었어." 루이자가 설명한다. 개가 하필 찬장 앞 리놀륨 바닥에 엎드려 있어서 베티가 개를 옆으로 밀고 찬장 문을 연다.

"비트는 없어요, 엘리자베스 이모?" 에드워드가 묻는다.

베티는 양상추를 무척 신경 써서 씻었지만 혹시라도 샐러드 그릇에서 집게벌레가 기어 나올까 봐 걱정했다. 시력

자매 233

이 예전 같지 않다. 베티가 찻주전자를 뜨거운 물로 헹구고 갈색 빵을 얇고 먹음직스럽게 썬다.

"화장실 가고 싶어요!" 루스가 말한다.

"식탁에서 팔꿈치 떼." 루이자가 이렇게 말하고 버터 접시에 빠진 머리카락을 꺼낸다.

샐러드드레싱에 후추가 너무 많이 들어갔고 루바브 타르트는 설탕을 더 넣는 게 좋았겠지만 다들 전부 먹어치웠고 감자 껍질 조금, 닭 뼈, 기름기로 더러워진 접시들만 남았다.

저녁이 되자 루이자가 베티와 같이 자고 싶다고 한다.

"예전처럼 말이야." 루이자가 말한다. "내 머리 빗겨줘도 돼."

루이자는 잉글랜드식 억양을 쓰게 되었는데 베티는 그것이 썩 마음에 들지 않는다. 자기 침대에서 루이자와 같이 자고 싶지 않다. 그녀는 더블 매트리스에 대자로 누워서 자고 싶을 때 자고 일어나고 싶을 때 일어나는 것이 좋지만 거절하지 못한다. 베티는 에드워드에게 아버지 방을, 루스에게 나머지 방을 내주고 루이자를 도와 위층으로 짐을 옮긴다.

루이자가 잔 두 개에 면세 보드카를 따르고 베티가 한 번도 본 적 없는 잉글랜드의 집을 어떻게 고쳤는지 이야기한다. 창문에는 한 마에 25파운드짜리 새틴으로 마룻바닥까지 닿는 길이의 커튼을 만들어서 달았고, 침대 헤드보드는 벨벳이며, 식기세척기가 그릇을 소독해주고, 건조기 덕분에 비가 와도 빨래를 걷으러 달려 나갈 필요가 없다.

"스탠리가 일하느라 바쁠 만하네." 베티가 이렇게 말하고 보드카를 마신다. 맛이 마음에 들지 않는다. 어렸을 때 아픈 배가 나을 줄 알고 마셨던 성수 맛이 생각난다.

"아빠 보고 싶지 않아?" 루이자가 불쑥 말한다. "늘 우리를 정말 따뜻하게 맞아주셨는데."

베티는 루이자를 빤히 보면서 나흘 동안 일하느라 뻐근해진 팔의 통증을 느낀다.

"아. 언니는 안 그런다는 뜻이 아니—"

"무슨 뜻인지 알아." 베티가 말한다. "아니, 별로 안 보고 싶어. 떠나시기 전에 너무 고집스러우셨거든. 허구한 날 들판을 헤매고 다니면서 죽는다니 어쩐다니 그런 얘기만 하

자매 235

고. 하지만 넌 아버지의 자상한 면을 끌어냈지."

아버지는 루이자가 집에 오면 꽉 끌어안은 다음 뒤로 물러서서 바라보곤 했다. 베티에게는 루이자가 무화과를 좋아하니 집에 무화과 롤케이크를 준비해놓으라고 했다. 루이자에겐 아까울 것이 없었다.

이제 루이자는 옷 짐을 풀면서 베티가 감탄할 수 있도록 하나씩 들어서 보여준다. 분홍색 나비들이 치맛자락 쪽으로 내려앉는 리넨 원피스, 반짝이는 스카프, 버건디색 레이스 슬립, 캐시미어 재킷, 발끝이 드러나는 가죽 구두. 루이자가 미국산 향수 뚜껑을 열고 베티에게 맡아보라며 내밀지만 손목에 뿌려주지는 않는다. 루이자의 옷은 돈을 많이 들인 사치스러운 느낌이 난다. 단이 깊고 안감이 새틴이며 신발 안창도 가죽이다. 루이자는 탐욕스러워 보일 만큼 자기 옷을 자랑스러워한다. 그러고 보면 루이자는 원래 패션에 민감했다.

루이자는 잉글랜드로 가기 전에 킬리니의 부잣집에서 집안일을 도왔는데, 한번은 베티가 루이자와 하루를 같이 보내기로 하고 기차를 타고 더블린으로 간 일이 있었다. 루이자는 휴스턴역에서 촌스러운 정장 차림에 갈색 핸드백을 든 베티를 보자 핸드백을 재빨리 낚아채더니 "이 낡은 가방을 들고 어딜 가겠다는 거야?"라며 들고 있던 쇼핑백에 쑤셔 넣었다.

베티가 머리를 빗겨주는 동안 루이자는 화장대 앞에 앉아서 오래된 라틴어 성가를 흥얼거린다. 베티는 동생의 소녀 같은 목소리를 들으면서 거울에 비친 두 사람의 모습을 흘끔 봤다가 아무도 두 사람이 자매라고 생각하지 않으리라 깨닫는다. 금발에 에메랄드 귀걸이를 한 루이자는 나이보다 훨씬 젊어 보인다. 베티는 갈색 머리에다가 손은 남자 같고 얼굴에 나이가 그대로 드러난다.

어머니는 "자매가 분필과 치즈만큼이나 전혀 딴판"이라고 말했다.

에드워드가 아침으로 수란을 먹고 싶다고 한다. 아이는 식탁 상석에 앉아서 수란을 대령하기를 기다린다. 베티가 오븐레인지 앞에 서서 포리지 죽을 젓고, 아직 잠옷 바람인 루이자는 찬장을 들여다보면서 먹을 것이 있나 살핀다.

"배고파 죽겠어요!" 루스가 말한다. 나이에 비해 통통한 편이다.

포터 일가는 그 무엇도 간단히, 또는 조용하게 하는 법이 없다. 거리낌 없이 공간을 차지하고 이것저것 더 달라고 요구한다. 베티는 드물지만 혹시라도 다른 사람의 집에 가게 되면 주는 대로 감사히 먹고 나중에 설거지를 하는데 포터 일가는 꼭 자기 집처럼 군다.

루이자가 루스에게 치즈 토스트를 챙겨주고 본인은 거의 먹지 않는다. 접시에 놓인 달걀을 포크로 밀어놓고 차를 마신다.

"너 다른 데 가 있는 것 같아." 베티가 말한다.

"그냥 생각 중이야."

베티는 더 묻지 않는다. 루이자는 항상 비밀이 많았다. 학교에서 맞았을 때에도 집에 와서는 한마디도 하지 않았다. 루이자는 웃었다거나 자기 차례가 아닌데 말했다고 억울하게 혼날 때 성 안토니우스 성화 앞에 무릎을 꿇고 멍하니 앉아서 자기 죄를 고백하고 부당한 벌을 말 한마디 없이 받았다. 한번은 교장 선생님이 베티를 때린 뒤에 코

피가 멈추지 않자 시냇가에 가서 얼굴을 씻고 오라고 했는데, 베티는 들판을 가로질러 집으로 달려가서 엄마에게 일렀고, 엄마는 그 길로 베티를 데리고 학교에 찾아가 교실로 들어갔다. 교장 선생님에게 만약 자기 딸들에게 손가락 하나라도 대면 버터 장수 빌리(며칠 전 남쪽에서 잔인하게 살해당한 사람이다)보다 더 끔찍한 죽음을 맞이할 거라고 말했다. 루이자는 이 일로 베티를 비웃었지만 베티는 부끄럽지 않았다. 성화 앞에서 무릎을 꿇고 자기가 하지도 않은 일을 고백하느니 사실을 말하고 그 결과를 감수하는 게 나았다.

일요일 아침에 루이자는 베티의 방 창가 십자가에 아버지의 낡은 면도용 거울을 기대어 놓고 눈썹을 뽑아서 완벽한 반원 모양으로 다듬는다. 베티는 소젖을 짜고 감자를 캐고 미사에 갈 준비를 한다.

성당에서 루이자를 둘러싸고 웅성거린다. 성당 옆 묘지에서 이웃들이 다가와서 루이자와 악수를 하고 정말 멋져 보인다고 말한다.

"아주 좋아 보이네?"

"나이를 하나도 안 먹었어."

"넌 항상 모두의 사랑을 받았잖아?"

"루이자 정말 좋아 보여, 안 그래 베티?"

전보를 보내러 식료품점에 가자 베티의 땅을 빌린 채석장 주인 조 코스텔로가 통조림과 냉장육 판매대 사이에 루이자를 몰아넣고 요즘도 영화를 좋아하느냐고 묻는다. 그는 덩치가 아주 큰 남자로, 가느다란 줄무늬 양복을 입고 입술 바로 위에 까만 콧수염을 길렀다. 루이자가 잉글랜드로 떠나기 전에 둘이서 같이 자전거를 타고 영화를 보러 가곤 했었다. 에드워드는 철물 선반에 쥐덫을 설치하고 루스는 원피스 앞판에 아이스크림을 뚝뚝 떨어뜨리고 있지만 루이자는 알아차리지 못한다.

"남편은 어디 갔어?" 조 코스텔로가 루이자에게 묻는다.

"아, 일하느라."

"아, 그래. 알 만해. 일이란 건 끝이 없지."

집으로 돌아온 베티는 허리에 앞치마를 두르고 저녁 식사를 준비한다. 그녀는 일요일이 좋다. 보좌신부님이 읽어주는 복음을 듣고, 이웃 사람들을 만나고, 고기가 지글지글 익는 소리를 들으며 신문을 읽고, 오후에는 정원을 돌보고 숲을 산책한다. 주일은 꼭 쉬려고, 거룩하게 보내려고 항상 애쓴다.

"여기 혼자 살면 외롭지 않아?" 루이자가 묻는다.

"아니." 베티는 외롭다고 생각한 적이 한 번도 없었다.

루이자는 저녁 시간까지 부엌을 서성이더니 큰길로 나가 이웃집을 찾아간다. 베티는 집에 남아서 다음 주 식단을 짠다. 루이자는 생활비를 한 푼도 주지 않았고 빵 한 덩이 사지 않았다. 베티는 입이 셋이나 늘지 않아도 이미 생활비가 빠듯했지만 루이자도 생각나면 돈을 주든지 할 것이다. 루이자는 늘 제일 중요한 것을 깜빡 잊는다.

월요일은 빨래하는 날이다. 포터 일가는 옷을 절대 두 번씩 입지 않고, 루스가 자꾸 자다가 오줌을 싸서 매일 침대 시트를 갈아야 한다. 베티는 루스—조금 있으면 아홉 살이다—를 보며 저래도 되나 싶지만 아픈 데를 찌르는 것 같아서 루이자에게 아무 말도 하지 않는다. 라임 나무에 매단 빨랫줄에 빨래가 가득하지만 거센 바람이 불어와 세탁물이 거의 수평으로 펄럭거리자 베티는 기분이 좋아진다. 관리가 까다로운 옷도 있어서 손빨래를 해야 한다. 그녀는 싱크대의 비눗물에 손을 담그며 스탠리가 언제 올까 생각한다. 스탠리가 식구들을 해변으로 데려가 파도 위로 물수제비를 뜨면서 아이들을 즐겁게 해줄 것이다. 슬레이니강에 강꼬치고기도 잡으러 가고 토끼 사냥도 가겠지.

베티는 혼자만의 시간을 가지려고 더 일찍 일어난다. 여름 아침은 건강에 좋고 시원한 느낌이다. 그녀는 따뜻한 암소의 옆구리에 머리를 기대고 양동이에서 춤추는 우유를 바라본다. 거위에게 먹이를 주고 텃밭에서 당근과 파스닙을 뽑는다. 저 멀리 파란 렌스터산이 한결같아서 흐뭇하다. 제비가 화강암 마구간 처마 밑에 집을 짓는다. 바로 이것이 베티가 원하는 삶, 좋은 삶이다.

베티가 모슬린 천에 따뜻한 우유를 거르는데 조 코스텔로가 문간에 나타나 햇빛을 가린다.

"안녕, 베티." 그가 모자를 들어 정중히 인사한다.

"안녕, 조!" 그녀는 조를 보고 깜짝 놀란다. 그는 수송아지가 행방불명되거나 땅 임대료를 낼 때 외에는 베티의 집에 찾아오는 일이 거의 없다.

"좀 앉지 그래?"

그가 팔다리를 쭉 펴고 식탁 앞에 앉는다. "요즘 날씨가 참 좋네."

"이보다 더 좋을 순 없지."

베티가 차를 우리고 식탁 앞에 앉아서 조와 이야기를 나눈다. 조가 모자를 벗는 것도 그렇고 나이프가 아니라 스푼으로 잼을 푸는 것을 보면서 꽤 괜찮은 남자라고 생각한다. 식사 예절은 정말 많은 것을 알려준다. 두 사람이 소 떼와 채석장에 대해 이야기를 나누는데 에드워드가 나타나서 싱크대에 놓인 우유 거르는 장비를 보며 참견한다.

"여기 우유는 살균 안 해요, 베티 이모?"

베티는 조 코스텔로와 함께 뭐 하러 그러겠냐며 웃지만, 루이자가 내려오자 베티는 순식간에 조의 관심 밖으로 밀려난다. 루이자는 잠옷 차림이 아니다. 머리도 빗고 리넨 나비 원피스를 입었고, 바셀린 바른 입술이 반짝거린다.

"어머, 조!" 루이자는 조가 있는지 몰랐다는 듯이 말한다.

"안녕, 루이자." 그는 루이자가 여왕이라도 되는 것처럼 자리에서 일어선다.

베티는 루이자가 어떻게 살랑거리는지 유심히 본다. 삐

죽거리는 입술, 약간 기울인 골반, 맨살이 드러난 어깨를 올렸다가 축 늘어뜨리는 동작. 고도의 기술이다. 베티는 두 사람이 부엌에서 대화를 나누도록 두고 파슬리를 뽑으러 정원으로 성큼성큼 걸어간다. 루스가 나무 밑에 서서 자두를 먹고 있다.

"자두 건드리지 마!"

"네, 네." 루스가 말한다. "화내지 마세요."

"그걸로 잼 만들어야 해."

예전부터 늘 그랬다. 남자들은 루이자 주변으로 모여들어 탐색하면서 늘 춤을 추자고 했다.

루이자와 베티는 젊었을 때 다른 집에서 열리는 댄스파티에 같이 다니곤 했다. 베티는 어느 날씨 좋은 여름밤에 1.5킬로미터쯤 떨어진 데이비스네 집 나무 벤치에 앉아 있었던 때가 떠오른다. 그녀가 손가락으로 벤치의 나뭇결을 느끼며 앉아 있었다. 열린 창문으로 수로의 라일락 향기가 들어왔다. 그때 루이자가 그녀를 향해 몸을 숙이자 그 행복한 순간이 깨졌다. 루이자가 뭐라고 했는지 아직도 정확히 기억한다.

"조언 하나 해줄게. 웃지 않도록 애써봐. 언니는 웃으면 너무 끔찍해."

베티는 그 뒤로 웃을 때마다 그 말이 생각났다. 그녀는 루이자와 달리 새하얀 미소를 갖지 못했다. 어렸을 때 기관지 염을 앓는 바람에 기침약을 많이 먹어서 치아가 망가졌다. 너무 많은 일들이 한꺼번에 떠오른다. 베티는 기억이 떠오를 때마다 피가 솟구치는 느낌이 든다. 하지만 전부 옛날 일이다. 이제 그녀는 스스로 생각할 수 있다. 베티가 쟁취한 권리였다. 아버지는 죽었다. 이제 그녀는 아버지나 루이자의 눈을 통해서가 아니라 있는 그대로 볼 수 있다.

베티가 파슬리를 가지고 부엌으로 돌아와 보니 조 코스텔로가 루이자를 위해서 베티의 가장 좋은 도자기 잔에 차를 따르고 있다.

"다 되면 그만, 이라고 말해."

"그만." 루이자가 말한다. 강렬한 아침 햇살을 등지고 앉아서 햇빛 때문에 금발이 더욱 강렬하게 반짝인다.

다음 일요일에 베티는 양 다리를 요리한다. 접시에 담아

살을 바를 때 피가 살짝 흐르지만 신경 쓰지 않는다. 당근이 물컹하고 너무 익은 것도 신경 쓰지 않는다. 아무도 식사에 대해서 어떤 말도 하지 않는다. 한마디도 없다. 베티는 일일이 입맛에 맞춰줄 기분이 아니다. 아까 거실로 내려왔더니 루스가 안락의자에서 폴짝폴짝 뛰고 있었다. 게다가 온 집에 개털이 날렸다. 어디를 보나 개털이 있었다.

에드워드가 베티의 주변을 서성이면서 그녀가 일하고 있는 방에 자꾸 소리도 없이 들어와 깜짝 놀라게 한다. 에드워드는 혼자 놀 줄을 모른다.

"할 일이 없어요." 에드워드가 불평한다. "우린 꼼짝없이 갇혔어요."

"하고 싶으면 닭장 청소해도 돼." 베티가 말한다. "갈퀴는 헛간에 있어."

하지만 에드워드는 끌리지 않는 모양이다. 좋아하는 일을 스스로 찾을 수 있다는 걸 아직 모른다. 루스는 정원에서 노래하며 뛰어다닌다. 베티는 가끔 루스가 안쓰럽다. 루이자는 루스에게 거의 아무 관심도 없지만 저 나이에는 관심이 필요하다. 그래서 베티는 피로 얼룩진 접시를 다 씻은 뒤에 루스에게 『헨젤과 그레텔』을 읽어준다.

"아빠가 자기 자식을 왜 버려요?" 루스가 묻는다.

그녀는 대답할 말이 떠오르지 않는다.

베티는 잼을 만들기로 하고 발판 사다리를 가지고 나가서 가지로 손을 뻗어 자두를 모조리 딴다. 자신의 자두다. 그녀가 자두를 씻어서 씨를 빼고 잼 솥에 넣고 설탕으로 뒤덮은 다음 루스와 에드워드에게 잼 병 씻는 법을 가르쳐준다. 아이들은 집안일을 하나도 할 줄 모른다. 에드워드가 페어리 주방세제 한 컵을 싱크대에 쏟는 바람에 어쩔 수 없이 전부 다시 씻는다.

"집에서는 누가 설거지하니?" 베티가 묻는다. "아, 맞다. 식기세척기가 있었지, 깜빡했네."

"식기세척기요? 우리 그런 거 없는데요, 베티 이모." 루스가 말한다.

셋이서 잼을 만들고 나서 베티가 식품저장실에 무기를 진열하듯 잼 병을 일렬로 늘어놓는다. 얼마 동안 먹을 수 있을까 생각하는데 외출에서 돌아온 루이자가 부엌으로 들어온다. 깊은 바닷물에서 수영하고 온 사람처럼 상기되어 반짝이는 표정이다.

"우편물 온 거 없어?" 루이자가 말한다.

"없어."

"하나도?"

"전기요금 고지서밖에 안 왔어."

"아."

스탠리로부터 아무 소식도 듣지 못한 채 7월이 지나갔다.

8월이 되자 날씨가 사나워진다. 비 때문에 포터 일가는 바깥에 나가지 못하고 방에만 갇혀 있다. 젖은 나뭇잎이 창유리에 달라붙고 검은 빗물이 채마밭의 고랑으로 흐른다. 루이자는 침대에서 케이크를 먹으면서 로맨스 소설을 읽고, 정오가 넘도록 잠옷 바람으로 돌아다닌다. 그녀는 빗물로 머리를 감고 아이들에게 라이스 크리스피 과자를 구워준다. 에드워드는 거실에서 플루트를 분다. 베티는 그런 소리를 들어본 적이 없다. 누가 야생의 새나 작은 파충류를 우리에 가두어서 절망에 빠진 작은 목소리가 풀어달라고 애원하는 것 같다. 루스는 베티의 고급 재단용 가위로 잡지에서 모델과 향수 사진을 오려서 스크랩북에 붙인다.

베티는 정원이 걱정된다. 거센 바람이 장미 덤불을 흔들어 꽃이 자갈길에 흩어지자 베티는 그것을 주워서 안쓰러운 마음에 회분홍색 꽃잎을 가만가만 만진다. 손가락에 닿는 꽃잎이 눈꺼풀처럼 보드랍다. 나뭇잎에 진딧물이 붙어서 얼룩덜룩해지고 생기가 없어졌다. 그동안 집안일로 너무 바빠 정원을 돌볼 시간이 없었다.

그렇게 서서 불쌍한 꽃들을 생각하고 있는데 에드워드가 다가온다. 엘더베리 꽃이 색종이 조각처럼 바람에 날린다. 회색 구름이 조각조각 깔린 하늘에서 이슬비가 내리고 있다.

"베티 이모?"

"응?"

"이모가 죽으면 이 집은 누가 가져요?"

그녀는 충격에 빠진다. 손바닥으로 뺨을 얼얼하게 후려치는 듯한 말이다.

"왜? 난—" 베티는 아무 말도 생각할 수가 없다.

에드워드는 그 자리에 서서 아무리 다려도 펴지지 않는

리넨 바지 주머니에 양손을 넣은 채 그녀를 보고 있다. 베티는 갑자기 눈물이 터질 것 같아서 몇 발자국 물러난다.

"들어가서 엄마나 도와드려!" 그녀가 소리를 지르지만 에드워드는 꼼짝도 하지 않고 거기에 서서 베티의 눈을 바라본다. 아이의 눈은 가느다랗고 파랗다. 베티는 자리를 피하려고 엉망이 된 정원을 지나 대로를 따라 내려간 다음 다른 사람의 눈에 띄지 않도록 숲으로 숨어든다. 그리고 흔들리는 나무 아래 축축하고 이끼 낀 바위에 한참 동안 앉아서 생각한다.

아버지가 죽은 후 처음으로 따뜻하고 짠 눈물이 줄줄 흐른다. 여러 가지가 떠오른다. 크리스마스 때 칠면조의 목을 비트는 자신이 보인다. 발치에 깃털이 쌓여 있다. 어렸을 때 집으로 뛰어 들어가서 불가에서 손을 녹이고 다시 달려 나갈 때 엄마가 했던 말. "정말 강인한 아이야." 초원에 나갔다가 갑자기 쓰러진 엄마, 그 손가락에 얽혀 있던 묵주. 회색 정장 차림으로 배를 타고 잉글랜드로 떠나는 루이자, 부자 남편과 함께 돌아온 루이자, 세례복을 입은 아기 들 사진, 손자를 자랑스러워하는 아버지가 보인다. 베티는 가을에 시릴 도가 산사나무 덤불 밑에 앉아서 그녀를 끌어안았던 것을, 그녀가 도망갈까 봐 두려운 듯이 꽉 끌어안았던 것을 기억한다. 그는 손을 뻗어 베티의 엉덩이 밑에 깔린 돌멩이를 빼주었다. 정말 다정했다. 그녀는 평생 일을 했고 옳은 행동을 했다. 하지만 그게 옳았을까? 아버지가 성질을 부리며 깨뜨린 도자기 접시 조각을 몸을 숙여 줍는 자신을 본다. 결국 이런 사람이 된 걸까? 깨진 접시 조각을 든 여자? 그게 전부일까?

이제 베티가 보기에 태양 아래 새로운 것은 없다. 베티가 어머니를 대신했듯이 에드워드는 자신이 베티를 대신하리라 생각한다. 상속은 갱신이 아니다. 무엇보다도, 상속은 모든 것을 그대로 유지시킨다. 이제 남은 것, 현명한 행동은 정당한 자기 것을 움켜쥐는 것뿐이다. 무엇도 그녀를 막지 못하리라.

어두워지고 있다. 집을 얼마 동안이나 비운 걸까? 베티가 나무 사이를 걸어간다. 그녀는 루이자가 떠나는 것은 시간문제일 뿐이라고 결론 내리고 마음의 평화를 찾는다. 아이들을 학교에 보내야 하니 2주만 있으면 돌아갈 것이다. 9

월이 되면 베티는 푹 자고, 라디오를 듣고, 개털을 싹 치우고, 자기가 원할 때 원하는 음식을 요리할 수 있을 것이고, 그녀가 죽으면 어떻게 되느냐고 묻는 저 끔찍한 아이들도 없을 것이다.

집으로 들어가니 루이자가 거실 바닥에 파란 천을 펼쳐 놓고 베티가 칼을 갈 때 쓰는 줄로 재단용 가위의 날을 갈고 있다.

"화장실에 달 커튼을 새로 만들 수 있을 것 같아서. 원래 있던 건 너무 낡았잖아." 루이자가 이렇게 말하고 천 끝에 가윗날을 대고 자르기 시작한다.

"마음대로 해." 베티가 말하고는 위층으로 올라가 눕는다.

8월 중순에도 날씨는 좋아지지 않는다. 거대한 회색 구름이 머리 위에 음산한 양피지처럼 드리워진다. 비 오는 밤이면 개구리가 문 아래쪽 틈으로 기어 들어오고, 베티는 빨래가 안 마르겠다고 생각한다. 그녀는 오븐레인지 옆에 빨래 건조대를 놓고 옷을 널고 벽난로 불을 피우지만 하강기류 때문에 검은 연기가 집 안으로 들어온다. 베티는 문 앞에 심어둔 진홍색 꽃에서 벌들이 꽃가루를 훔쳐 가는 모습을 보며 날짜를 헤아린다.

베티가 보험설계사의 차를 얻어 타고 시내로 가서 은행 잔고를 확인한다. 8월과 9월 생활비를 다 썼다. 그녀는 10월에 쓰려고 남겨두었던 돈을 찾아서 식단을 짠다.

어느 날 저녁, 베티가 차에 곁들일 팬케이크를 굽는데 식기 건조대에 버터가 살짝 튄다. 아이들은 밖에 나갔다. 현관문 바깥에서 새끼 거위들이 어미 거위를 따라 계단을 내려가려고 애쓰지만 다리가 너무 짧다. 새끼들이 거꾸로 떨어져 허공에서 다리를 버둥거린다. 루스와 에드워드가 기다란 막대로 다시 뒤집어주는데 어미 거위가 위협적인 소리를 내며 날개를 퍼덕거린다.

루이자는 어깨에 담요를 두르고 오븐레인지 옆에 앉아 있다.

"스탠리는 언제 오니?" 베티가 묻고는 오븐에서 법랑 접시를 꺼낸다.

"정확하지 않아."

"정확하지 않은 거야, 모르는 거야?"

"몰라."

"2주 뒤면 애들도 다시 학교에 가야지."

"응, 나도 알아."

"그래서?"

"그래서 뭐?"

"그래서 스탠리가 그 전에 올 것 같니?" 베티가 말하면서 실수로 팬에 반죽을 너무 많이 붓는다.

"나도 몰라."

베티는 열기로 반죽 가장자리에 구멍이 송송 생기는 것을 보면서 어떻게 뒤집을까 궁리한다. "너, 스탠리랑 헤어졌구나."

"팬케이크 냄새 좋다."

"스탠리랑 헤어졌고, 이 집에서 살면 된다고 생각하는 거지."

"내가 식탁 차릴까?"

"너 이 집에 와서 그렇게 물어본 게 처음인 거 알아?" 베티가 고개를 돌려 루이자를 마주 본다.

"그런가? 에드워드! 루스! 차 마시러 와!"

"루이자!"

"난 여기서 지낼 권리가 있어. 아빠 유언장에 그렇게 써 있잖아."

루스가 달려 들어온다.

"손 씻어." 루이자가 말한다.

"준비 다 된 거 아니었어요?" 루스가 텅 빈 식탁을 보며 말한다.

"곧 될 거야, 아가. 금방이야."

그날 저녁에 루이자가 부엌을 나간다. 그녀는 거실에 불을 살짝 피우고 커다란 안락의자에 앉아서 『전쟁과 평화』를 펴서 읽는다. 베티는 소젖을 짜러 나간다. 모든 것이 명확해지자 묘하게도 마음이 진정되는 느낌이 든다. 이제 모든 것이 말이 되기 시작한다. 베티가 돌아와 보니 루이자가 목욕을 마치고 나왔다. 그녀는 베티를 등진 채 불 가에 앉아서 목에 콜드크림을 바르고 있다. 머리에 수건을 터번처럼 둘렀다. 난로 선반에 보드카를 찰랑찰랑 채운 잔이 두 개 놓여 있다.

"애들은 자니?"

"응." 루이자가 말한다.

그녀가 보드카 잔을 건넨다. 베티는 화해를 청하는 선물이구나 생각한다. 낮의 빛이 서서히 빠져나가는 동안 두 사람은 말없이 보드카를 마신다.

"내가 머리 빗겨줄게." 베티가 불쑥 말하고는 빗을 가지러 위층으로 올라간다. 돌아와 보니 루이자가 벽난로 선반 앞에 앉아서 거울을 보고 있다.

베티가 앞치마 주머니에서 빗을 꺼내 루이자의 머리를 감싼 수건을 벗기고 엉킨 머리카락을 풀기 시작한다. 허리까지 내려오는 머리카락에서 신기하게도 고사리와 과일 향이 난다.

"샴푸 향 좋네."

"응."

유리문을 통해서 달빛이 대담하게 반짝이기 시작한다. 두 사람의 머리 위쪽 큰방에서 에드워드가 코 고는 소리가 들린다.

베티가 축축한 금빛 머리 타래에 빗살을 꽂아서 당긴다.

"옛날 같다." 루이자가 말한다. "돌아갈 수 있으면 좋겠어. 언니도 그런 생각 한 적 있어?"

"아니. 나는 돌아가도 똑같이 할 거야." 베티가 말한다.

"그래. 언니는 똑똑하니까."

"똑똑하다고?"

"불쌍한 베티, 뼈 빠지게 일하더니. 결국 원하던 걸 손에 넣었잖아."

"넌 안 그랬니? 남편에, 아이들에, 좋은 집이 있잖아. 아빠를 돌보는 건 쉽지 않았어."

침묵이 내려앉는다. 거실이 참을 수 없을 정도로 조용하게 느껴진다. 베티는 그동안 너무 바빠서 괘종시계 태엽 감는 것을 깜빡했다. 겨울 같은 공기가 문 아래 틈새로 들어온다.

"새틴 커튼 없지." 베티가 말한다.

"그게 무슨 소리야?"

"식기세척기, 빨래 건조기. 다 네가 지어낸 거잖아. 전부 꾸며냈잖아."

"그렇지 않아."

루이자는 여전히 거울 속의 자신을 보며 감탄하고 있다.

약에 취한 사람처럼, 자기 모습에서 시선을 뗄 수 없는 사람처럼 거기 앉아 있다. 그녀는 거울 속에서 베티와 눈을 마주치려 하지도 않는다. 루이자는 베티가 힘들게 살아온 것도, 자기 아이들에게 돈을 보낸 것도, 양동이를 들고 마당을 오간 것도, 결혼할 기회를 포기한 것도, 밭에 거름을 뿌리고 아버지의 속옷을 몇십 년 동안 빤 것도 신경 쓰지 않는다. 그녀는 여기 와서 살면 된다고, 베티의 땅을 침범해도 괜찮다고, 베티가 죽을 때까지 자기와 아이들이 노예처럼 부려도 된다고 생각한다.

베티가 앞치마 주머니에 손을 넣는다. 루이자가 목 위에서 냉기를 느꼈는지 모르겠지만 아무튼 반응은 없다. 그녀는 번득이는 금속을, 손수 간 가윗날을 보지 않는다. 베티가 가위를 들고 재빨리 자른다. 순식간에 끝난다. 베티는 손힘이 세다. 루이자가 뭔가 달라진 것을 느끼고 양탄자에 떨어진 머리카락을 드디어 볼 때 베티는 아직도 가위를 들고 있다.

루이자가 비명을 지르고 진실과 거짓이 섞인 온갖 말을 쏟아낸다. 욕심이 너무 많다고, 이 큰 집을 혼자 차지한다고, 동정심이라곤 눈곱만큼도 없다고. 그러나 베티는 이제 듣지 않는다.

루이자가 울음을 터뜨린다. 그녀는 짐을 싸면서 밤새 울고 아이들과 개를 이끌고 나가면서 아침 내내 운다. 베티는 아무 말도 하지 않는다. 그저 문간에 서서 파랗고 멋진 아침을 내다보며 그 끔찍한 미소를 짓는다.

머리카락이 사라지니 루이자는 볼품이 하나도 없다.

겨울 향기

핸슨은 나중에 그 일을 떠올릴 때마다 그 일요일 날 아이들과 젊은 보모까지 그리어의 집에 데려간 이유를 설명할 수 없었다. 그리어는 심각한 상황에 깊이 빠져 있었고, 핸슨은 그 근처에도 가지 말았어야 했다. 하지만 핸슨은 가고야 말았다. 기어코 아이들까지 데리고.

무더운 가을날이었지만 밤바람에서 겨울 향기가 났다. 북쪽에서 무심코 불어온 바람이 나무를 흔들어 여름을 떨쳐냈다. 핸슨은 셋째를 임신한 만삭의 몸으로 소파에서 잠든 아내 릴리를 두고 나왔다. 아내를 깨우고 싶지 않아 쪽지를 남겼다. "그리어네 집에 간다. 금방 올게"라고 쓰고 키스를 뜻하는 엑스자를 썼다. 그는 쪽지를 자석으로 냉장고 문에 붙였다.

핸슨은 차창을 내리고 느긋하게 출발했다. 나뭇잎 태우는 냄새와 불에서 피어오르는 연기, 그리고 살을 태우는 듯한 또다른 냄새가 스테이션왜건 안으로 들어왔다. 핸슨은 마음이 불편해졌다. 어느 농부가 양의 사체라도 태우는 건가 싶었다. 아들이 칭얼거려서 보모가 아이를 안고 그림책을 읽어주었다. 핸슨이 철제 대문 앞에서 속도를 늦추자 보모가 눈치를 채고 차에서 내려 대문을 열었고, 차가 지나간 다음 대문을 닫아 고정시켰다. 이제 긴 흙길에 접어들었고, 바퀴 자국 사이에 녹색 잡초가 한 줄로 자라 있었다. 묵직한 문에 빗장을 지른 벽돌 헛간을 지나쳤고 가시철사 울타리 안에서 단거리 경주마 몇 마리가 풀을 뜯었다. 키 큰 관목이 도로에 그늘을 드리웠고 바람에 가지가 살며시 흔들렸다.

밀짚모자를 쓴 테드 그리어가 뒷문 계단을 내려와 핸슨과 악수했다. 몸집이 다부진 그는 흙 묻은 바지와 구겨진 흰 셔츠를 입은 흐트러진 모습이었다. 그리어가 미적지근한 미소를 지으며 진짜라기에는 지나치게 하얀 치아를 드러냈다. "어이, 왔구나." 그가 아이들에게 말하며 애들의 머리카락을 헝클어뜨렸다. 일행은 낚싯대와 아이스박스를 들고 호수로 내려가서 흰 모래밭에 섰다. 호수는 5센트짜리 동전처럼 동그랗고 은빛을 띠었다. 테드 그리어가 미끼 주머니에 손을 넣어 펠릿을 수면에 뿌리자 굶주린 메기 떼가 수면으로 헤엄쳐 올라와서 먹어 치웠다. 보모가 아이들의 엉킨 낚싯대를 풀어주었다. 미끼는 필요 없었다. 아무것도 끼우지 않은 낚싯바늘에 메기가 걸렸고 아이들은 물가로 뒷걸음질치고는 물고기가 모래 위에서 죽는 것을 지켜보았다.

"1.3에서 1.8킬로그램쯤 나가겠네요." 핸슨이 말했다.

테드 그리어가 가짜 이빨로 아랫입술을 물었다. "그럴 겁니다."

젊은 보모는 내키지 않았다. 주말마다 시골에 와서 먹지도 않을 물고기를 잡는 것이 지겨웠다. 일요일에 일하는 것도 지겨웠다. 그녀는 아이들에게 낚싯바늘을 조심하라고 말했고, 잡은 물고기 대부분을 테니스화로 밀어서 호수에 다시 넣었다. 아이들도 낚시를 지겨워했다. 애들은 몸을 긁으면서 아주 작은 목소리로 욕을 했다.

"왜 그래, 아들?" 핸슨이 말했다. "벌레 처음 봐?"

"피곤해서 그래요." 보모가 말했다. "낮잠을 못 자서."

그들이 죽은 물고기를 아이스박스에 넣었고, 보모는 남자들이 단둘이 있고 싶어하는 것을 알아차리고 아이들을 데리고 산책하러 갔다.

"그녀는 어떻게 버티고 있어요?" 아이들과 보모가 가자 핸슨이 물었다.

"똑같아요."

"의사는 불렀어요?"

"의사가 와도 소용없을 겁니다. 병원에 입원시키고 약을 먹일 텐데, 그러면 입을 열기 시작하겠죠. 그녀가 입을 열면 어떻게 되겠어요."

"당신이 처한 이…… 곤경에 대해서 다른 사람한테 얘기했습니까?"

"곤경이라니!" 그리어가 고개를 저었다. "당신네 변호사들은 아주 그럴듯한 단어만 골라 쓰지. 난 지금껏 그게 불만이었어." 그가 모래 안에 있는 상상 속의 무언가를 발로 찼다. "제길, 아니에요. 찰스, 아무한테도 얘기 안 했어요. 당신한테 이야기한 것도 후회합니다. 이런 일에 당신을 끌어들이다니. 난 진짜 큰일났어요." 그리어가 남은 먹이를 물에 던져 넣었다. 펠릿 가루가 파문을 일으키며 둥둥 떠다녔다. 두 사람은 그 자리에서 서서 물고기가 서로 먹이를 먹으려고 다투는 모습을 지켜보았다. 그들은 한참 동안 서서 지켜보았고, 결국 먹이를 다 먹어 치운 물고기들은 더 깊숙이 헤엄쳐 들어갔다.

그리어의 집은 목조 주택으로, 전부 생간 같은 색으로 칠해져 있었다. 한 줄로 늘어선 피칸 나무가 뒷방에 그늘을 드리웠다. 나뭇잎 사이로 햇살이 비춰 널빤지 바닥에 노랗고 구깃구깃한 그림자를 드리웠다. 부엌에서 암모니아와 수프 냄새가 났다. 조리대에 음식을 먹다 남긴 기름진 접시가 여러 개 놓여 있었다. 그리어가 식료품을 보관하는 선반에 손을 뻗어 위스키 병목을 꽉 잡았다. 핸슨은 쓰레기통에 빈 병이 가득한 것을 알아차렸다.

"술로 마음을 달래고 있었습니까?"

그리어는 시선을 돌리지 않았다. "그럼 여자라도 불러들이라고요?"

"있잖아요, 이건 정말로 내가 상관할 일이 아닙니다. 그냥, 술 때문에 실수하지 않게 조심하라는 말이에요."

핸슨이 창가로 갔다. 마당에서 보모가 아이들과 함께 무릎을 꿇고 흙 속의 무언가를 뒤집고 있었다.

그리어가 이마의 땀을 닦았다.

"남자는 어떻습니까? 낫고 있어요?"

"아, 낫고 있죠. 그 깜둥이는 호전되고 있어요. 아내는 아무것도 못 먹어서 굶어 죽을 지경인데 그놈은 식욕이 끝도 없다니까요. 돼지보다 뚱뚱해요."

핸슨이 그리어의 어깨에 손을 얹었고, 순간 끔찍하게도 그리어가 울음을 터뜨릴 것만 같았다. 하지만 그리어는 몸을 돌려 찬장에서 잔을 두 개 꺼냈다. 먼지가 쌓여 있어서 그가 수돗물로 헹궜다.

"내가 걱정하는 건 나중에 일어날 일, 그 뒤에 일어날 일입니다." 그리어가 말했다. "끝이 안 보여요. 영원히 가둬둘

수는 없잖아요. 내가 보기에 결말은 하나밖에 없어요."

"그 남자가 입도 뻥긋 못하게만 하면 됩니다."

"말을 참는 깜둥이 본 적 있어요?"

핸슨은 대답할 수 없었다. 그리어에게는 핸슨이 절대 이해할 수 없는 면이 있었고, 그런 점에서는 두 사람의 생각이 달랐다. 두 사람은 술병을 가지고 소파로 가서 앉았다. 오랜 세월 동안 팔을 걸쳐서 팔걸이가 닳았다. 벽난로 선반 위에 선거 유세 중에 미소를 짓는 로널드 레이건의 사진 액자가 걸려 있었다.

"돈 문제라면—" 핸슨이 말을 꺼냈다.

그리어가 고개를 저었다. "돈은 문제를 악화시킬 뿐이에요. 아니, 이 문제는 돈으로 해결할 수 없습니다. 그 남자에게 돈을 주면 다시 찾아와서 더 달라고 요구할 거예요." 그리어가 핸슨의 눈을 들여다보았다. "아 제기랄. 찰스, 내가 고마운 줄도 모른다고 생각하지는 말고—"

"괜찮아요." 핸슨이 아무것도 아니라며 손을 저었다. "당신은 큰 압박을 받고 있으니—"

"압박이라니. 젠장, 가끔은 정신이 나갈 것 같아요."

아이들이 피칸 나무에 올라가서 가지를 흔들자 창밖의 콘크리트 바닥에 열매가 톡톡 떨어졌다. 보모가 손에 돌을 들고 있었다. 핸슨은 보모가 아이들에게 피칸이 뭉개지지 않도록 껍데기를 깰 때 조심해야 한다고 말하는 소리를 들었다. 그녀는 항상 아이들에게 조심하라고 말한다.

두 남자는 말없이 술을 마셨다. 벽에 걸린 시계는 건전지가 다 됐는지 느리게 째깍째깍 움직였다. 핸슨이 시계를 올려다보더니 갑자기 벌떡 일어섰다.

"그녀를 볼 수 있을까요, 테드? 한번 보고 싶군요."

"봐서 좋을 게 없어요." 그리어가 말했다.

"보면 이해가 갈지도 몰라요."

그리어가 양손에 머리를 묻었다. 핸슨은 그리어가 마음을 가다듬는 동안 자기 위스키 잔 속에서 얼음이 녹는 것을 지켜보았다. 술 표면에서 작은 거품이 터졌다. 몇 분이 지났다. 그리어가 주머니에 손을 넣더니 은색 열쇠를 꺼냈다. 그가 술잔을 비우고 자리에서 일어났다. 면도를 하다가 베었는지 목에 피가 묻어 있었다. 손이 전혀 차분하지 않았다. 핸슨은 처형장으로 향하는 사람이 이런 모습일까 생각했다. 그럴 것 같았다.

그리어가 카펫 깔린 복도를 앞장서서 걸어가 맨 마지막 문 앞에 섰다. 그가 문을 조용히 두 번 두드리고 나서 열었다. 안에서 이상하고 시큼한 냄새, 인간 같지도 않고 살아 있는 것 같지도 않은 냄새가 났다. 방은 침침했다. 침대 위 벽에 어떤 여자가 적갈색 말의 주둥이를 손으로 잡고 있는 컬러 사진이 걸려 있었다. 사진 밑에 그 여자가 누워 있었는데 전혀 다른 모습이었다. 팔꿈치가 경첩처럼 뾰족했다. 인형 팔 같은 팔에 멍이 들어 있었다. 그리어의 아내는 30킬로그램도 안 나갈 것 같았다.

그리어가 침대에 앉아서 그녀의 양손을 쥐었다.

"있잖아, 여보." 그가 속삭였다. 그리어가 그녀의 머리를 쓰다듬었다.

그녀가 천천히 그들에게 등을 돌리고 무릎을 턱까지 끌어올렸다. 누구도 아무 말도 하지 않았다.

두 사람이 방에서 나왔을 때 핸슨이 말했다. "당신이 그놈을 어떻게 했든 그걸론 부족해요."

"법정에서 그렇게 말해보시죠." 그리어가 말했다.

그는 납덩이로 만들어진 것처럼 묵직하게 앉았다. 핸슨은 등나무 의자가 삐걱거리는 소리를 들었다.

"그놈을 쐈어야 하는데, 이제 너무 늦었어요. 용기가 없었지." 그리어가 말했다. "정당방위라고 주장할 수도 있었는데. 미치겠어요. 경찰에 신고했어야 한다는 생각이 자꾸 들어요. 정말입니다. 제대로 된 변호사를, 당신 같은 변호사를 구했다면 그 자식은 상당한 실형을 받았을 겁니다. 하지만 내 아내를 봐요. 저 방에서 굶어 죽어가잖아요. 난 그걸로 만족 못했을 겁니다. 언젠가, 어쩌면 한두 달 뒤에 내가 가게에 가 보면 그 자식이 포치에 앉아서 레모네이드를 마시고 있겠죠. 감옥에서 풀려나서, 다시 자유인이 되어서요. 요즘 제대로 복역하는 사람이 아무도 없어요. 정의는 없습니다. 이 나라의 정의는 어떻게 된 겁니까? 난 그게 알고 싶어요."

핸슨은 말이 없었다. 라일락빛의 건강한 햇살이 나무 사이로 미끄러져 들어왔다. 핸슨은 이곳을 떠나고 싶었지만—여기 온 것이 실수였다—그리어가 먼저 움직이기를, 그래서 자신이 떠날 수 있는 빌미가 생기기를 기다렸다. 블라인드가 펄럭거리더니 바람에 빨려 들어갔다.

"날 마음대로 판단하지 말아요, 찰스. 판단하지 말라고요. 웬 검둥이가 나타나서 당신 아내한테 그런 짓을 한다면, 웬 놈이 당신 집에 침입해서 릴리를 강간하면 당신은 나처럼 행동하지 않을 거라고 내 눈을 보고 말할 수 있습니까?"

핸슨은 대답하지 않았다.

"그래요?"

"아니요." 핸슨이 진심으로 말했다. "그렇게는 말 못하겠군요."

핸슨이 집에 가려고 아이들을 불렀지만 대답이 없었다. 밖으로 나가서 아이들의 이름과 보모의 이름을 불렀지만 들리는 것은 메아리치는 자기 목소리와 나무를 스치는 바람 소리뿐이었다. 핸슨이 그리어를 보았다. 그리어가 흙길을 올려다보았다. 두 사람이 달려가서 트럭에 올라 차를 몰았고, 그들을 발견했을 때는 이미 늦었음을 깨달았다. 헛간의 철문이 열려 있었다. 그리어가 자물쇠를 채우지 않았던 것이다.

"맙소사." 핸슨이 말했다.

멀지 않은 곳, 바로 저 위쪽에서 젊은 흑인이 햇살에 눈이 먼 채로 고속도로를 향해 들판을 전속력으로 달리고 있었다. 보모가 비명을 지르고 아이들도 비명을 질렀다. 비명을 지르며 달렸다. 핸슨과 그리어는 헛간에서 90미터쯤 떨어진 곳에서 야생 동물을 붙잡듯 아이들을 잡아 들어올렸고, 숨을 헐떡이며 아이들을 꼭 끌어안았다. 보모가 소리쳤다. "그만둘래요! 그만둔다고요! 썩을 놈의 야만인들 같으니!" 그런 다음 아이들을 끌어안은 두 남자를 내버려둔 채 흑인과 같은 방향으로 달려갔다.

아무리 조심해도 지나치지 않다

내 이름은 제러마이아 이지키얼 드베로입니다. 우리 아버지는 성경에 미쳐 있었지만 지금 그 이야기까지는 하지 말죠. 사람들은 나를 제이이J. E.라고만 불러요. 부치도 그렇게 불렀는데, 그게 중요하지는 않겠죠. 나는 1943년 10월 9일에 배턴루지 종합병원에서 태어났고, 우리 가족은 내가 다섯 살 때 컨푸셔스 크라먼 스트리트 16번지로 이사했어요. 그때부터 줄곧 여기 살았습니다.

당신은 사실을 알고 싶을 뿐이겠죠. 무슨 일이 일어났고 무슨 말이 오갔는지 말입니다. 내가 진작 알았으면 그날 밤

꼼짝도 안 했을 겁니다. 신장 결석이나 치통이 있다고, 아니면 내가 사실은 임신 중인 여자라고 말하고 침대로 돌아갔을 거예요. 하지만 사실 난 가고 싶었어요. 나는 그 남자만큼이나 배를 타고 나가고 싶었고, 본능 같은 사소한 것 때문에 마음을 바꿀 생각이 없었지요.

부치가 천사 같은 사람이 아닌 건 알았어요. 바로 알아봤죠. 부치도 그런 척하지도 않았고요. 예전에 집에 들어갔는데 뉴스가 마음에 안 들어서 22구경 권총으로 텔레비전을 쏜 적이 있다고 말한 적은 있지만, 술에 취해서 그런 거라고 했어요. 부치는 술에 취했을 때 집에 총이 있으면 최악이라고 했죠. 총을 다 없앴다더군요. 난 부치의 말을 믿었어요. 술에 취해서 그런 거라고 생각했는데, 버번을 한 병 비우면 이상하고 뭣 같은 일이 벌어진다는 건 나도 알거든요. 그리고 아, 부치는 술을 잘 마셨어요. 정말이에요.

부치한테서 전화가 온 게 새벽 3시쯤이었어요. 정확한 시각은 기억이 안 나요. 부치가 난데없이 전화해서 그러더군요. 나 기억해? 난 목소리를 대번에 알아듣고서 당연히 기억한다고 말했죠. 부치가 낚시를 하러 가지 않겠느냐고 물었어요. 내 전화번호를 발견했다고, 강가로 가서 해가 뜨기 전에 배를 타고 나가고 싶다고, 관심 있냐고 했어요. 난 전혀 이상할 게 없다고 생각했죠. 그냥 부치가 강에 나가고 싶은 기분인가 보다, 도시를 잊고 싶은가 보다 생각했어요. 젠장, 그런 전화가 늘 와요. 낚시꾼은 남들 잘 때 안 자거든요. 난 전혀 이상하게 생각 안 했어요. 내가 어디로 가겠다고, 내 배가 어디 있다고 말하자 부치는 내가 말한 미시시피 델타로 알아서 오겠다고 했죠. 내가 장비만 챙겨 가면 나머지는 자기가 알아서 하겠다고 했어요. 기대된다더군요. 그때는 취한 목소리 같지 않았어요. 경찰이 신분증에 대해서 묻더군요. 부치의 성이 뭐냐고 물었죠. 난 부치의 성을 몰랐어요. 나는 어부예요. 배에 타기 전에 운전면허증 검사 같은 건 안 한다고요.

음, 내 트럭이 집 앞에 세워져 있었는데 마침 피롯이 자기 집 포치에 앉아 참견질을 하면서 평소처럼 오만 사람들한테 간섭하고 있었어요. 피롯은 우리 옆집 사람이에요. 7월에 눈이 와도 아랑곳없이 차량번호나 적어놓을 사람이죠. 오지랖 넓은 자식. 피롯은 원래 경찰이었는데—그러니까, 경관님이요—무슨 불명예 퇴직인지 뭔지를 당했어요. 하지만 피롯은 이 주변에서 일어나는 모든 일을 눈여겨봐요. 자기가 아직도 경찰인 줄 알죠. 경찰서에서 일하는 동료들이랑 아직도 친한 것 같아요. 피롯이 나를 봤어요. 내가 트럭에 타려는데 피롯이 내게 고개를 끄덕였죠. 우리는 아무 말도 하지 않았지만 서로 고갯짓을 했어요. 피롯은 보기 흉한 하와이언 반소매 셔츠를 입고 있었습니다. 그날 밤 피롯이 뭘 입고 있었는지 부인한테 물어보세요. 아무튼, 그 남자는 경찰에 목을 매는 사람이에요. 정말로 배지를 되찾고 싶어하죠. 경찰서에 다시 코를 들이밀 수 있다 싶으면 검둥이들을 자기 집에 들이고 흰 조랑말이라고 우길 겁니다.

내가 강가에 도착했을 때는 아직 어두웠습니다. 부치는 있겠다던 곳에 있었어요. 마지막으로 만났을 때와 달리 턱수염을 밀었고 밤새 한숨도 안 잔 것 같았죠. 내가 배를 보여주자 부치는 배가 아주 좋다고 말했어요. 나는 잠깐 기다리라고, 트럭 라디오로 일기 예보를 좀 들어보겠다고 했죠. 하지만 부치는 라디오를 켜는 건 싫다고, 우린 낚시나 하러 가서 빌어먹을 세상만사 따위 다 잊을 거라고, 그거면 된다고 했어요. 난 별로 신경쓰지 않았습니다. 빨리 나가고 싶은가 보다고만 생각했죠. 부치는 사냥용 칼을 가지고 있었지만, 낚시하러 가는 사람이 칼을 챙기는 건 드문 일이 아니었어요.

내가 부치를 처음 만났을 때 그 사람은 완전 고주망태였습니다. 나는 마디 그라*를 즐기러 뉴올리언스에 내려와서 프렌치 쿼터 아파트 꼭대기 층에 사는 친척과 함께 지내고 있었죠. 난 그냥 즐기러 간 거였어요. 아시잖아요. 카니발 말이에요. 부치가 일요일 오후에 등장했습니다. 사람들이 성당에서 나오고 있었으니 일요일이었겠죠. 난 퍼레이드가 시작하기 전에 어떻게 되어가나 보면서 돌아다니고 있었죠. 무슨 일 때문에 부치가 있던 거리에 갔는지 지금은 확실히 모르겠어요. 그전까지는 버번 스트리트에서 스트립 클럽들을 구경하고 있었어요. 아, 오해하지는 마세요. 클럽에 들어가거나 뭐 그런 건 아니에요. 그런 업소에서는 맥주 한 병에 6달러나 받는다고 그러더라고요. 부치는 잘생겼어

---

* 뉴올리언스를 비롯한 미국 남부에서 사순절이 시작되기 전 열리는 축제.

요. 그건 확실하죠. 나라면 부치를 보고 여자한테 인기 많은 남자라고 했을 겁니다. 정말 웃기지 않아요? 키는 나랑 비슷하지만 머리카락이 새까맣고 밀짚모자를 쓰고 다녀요. 시장에서 파는 까만 스프레이 페인트가 칠해져 있고 보라색 깃털이 달린 모자 말입니다. 부치는 길거리에 서서 노래하고 있었어요. 혼자가 아니라 사람들이 잔뜩 있었죠. 관악기 부는 흑인, 기타를 치는 비트족* 같은 남자, 빨래판처럼 생긴 걸 연주하는 여자, 바퀴 달린 피아노까지 있었고 이상하게 생긴 빼빼 마른 남자가 베이스를 뜯고 있었어요. 부치가 맨 앞에 서 있었죠. 무슨 노래였는지 정확히 기억나지는 않지만 아, 노래를 진짜 잘했어요. 케이준 음악이라서 프랑스어로 부르고 있었는데 자이데코** 같은 느낌도 있었어요. 그렇게까지 취한 사람은 처음 봤어요. 난 바람이 불지 않았으면, 노래가 끝날 때까지는 저 사람을 쓰러트리지 않으면 좋겠다고 생각했죠. 그 정도로 취해 있었어요. 사람들이,

---

* 1950년대 후반부터 1960년대 초에 미국의 물질문명에 반기를 들고 현실 이탈과 사회적, 성적 긴장으로부터의 해방을 주창한 젊은 세대.
** 프랑스 춤곡에 카리브 음악이나 블루스의 요소를 도입한 남부 루이지애나의 대중음악.

그러니까 관광객이 모여들었죠. 색소폰 케이스에 달러 지폐가 잔뜩 쌓였고 부치는 그 까만 모자를 쓰고 씨익 웃었어요. 세상에나, 그 미소는 정말이지. 부치의 목소리는 시럽처럼 달콤했고, 뛰어난 가수처럼 거칠게 날이 서 있었어요. 무슨 말인지 아실 겁니다.

부치가 노래를 끝냈을 때 난 주머니에 손을 넣어서 잔돈을 찾다가 옆에 서 있던 아이가—아마 나랑 거리가 15센티미터도 안 됐을 겁니다—어깨에 크고 뚱뚱한 보아뱀을 감고 있다는 사실을 깨달았어요. 난 뱀이 정말 무서워요. 그 끔찍한 뱀이 지금 당신만큼이나 가까이 있었던 겁니다. 맹세코 진짜예요. 생각해보면 그날을 생각하면 뱀이 제일 기억에 남아요. 부치 때문에 내가 그 뱀한테 물릴 수도 있었던 거죠.

나중에 술집에서 부치를 우연히 발견하고 술을 사주면서 노래를 정말 잘한다고 말했고, 내가 어디에서 자랐는지 이야기했죠. 알고 보니 부치도 컨푸셔스를 알더군요. 삼촌인지 누군지가 여기 살았다고 했어요. 나는 정식으로 내 소개를 한 다음 내가 무슨 일을 하는지 말했고, 언제든 환영

한다고, 같이 배를 타자고 했습니다. 술집 코스터에다가 내 전화번호를 적어서 줬고, 그래서 부치가 나한테 전화를 하게 된 겁니다.

음, 하던 얘기로 돌아가서, 부치와 나는 배에 장비를 실었습니다. 배가 크지 않아서 뒤집힐 수도 있기 때문에 짐을 실을 때 조심해야 돼요. 부치는 몸무게가 90킬로그램 넘는 거구였으니 균형을 잘 맞춰야 했어요. 게다가 맥주가 잔뜩 담긴 아이스박스도 가지고 왔다는 점을 잊지 마세요.

아직 어두웠지만 동이 트고 있었어요. 그때쯤 새우잡이 배들이 출항했죠. 그 사람들이 우리를 봤어요. 부치가 나한테 주변이 너무 어두우니 구명조끼를 입으라고 했어요. 만약 내가 물에 빠지면 어떻게 찾을지 모르겠다면서요. 정말 생각이 깊은 사람이구나, 했던 기억이 납니다. 내가 알기로 부치는 수영을 못하는데—물에 빠져 죽을 뻔했다는 이야기를 했거든요—곤경에 빠진 사람이 물에 들어갈 것 같지는 않았지만, 사람 일은 모르는 거죠. 우리는 모터를 작동시키고 강을 따라 내려갔습니다. 그때는 아직 추웠어요. 대형 배들이 일으키는 파도가 고물을 계속 때렸죠. 다행히 난 뱃

멀미를 안 하지만, 낯빛이 녹색으로 변하는 사람도 있어요.

부치는 술꾼입니다. 강으로 나가자마자 술을 마시기 시작했죠. 40일 동안 단식하고 온 사람처럼 맥주 캔을 계속 땄죠. 처음에는 별로 신경쓰지 않았어요. 여자 문제 때문에 우울한가 보다 생각했죠. 여자가 여럿 있었거든요. 부치의 노래를 듣고 줄을 서는 여자들 말입니다. 제길, 나도 줄을 설 뻔했다니까요! 이미 말했지만 나는 신경 안 썼습니다. 부치가 술에 취하면 엉뚱한 짓을 하는 것도 알았기 때문에 아마 말도 안 되는 소리를 해도 그러려니 했던 것 같아요. 그러니까 내 말은, 집사람을 죽이고 싶다는 생각은 누구나 한 번쯤 하잖아요. 우린 낚시를 하고 있었습니다. 아시겠죠, 낚시를 잊지 마세요. 부치는 팔 힘이 좋았어요. 낚싯대를 잘 던졌죠. 메기를 잡으려고 플라이어*를 들고 있었어요. 메기를 낚을 때마다 낚싯줄을 감아올려서 플라이어로 입을 벌려 고정시킨 다음 바로 낚싯바늘을 뺐죠. 그러고서는 강에 다시 던져줬어요. 그래야 메기한테 안 물리거든요. 그

---

* 생선 입에서 낚싯바늘을 빼는 펜치 비슷한 장치.

런 방법을 생각해내다니, 부치는 머리가 참 좋았어요. 그리고 점화 플러그를 생각해낸 것도 부치였어요. 낚싯대에 추 대신 낡은 점화 플러그를 다는 거죠. 부치는 머리가 좋아요. 그걸 계산에 넣어야 돼요. 나는 괜찮은 배스를 몇 마리 낚았어요. 한 마리당 2.5킬로그램에서 3킬로그램은 나갔을 겁니다. 처음 보는 이상한 물고기도 좀 낚았는데 60센티미터가 넘었어요. 90센티미터는 됐을지도 몰라요. 뱀장어 비슷한데 뱀장어가 아니었죠. 색이 달랐어요. 부치가 낚싯바늘을 빼고 물고기 등뼈를 부러뜨렸어요. 장작이 부러지듯이 등뼈가 우지끈 부러지는 소리가 들렸어요. 부치는 씨익 웃었죠. 좀 무서웠어요. 그런 걸 좋아하는 것처럼 굴어서요.

얼마 후에 부치가 이제 낚싯줄에 미끼를 끼우지도 않고 그 여자는 시시한 창녀라면서 그런 이야기를 시작했어요. 그 여자가 창녀 짓을 했다는 사실보다 누구랑 그런 짓을 했는지가 더 충격이었다고 했죠. 처음에 난 물고기가 도망치지 않게 입이나 좀 닥치면 좋겠다고 생각했어요. 그런데 부치가 창녀라며 욕하기 시작하더니 그 창녀를 사랑했다고, 가스불을 켜고 불꽃에다가 그 여자 손을 넣었는데도 그 여자가 거짓말을 하더라고 말했죠. 난 화제를 돌리려고 애쓰지 않았어요. 부치가 완전히 흥분했거든요. 부치는 자기가 외출할 때 문을 잠갔어야 한다고 했어요. 진작에 철조망 울타리를 쳤어야 했다고요. 그녀는 꼴 좋다고 했죠. 본인이 직접 한 말이에요.

나는 부치 집에 딱 한 번 가봤어요. 부치가 디케이터 라운지에서 공연하는 날 거기 들렀다가 같이 부치의 집으로 갔지요. 그 여자가 있었어요. 이름이 캐럴라인이었지만 부치는 리나라고 불렀죠. 아주 젊었어요. 부치보다 적어도 열다섯 살은 어렸을 거예요. 그리고 예쁘기도 했죠. 소시지를 직접 만들었어요. 요리를 제대로 할 줄 아는 여자였죠. 빨강 머리가 길었고 겨드랑이털을 밀지 않았어요. 그건 기억나요. 그리고 발코니 화분에다가 온갖 허브를 키웠죠. 벽에 빌리 홀리데이 포스터가 걸려 있었어요. 내 기억이 맞다면 빌리 홀리데이가 귀 뒤에 장미를 꽂고 있는 사진이었어요. 부치는 우리를 소개해주지도 않았습니다. 어쩌면 그즈음부터 문제가 시작됐을지도 몰라요, 나도 잘 모르지만. 어쨌든 예쁜 여자였어요. 내가 알아서 인사를 하자 캐럴라인이 냉장고에서 맥주를 꺼내서 나한테 주면서 부치가 못되게 구는 게 드문 일은 아니라는 듯이 방긋 웃었어요. 눈 달린 남자라면 누구나 그 여자가 예쁘다고 생각했을 겁니다. 나는 그 조그마한 여자한테 손도 안 댔어요. 절대로. 맥주를 마시고 잡담을 나누면서 그녀가 만든 음식을 먹었죠. 그게 다예요. 난 건드리지도 않았어요. 나는 십계명을 확실히 지키면서 자랐습니다. 이웃의 아내를 탐하지 말라는 계명을 한 번도 어긴 적 없어요.

날이 뜨거워졌어요. 바람이 잔잔하면 햇빛이 수면에 반사돼서 열기를 그대로 돌려주죠. 부치가 사냥용 조끼를 벗자 셔츠에 피가 묻어 있더군요. 내가 무슨 일이라도 있었냐고 물었더니 코피를 흘렸다고 했어요. 닻을 내리지 않았기 때문에 우리는 만(灣) 쪽으로 떠내려가고 있었죠. 웬 돌고래 떼가 바로 옆에서 헤엄쳐 갔어요. 나는 부치의 화를 돋우고 싶지 않아서 아무 말도 안 했죠. 그게 내 실수였을지도 몰라요. 부치는 내가 옆에 있다는 사실을 까먹은 것 같았으니까요. 그의 말 중에 절반은 혼잣말이었을 겁니다. 당신이 부치가 하는 말을 들었어야 하는 건데.

부치는 가스불로 그 여자의 손에 화상을 입혔어요. 그건 나도 알아요. 그러다 일이 걷잡을 수 없이 흘러갔죠. 여자가 얼음송곳으로 부치를 찔렀나 봐요. 부치는 총알이 너무 빨리 나간 건 마음에 안 들었지만 그 창녀한테 피맛을 제대로 보여줬다고 했어요. 정신 나간 것처럼 떠벌렸어요. 창녀 짓도 이제 끝이라고. 이제 누구한테도 거짓말을 못 할 거라면서요. 맥주가 다 떨어지자 부치가 갑자기 말이 없어졌어요. 난 말없는 부치는 본 적이 없어요. 그래서 처음에는 부치의 말을 안 믿으려 했나 봐요. 일종의 부인 단계였다고 할 수 있겠죠. 하지만 항상 말도 안 되는 뉴스가 나오잖아요. 웬 남자가 더블 배럴 산탄총으로 자기 아내의 머리를 날렸다거나 뭐 그런 거 말입니다. 그러면 항상 옆집에 사는 조그만 할머니가 나와서 늘 조용한 사람이었다고, 동네에서 문제를 일으킨 적이 한 번도 없다고 말하잖아요. 이미 말했지만 내가 봤을 때 부치는 항상 떠벌리거나 노래하거나 둘 중 하나였어요. 그래서 부치가 너무 말이 없어서 흠칫했지요. 그때 부치의 말이 사실이라는 걸 깨달았어요. 단순히 둘이서 대판 싸운 것도 아니고, 부치가 없는 이야기를 만들어낸 것도 아니었어요. 물론 부치가 거짓말을 아주 잘하는 건 알았지만요. 나는 부치가 겨드랑이털을 밀지 않는 그 자그마한 여자를 죽였단 걸 깨달았어요.

나는 거기에, 살인자랑 같은 배를 타고 바다 근처까지 나가 있었고 육지는 보이지도 않았습니다.

맥주가 다 떨어지자 부치는 낚시에 관심 있는 척도 안 하더군요. 바람 한 점 없었고 벌레가 우리를 산 채로 잡아먹고 있었죠. 부치는 빈 캔을 물에 던지고 바다로 떠내려가라고 내버려뒀어요. 난 땀을 흘리고 있었고 부치도 땀을 흘렸습니다. 부치한테서 냄새가 났어요. 나한테서도 났고. 부치의 부츠가 끼익거리는 소리가 들렸어요. 우리는 먹을 게 없었죠. 진작 알아챘어야 했어요. 전부 다 챙겨 오겠다는 약속을 지키지 않았다는 걸 말이에요. 하지만 출항할 때는 어두웠거든요. 부치는 아주 조용해졌어요. 그의 뱃속에서 꼬르륵거리는 소리가 들렸죠. 그 정도로 조용했어요. 우리는 강물이 배에 철썩철썩 부딪치는 가운데 오랫동안 그렇게 앉아 있었습니다. 해가 우리 머리 위로 떠올랐다가 반대편으로 기울었어요.

내가 그 배를 본 게 오후 두세 시였을 거예요. 하루씩 빌려 쓰는 작은 낚싯배였죠. 그 사람들, 그 남자들이 강 하류에 닻을 내리고 있었지만 방향타를 잡은 사람은 부치였고, 그 사람들이 첫 낚싯줄을 던지기도 전에 멀어졌어요. 보이지도 않았죠. 새는 없었습니다. 이상하다고 생각했던 기억이 나요. 난 주머니에 뭐가 들어 있는지 생각하려 애썼죠. 내가 가진 건 담배 한 갑이랑 지갑이 전부였어요. 주머니칼도 없었죠. 부치는 술이 깨기 시작했어요. 아마 머릿속으로 자기가 한 말을 전부 되새기고 있었겠죠. 허공을 빤히 보며 담배를 피우고 있었어요. 나한테 한 대 권하지도 않았는데, 난 너무 떨려서 내 담배에 불을 붙일 수도 없었습니다. 빨리 생각해야 했어요. 내가 부치의 입장이라고 생각해봤죠. 부인을 해치운 다음 나 같은 남자랑 배를 타고 강물에 떠 있으면 어떻게 할까 생각해봤어요. 부치는 나를 믿을 만큼 날 알지 못했어요. 내 목을 긋고 선외기를 매달아서 물속에 가라앉힐 수도 있었죠. 아무도 모를 테니. 하지만 부치는 누군가에게 들킬 위험을 무릅쓰고 싶지 않았을 겁니다. 어두워질 때까지 기다리고 있었어요―내 생각에는 그랬습니다. 빨라도 다음날 아침까지는 아무도 나를 발견하지 못할 테니까요. 제길, 영영 못 찾을지도 모를 일이죠. 실종신고를 하려면 48시간인가 기다려야 하잖아요. 내가 실종됐다고 신고할 사람도 없지만.

나는 기도하기 시작했어요. 몇 년 만에 하는 기도였죠. 내 집을 두 번 다시 못 볼 줄 알았어요. 조금 있으면 내 생일인데 말이에요. 머릿속으로 내 일생을 되짚으면서 내가 무슨 짓을 했길래 이런 일을 당하는 걸까 생각했습니다. 1학년 때 어떤 애를 괴롭혔던 기억을 떠올리면서 하느님이 나한테 복수하는 거구나 생각했죠. 글씨도 삐뚤빼뚤했던 그 사팔뜨기 꼬맹이. 내가 야구장에서 그 애를 아주 심하게 괴롭혔어요. 그런 순간에 떠오르는 생각은 참 이상하죠. 내 말은, 나는 미시시피 삼각주 한가운데, 육지는 눈에 보이지도 않는 곳에서 살인자랑 둘이 배에 타고 있었잖아요. 술집에서 알게 된 남자가 나를 찾아와서 술에 취해 방금 막 자기 아내를 죽이고 왔다잖아요. 그러다가 술이 깨서 나한테 다 털어놓았다는 걸 깨달은 거죠. 내가 어떻게 해야겠어요? 부치가 방향타를 잡고 있었어요. 난 어떻게 해야 할지를 모르겠더군요. 그러니까 내 말은, 당신이라면 어쩌겠어요?

그놈한테 덤벼야겠다, 배 밖으로 밀어버려야겠다 생각하고 있는데 놈이 움직였어요. 부치가 자리에서 일어서길래 됐다, 싶었죠. 배에서는 절대 일어서면 안 되거든요. 난 기회가 왔다고 생각했어요. 배가 흔들리기 시작했습니다. 부치가 사냥용 칼을 찾는지 자기 벨트를 끌어당겼어요. 그래서 난 낚싯줄을 감으면서 곁눈질로 그를 지켜봤죠. 맞아요, 난 내내 낚싯줄이나 드리운 채 아무 일도 없는 척했어요. 부치가 나한테 한 말이 전부 낚시하면서 주고받는 허황된 이야기인 것처럼요. 그런데 그때 부치가 일어서서 바지를 벗는 겁니다. 난 놈이 설마 동성애자인가, 날 강간하려나 보다고 생각했어요. 하지만 부치는 배 바깥에 대고 소변을 봤어요. 그게 다였어요. 강물에다 밀어버릴까 생각했지만, 부치가 다시 앉으면 밀기로 마음을 고쳐먹었어요. 용기가 없었나 봐요.

손이 덜덜 떨렸어요. 새우를 낚싯바늘에 꿰는 게 정말 고역이었죠. 파도가 배를 흔들어서 속이 울렁거렸어요. 토할지도 모르겠다 싶더군요. 그러다가 언젠가 영화에서 어떤 여자가 연쇄살인범한테 잡히자 이야기를 늘어놓으면서 자기 이름을 계속 말했던 게 떠올랐어요. 그녀가 진짜 인간이라는 사실을 살인범이 잊지 않도록 말이에요. 그 여자는 자기를 죽이는 일이 더 힘들어지도록 어린 시절이랑 가족에 대해서 이야기하기 시작했죠. 난 말이 없어진 부치를 견딜 수가 없었어요. 그래서 그만 노닥거리고 낚싯대를 던지라며 입을 열었죠. 아무 일도 없는 척, 생각나는 대로 아무 말이나 했어요. 부치의 이야기를 하나도 못 들은 것처럼 굴었지요. 날씨 얘기, 물고기 얘기, 마디 그라, 케이준 공연, 닥치는 대로 주워섬겼어요. 학창 시절 이야기랑 내가 열여섯 살 때 부두에서 오클라호마 여자애랑 키스한 이야기도 했죠. 낚싯대에 아무것도 걸리지 않기만을 기도했어요. 낚싯바늘을 못 뺄 것이 뻔하니까요. 그 정도로 몸이 덜덜 떨렸어요. 하지만 정말 무서운 부분은, 부치가 아무 말도 안 하더라는 거죠! 부치는 거기 가만히 앉아서 나를 보고 있었어요. 내가 이야기를 시작하기 전에는 먼 곳을 보고 있었지만 내가 무슨 말을 하자마자 똑바로 쳐다봤어요. 아마 몇 시간은 이야기했을 거예요. 멍청한 얘기를 생각나는 대로

지껄였죠. 하지만 여전히 일어설 수가 없었고, 부치는 여전히 대꾸를 안 했어요. 내가 질문을 해도요. 젠장, 부치가 내 이야기를 한마디라도 들었는지 모르겠어요. 나를 완전히 꿰뚫어 봤죠. 땅거미가 질 때쯤 되자 난 이야기를 포기했어요. 또다른 배가 지나가는 걸 봤고, 부치가 전혀 협조하지 않았기 때문에 다시 생각했습니다. 집으로 돌아가면 술을 끊겠다고 결심했어요. 엽총도 없애고 술은 한 방울도 입에 대지 않고, 교회에 다시 다니기로 했어요.

해가 지고 있었습니다. 정말 예뻤어요. 참 이상하지 않아요? 난 참 예쁘다고, 돌아다니기 좋은 저녁이라고 생각했어요. 부치도 석양을 보고 있더군요. 배가 방향을 바꿀 때 고개를 같이 돌렸거든요. 난 부치가 노래를 불러주면 정말 좋겠다고 생각했어요. 미친 소리인 건 알지만 내가 원하는 건 그거였어요. 부치가 노래를 불러주면 모든 게 더 쉬워졌을 거예요. 부치의 목소리는 내가 들어본 것 중에서 최고거든요.

그때 부치가 자리에서 일어나 입을 열었어요. 이렇게 말했죠. "어떻게 할 거야?"

이해하셔야 해요. 난 정말 너무 무서웠어요. 이제 이야기하는 것도 끝이라고 생각했죠.

내가 말했죠. "뭘 어떻게 해?"

"집에 돌아와 보니 여자가 오후 내내 다른 놈이랑 뒹굴고 있었다면 어떻게 할 거야?"

나는 적당한 대답을 찾느라 한참 생각한 다음 이렇게 말했어요. "여자의 머리통을 날려버릴 거야, 부치. 한번 더 생각할 것도 없어."

이해해주세요. 난 무슨 말이라도 했을 거예요.

그런데 부치가 뭐라고 대답했는지 아세요? 특유의 미소를 지으며 나를 바라보고 이렇게 말했죠. "그렇게 말할 줄 알았어."

"그런 다음 트럭에 올라타서 뒤도 안 돌아보고 캐나다로 갈 거야." 내가 말했어요. 다들 멕시코로 도망쳤다고 생각할 테니 반대 방향으로 가는 게 낫다고요.

"캐나다 가봤어?" 그가 말했죠. "거긴 추워. 캐나다는 마녀 젖가슴보다 춥다고." 그러더니 고개를 절레절레 저었어요.

믿어지세요? 셔츠에 죽은 여자의 피를 묻히고 있는 남자가 날씨 걱정을 하더라니까요.

그러니까 캐나다로 가지는 않았을 거예요. 내가 부치를 찾는다면 남쪽이나 서쪽으로 가지 북쪽으로는 안 가겠어요. 캐나다에서는 부치를 못 찾을 겁니다.

난 부치가 진짜 멍청하다고 생각했어요. 그런 짓을 저지르고서 강에 나오다니 말이에요. 하지만 이제 그게 제일 똑똑한 짓이라는 걸 알겠네요. 미시시피 델타에서 살인범을 찾는 경찰은 본 적이 없으니까. 주간 고속도로나 뒤지고 다녔겠죠. 날 데려가는 것도 썩 나쁜 생각은 아니었어요. 그러니까 내 말은, 경찰은 혼자 돌아다니는 남자를 찾을 테니까요.

이 시점에서 분명히 하고 싶은 게 하나 있습니다. 내가 무슨 말을 더 하기 전에 당신이 알아야 할 것이죠. 이해해주세요. 난 영웅도 아니고 영웅인 척할 생각도 없습니다. 내가 한 짓을 듣고 나서 당신이라면 다르게 행동했을 거라고 생각하겠죠. 당신은 악어처럼 그놈과 맞서 싸워서 배 밖으로 밀어버리고 노로 머리를 깨뜨려버렸을지도 모릅니다. 하지만 이해해주셔야 해요. 난 사느냐 죽느냐 하는 상황이었어요. 지금까지 그런 일은 한 번도 겪은 적 없어요. 영화에 나오는 슬로 모션 같았어요. 모든 것이 느려지죠. 사소한 것 하나하나가 뭔가를 의미해요. 부치가 눈꺼풀만 꿈틀거려도 뭔가 뜻이 있었어요. 난 그 배에서 살아 나갈 수 있으면 무슨 말이든 했을 겁니다. 누구에게도 입도 뻥긋하지 않겠다고 맹세라도 했겠지만 그런다고 해서 내가 범죄자가 되는 건 아니잖아요. 난 이 상황의 피해자라고요.

자, 말씀드렸듯이 난 영웅이 아닙니다. 점점 어두워지고 있었죠. 부치가 엔진을 켜고 다시 상류를 향해 배를 몬 것은 늦은 저녁, 거의 밤이 다 되었을 때였어요. 난 부치가 뭘 할지 몰랐죠. 짐작도 안 갔어요. 내 목을 딸지, 나를 놔줄지, 자수를 할지 전혀 몰랐습니다! 뒤에서 상류로 올라오는 트롤선이 보였는데 부치가 석호로 들어가 트롤선이 먼저 지나가게 했죠. 부치는 강을 잘 알았어요. 갈대 사이로 배를 몰고 가더니 모터를 껐죠.

거긴 정말 잔잔했어요. 유리처럼요. 물속에 있는 배스와 송어가 보였죠. 부치의 얼굴도 보였어요. 차분해 보이더군요. 곧 누군가를 죽일 사람처럼 보이지는 않았어요. 우리

눈이 수면 위에서 마주쳤지요.

　그때 부치가 셔츠를 벗었어요. 배에 털이, 까만 털이 온통 나 있었어요. 개코원숭이처럼 말이에요. 부치가 나한테 내리라고 했습니다. 갈대밭 바로 옆이었고, 내가 배에서 내렸습니다. 일어서기도 힘들었어요. 다리가 너무 떨렸거든요. 너무 무서워서 바지에 오줌을 쌌습니다. 이 정도는 아무렇지도 않게 말할 수 있어요. 습지에 내려가자 발이 살짝 빠졌습니다. 토끼처럼 심장이 빨리 뛰었어요. 가슴이 무너져 내리기라도 할 것 같았지요. 갈 데가 없었어요. 그냥 작은 습지 섬이었거든요. 아무튼 난 갑자기 움직이고 싶지 않았습니다. 부치의 화에 불을 붙이고 싶지 않았죠.

　부치가 밧줄을 끌어당겨서 자기 칼로 한 뭉텅이 잘랐습니다. 나더러 협조만 잘하면 나쁜 일은 일어나지 않을 거라고 하더군요. 얌전히 굴라고 했죠. 문득 부치가 그렇게 말하는 게 웃기다는 생각이 들었습니다. "얌전히 굴어." 주변을 둘러봤지만 배 한 척, 뗏목 하나 없었죠. 달이 떴어요. 나는 다시 이야기를 하려고 했어요. 정신을 차리도록 설득하려고요. 하지만 부치는 입 닥치고 셔츠를 벗으라고 했어요. 단추가 잘 안 풀렸지만 머리 위로 벗고 싶지는 않았어요. 잠깐 앞이 안 보이는 사이에 부치가 움직일 수도 있으니까요. 그런 다음 부치가 나한테 자기 셔츠를 던지더니 입으라고 했어요. 단추를 채운 다음 바닥에 누우라고, 손은 등 뒤로 돌리라고 했어요. 부치가 장갑을 끼고 내 셔츠를 찢더니 소매로 내 입에 재갈을 물렸죠. 난 천식도 있고 해서 코로 숨을 잘 못 쉽니다. 부치가 습지에 나를 처박자 일어날 수가 없었어요. 아무것도 안 보였어요. 갈대 때문에 아무도 날 볼 수도 없었어요. 부치는 사냥용 칼을 들고 가만히 서서 나를 지켜봤습니다. 그러다가 나를 향해 몸을 숙이더니 입을 귀에 아주 가까이 가져다댔죠. 부치가 뭐라고 했는지 궁금하지 않아요? "마음 편히 먹어." 그렇게 말했어요. 마치 디케이터 라운지에서 공연을 끝내고 나와서 리나가 있는 집으로 돌아가는 길인 것처럼요. 제길! 부치가 내 주머니에 손을 넣어 트럭 열쇠를 꺼냈고, 다시 배를 타고 상류로 올라가버렸어요. 내가 거기서 안 죽은 게 기적이죠.

부치는 영리한 남자예요. 아마 살아 있는 사람들 중에서 제일 영리할걸요. 당신은 부치를 시시한 중년 케이준 가수

쯤으로 생각할지도 모르지만 그놈은 머리가 좋아요. 나를 강으로 데려가서 자기 셔츠를, 리나의 피가 온통 묻은 그 빌어먹을 셔츠를 입혔죠. 그러고선 사라졌어요. 젠장. 난 그렇게 남겨졌고, 부치는 내 말을 아무도 안 믿으리란 걸 알았어요. 정말 똑똑하지 않습니까? 그러니까 내 말은, 꼭 아인슈타인 같다니까요. 너무 영리해요. 부치는 일을 저지르고서 내가 누구한테 얘길 하든 아무도 안 믿을 줄 알았죠. 실제로 부치가 맞았어요, 안 그래요? 진실이 아무도 못 믿을 이야기라면 당신은 어떻게 하겠습니까? 어떻게 할 거냐고요. 내가 말했듯이 부치는 머리가 좋아요. 자기가 한 짓을 아무도 안 믿을 걸 알고서 나를 함정에 빠뜨렸죠. 다른 사람이라면 내 목을 딴 다음 선외기를 매달아서 가라앉혔겠지만 아뇨, 부치는 안 그래요. 지금 부치는 어디 있죠? 난 그게 알고 싶어요. 도대체 그놈은 어디 있을까요?

다들 나한테 물어보는 중요한 질문은, 왜 도망치려고 하지 않았느냐는 거예요. 부치가 수영 못하는 걸 알면서 왜 다른 배로 헤엄쳐 가지 않았느냐고요. 난 그 말에 대답할 수 있지만, 부치 때문이 아니라 나한테 사정이 있어서 그래요. 꽤 오래전에 있었던 일 때문이죠. 무슨 사정이냐면요. 내 이름이 뭔지, 어쩌다 그런 이름을 갖게 됐는지 말씀드렸잖아요. 우리 아버지 말이에요. 아버지는 한동안 라피엣에서 목사로 일했어요. 성경을 잘 알았죠. 난 아버지 때문에 성경을 잘 알아요. 당신이 구약성서를 잘 아는지 모르겠지만, 요즘이라면 검열 위원회를 절대 통과 못할 것들이 좀 나오죠. 강간, 살인, 남색, 그런 거 말입니다. 구약성서에 전부 나와요.

그게, 한 번은 내가 세븐일레븐에서 무슨 잡지를 하나 훔쳤어요. 아, 아주 옛날 일이에요. 내가 열 살도 안 됐을 때였을 거예요. 그 이후로는 머리핀 하나 훔친 적 없다는 걸 알아주세요. 아무튼 내가 무슨 잡지를 훔쳤고, 아버지가 그 사실을 알고 나한테 벌을 주기로 했어요. 그날 엄마는 집에 없었어요. 무슨 종교 행사가 있다고 바비큐 모임을 준비하러 나갔죠. 엄마는 다른 사람을 챙기면서 착한 척하고 다니느라 늘 집에 없었어요. 아무튼 엄마가 그러고 돌아다니는 사이에 아빠가 나를 개집에 집어넣고 밖에서 빗장을 걸었어요. 개집 안은 캄캄했어요. 개똥이랑 뭐 그런 것들도 있었고요. 아빠가 트럭을 타고 떠나는 소리가 들렸어요. 얼마 동안 자리를 비웠는지는 모르겠어요. 내가 쓸쓸해지려고 할 때쯤 트럭 문이 쾅 닫히고 아빠가 돌아오는 소리가 들렸죠. 아버지가 개집 문을 열어줘서 나가려고 하다가 아버지가 들고 있는 걸 봤어요. 괭이에다가 방울뱀을 감아서 들고 왔더라고요. 아빠가 뱀을 개집에 던져 넣더니 문을 다시 잠갔어요. 밖에서 아빠가 말하는 소리가 들렸죠. 마귀처럼 굴 거면 마귀랑 같이 사는 게 어떤 건지 알아야 한다고요. 그러고서는 나를 거기 두고 가버렸어요. 아빠는 나를 한참 동안 거기 내버려뒀어요. 주변이 칠흑처럼 까맣고 어둠 속에서 뱀이 꼬리를 쉭쉭 흔들었죠. 그날 밤 엄마는 8시가 다 되어서야 돌아왔는데, 난 정오부터 쭉 거기 갇혀 있었습니다.

자, 이제 이해하시겠지요. 말씀드린 것처럼 나는 뱀이 정말 무서워요. 바로 그게 그 중요한 질문에 대한 대답입니다. 있잖아요, 나는 부치, 그러니까 마귀랑 한 배에 남느냐, 물뱀이 사는 물속에 들어가느냐 둘 중 하나를 택해야 했어요. 그래서 나는 마귀를 선택했습니다. 아시겠지만 내 나이의 남자에게는 아주 끔찍한 일이에요. 그렇게 배를 타고 나갔다가 본인이 겁쟁이라는 걸 실감하면서 돌아오는 것 말입니다. 그 일이 나한테 일어난 거예요. 아시겠지만 당신에게도 일어날 수 있는 일이에요. 아무리 조심해도 지나치지 않다는 증거죠.

불타는 야자수

매일 아침 소년은 아버지가 잠에서 깨기 전에 옷을 입고 집을 나선다. 오르막길을 1.5킬로미터 정도 올라가면 오래된 학교가 나온다. 거기에서 골짜기의 그 집이 보인다. 축축한 햇빛 속에서 초가지붕이 반짝인다. 주변 밀밭의 밀은 이미 익은 지 오래다. 농부들이 콤바인을 꺼내두고 수확하기 좋은 날씨를 기다리고 있다. 날씨가 별로 좋지 않은 여름이었다.

할머니의 오두막은 다른 집과 다르다. 집 앞에 고개가 저절로 돌아가게 만드는 예쁜 정원도 없고 잡초를 뽑을 꽃밭도, 깎아야 할 잔디도 없다. 지금은 그 어느 때보다 보기 흉해졌다. 좁은 땅에 건축 폐기물, 부서진 판지, 석회 자루, 깨진 유리 조각이 흩어져 있다. 시 의회가 지난 4월에 철거하려 했지만 할머니는 고집을 피우면서 자기 집이니 자기 마음대로 하겠다고 했다. 소년은 카운티 소속 토목기사가 할머니를 설득하러 온 날 그 자리에 있었다.

"있잖아요, 부인." 기사가 말했다. "작은 욕실도 있고 전기도 들어오는 멋진 집을 새로 지어드릴 거예요. 노후에 맞는 아늑한 집이죠."

"내가 노후까지 산다는 보장이 어디 있어?"(할머니는 팔순이 다 됐다.)

"음, 주님이 도와주실 테니 오래 사실 거예요. 남은 평생 우물물을 길어 올 필요가 없는 편이 좋지 않겠어요?"

"차를 내릴 때는 우물물만 한 게 없지. 안 그래요?"

"아, 부인—"

"차 한 잔 들래요?"

"합리적으로 생각하셔야—"

"무슨 합리? 내가 바라지도 않는 일에 합리를 따져봤자

불타는 야자수 307

소용없지. 안 그래요?"

기사는 답할 말이 없었다.

"안 그래요?"

그래서 시 의회는 집을 철거하는 대신 오두막과 도로 사이에 높은 차단벽을 세웠다. 이제 바깥을 내다볼 수 없고 안을 들여다볼 수도 없다. 집 앞쪽 방은 전부 어둡고 음울해졌고 앞부분에 새로 칠한 회반죽에는 페인트도 칠하지 않았다. 동네에서 제일 이상하게 생긴 집이 됐다.

소년이 대문을 열고 집 뒷문까지 달려간다. 할머니의 부엌은 불에 탄 돼지기름과 석탄 연기, 램프 기름의 냄새가 난다. 소년은 양동이의 물을 찻주전자에 채우고 찬장에서 할머니의 도자기 잔과 잔 받침을 꺼낸다. 아이의 어머니는 잔 받침을 꼭 썼지만 이제 아이의 아버지는 머그잔을 대충 쓰고 귀찮아서 식탁보도 깔지 않는다. 주일에 입는 옷은 다림질도 안 되어 있고 구두도 예전과 달리 반짝이지 않는다.

소년이 집 뒤쪽 방 문을 두드리고 들어가 침대 옆 테이블에 차를 올려둔다. 할머니는 말똥말똥 깨어 있다. 남들 잘 때 안 자는 데다, 잠 자체를 별로 안 자지만 항상 침대에서 나오기 전에 소년이 차를 가져오기를 기다린다. 얼마 전부터 손이 떨려 오는데 자기 힘으로 통제가 안 된다. 잔을 들 때면 꼭 잔 받침에 차를 흘리고 만다. 소년이 요강 냄새를 내보내려고 창문을 연다. 창유리가 흐릿해서 경치가 뒤틀려 보인다. 어머니의 결혼식 날 찍은 사진이 벽에 비뚤게 걸려 있고 그 속에서 소년의 어머니와 검은 정장 차림의 아버지가 카메라를 보며 미소 짓는다. 할아버지와 할머니는 딸의 결혼을 반대해서 결혼식에 참석하지 않았다.

할머니는 한때 집시였지만 소년의 어머니가 태어나면서 이곳에 정착했다. 그전까지는 남편과 함께 아일랜드를 떠돌며 고물을 수집했다. 소년은 할아버지를 어렴풋이 기억한다. 체구가 무척 컸고, 아이를 번쩍 들어서 밤색 암말의 맨등에 태워주려다가 애가 겁에 질리자 웃음을 터뜨렸다.

"꿈에 소가 나왔어." 할머니가 이렇게 말하며 차를 후후 분다.

"오늘은 다 끝내요, 할머니."

"그래, 그러자."

두 사람은 도배를 마무리하려고 여름 내내 애썼지만 열

중하지 못했다. 결국 그들은 집 뒤쪽 자투리땅에서 햇감자를 캐고, 블랙푸딩*을 튀기고, 카드 따먹기 게임을 하고, 루바브 잎에 떨어지는 빗소리를 들으며 시간을 보냈다. 할머니는 거의 매일 소년에게 자전거를 타고 가게에 다녀오라고 시키며 과자와 자기가 피울 담배 살 돈을 준다. 금요일이면 식료품과 가스를 실은 밴이 온다.

소년은 침대 밑에서 요강을 꺼내 자투리땅에 비운 다음 나무통에 받아둔 빗물로 헹군다. 수면에 비친 자신을 본다. 앞머리가 눈을 가릴 정도로 자랐다. 이발할 때가 됐다.

앞쪽 방은 도배가 얼마 안 남았다. 서너 줄 더 붙이고 창문 가장자리의 까다로운 곳 몇 군데만 하면 된다. 그들은 이곳을 "엄마 방"이라고 불렀다. 엄마가 잠을 자던 곳이다. 엄마가 아버지와 결혼해서 도로 위쪽 큰 집으로 이사할 때까지 그녀의 방이었다. 첫 번째 벽지가 비뚤게 붙었는데도 계속 붙여 나갔더니 이제 야자수 무늬가 왼쪽으로 기울어졌다. 밖에서 돌풍이 불어 대문이 열리고 빈 석회 자루가

---

* 돼지 피에 곡물과 향신료를 섞어서 만드는 소시지나 순대와 비슷한 음식.

바람에 굴러다닌다. 소년은 풀을 묽게 만들어야 한다. 오늘 도배를 끝나야 한다. 이제 여름도 끝이기 때문이다. 소년은 내일부터 다시 학교에 가야 한다. 학교는 생각하고 싶지 않다. 학교 하면 숙제가, 그리고 성 패트릭 축일이 떠오른다.

성 패트릭 축일 아침은 서리 때문에 새하앴다. 아버지가 자동차 앞유리의 얼음을 녹일 물을 가져오라며 소년을 집으로 다시 들여보냈다. 어머니는 아이의 옷깃에 클로버를 꽂아주고 모금함에 넣을 10펜스짜리 동전을 하나 주었다. 어머니는 좋은 트위드 정장과 리넨 블라우스를 입었고, 미사에서 노래를 불렀다. 나중에 아버지가 두 사람을 할머니 집까지 태워다주었지만 안으로 들어가지는 않았다. 아버지는 서두르고 있었다. 쿨라틴에서 경마가 있었기 때문이다.

"집에 가는 길에 들를까?"

"그럼 너무 늦을 거야." 어머니는 아버지가 술에 취할 것을 알았다. "걸어갈게."

어머니는 닭고기 속을 채우고 스펀지케이크에 초록색의 묽은 아이싱을 입혔다. 소년은 어렸을 때 아버지가 만들어준 철제 유모차에 우유 통을 싣고 우물에 마실 물을 길러 갔다. 아이는 도움이 되는 느낌이 좋았고 양동이가 꼴깍꼴깍 우물물을 욕심껏 들이켜는 소리와 그런 다음 물이 우유 통에 쏴아 쏟아지는 소리도 좋았으며 얼어붙은 길을 따라 유모차를 밀면서 돌아오는 길도 좋았다.

나무들이 세차게 흔들리자 부엌에 드리워진 그림자가 회전목마처럼 빙빙 돌았다. 빵 굽는 냄새와 콜리플라워 치즈 냄새가 났다. 트랜지스터 라디오 속에서 어떤 여자가 노래를 부르고 있었다. 어머니는 도자기 식기와 자루를 동물 뼈로 만든 나이프로 식탁을 차렸다. 저녁 식사가 끝난 뒤 어머니는 『내셔널리스트』를 읽었고 소년은 숙제를 했다. 철자법과 수학 숙제였다. 소년은 수학이 말이 안 될 때도 있어서 싫었다. 어째서 마이너스에 마이너스를 곱하면 플러스가 될까? 소년이 좋아하는 과목은 지리였다. 그는 아일랜드의 카운티와 산, 강, 지류, 주요 도로를 전부 다 알았다.

땅거미가 지자 어머니가 할머니의 머리카락을 땋아주었다. 검은 화덕의 불꽃이 리놀륨 바닥에 그림자를 드리웠고, 할머니는 새들을 위해 창틀에 오트밀을 뿌렸다. 소년은 그날을 돌이켜보며 다들 가고 싶지 않았다고, 아무도 그 날을 끝내고 싶지 않았다고 생각하고 싶다. 하지만 그것은 사실이 아니었다.

"아들, 이제 마무리해. 날이 어두워진다."

"아, 엄마!" 소년은 숙제를 끝낸 다음 지리책에서 절벽의 형성에 대해 읽고 있었다.

"엄마 피곤해, 아들."

"숙제 아직 안 끝났어요." 소년이 거짓말을 했다.

집에 가기 싫어서 한 거짓말이었다. 아버지가 도박으로 생활비를 날리고 술에 취해 집으로 올 것이다. 부모님이 또 돈 때문에 싸울 거다.

"얼마나 걸려?" 어머니가 물었다.

"아직 지리 숙제가 남았어요. 한참 걸려요."

"음, 그럼 난 좀 누워야겠다. 다 하면 깨워."

어머니가 집 앞쪽 방으로 들어가서 문을 닫았다.

소년은 앉아서 책을 읽었으며, 땅으로 파고드는 바다와 바다로 떨어져나온 땅을 그림으로 그렸다. 아이는 점점 흐릿해지는 빛 속에서 글자가 보이지 않아 유리창에 종이를 바짝 가져다 대야 할 때까지 책을 읽었다. 할머니는 꼭 필요해지기 전에 불 켜는 것을 좋아하지 않았다. 불을 켜는 것은 또 하루가 끝났다는 뜻이라서 그런다고 했다. 해거름은 그녀의 시간이었다. 할머니는 날마다 피우는 담배를 말아서 자리에 앉아 담배를 피우며 해가 넘어갈 때까지 서쪽 창을 가만히 보았다.

"그러다가 눈 나빠진다, 얘야."

할머니가 자리에서 일어나 석유램프의 심지를 조정하고 성냥으로 불을 붙인 다음 램프 갓을 내리자 방에 갑자기 거즈 같은 불빛이 흠뻑 쏟아졌다.

"케이크 통 가져오렴." 할머니가 말했다. "차 마시자."

두 사람은 스펀지케이크를 먹고, 포티파이브 카드 게임을 하면서 성냥으로 점수를 헤아렸다. 소년은 빨갛게 타올라 추위를 막아주던 석탄, 카드 섞는 소리, 화격자에서 무너져내리는 숯, 파라핀 냄새, 집 바로 앞 도로를 지나가는 자동차 소리, 경마가 끝나고 집으로 돌아오는 사람들, 아스팔트 위를 쉴 새 없이 달리던 타이어들을 기억한다.

그 일이 벌어졌을 때 소년은 이기고 있었다. 두 번만 더

이기면 끝이었고 아이는 잭 카드를 가지고 있었다. 할머니가 퀸을 가져가는 중이었다. 바로 그때 쿵 소리가 나더니 유리가 깨지고 돌이 떨어지는 소리가 들렸다. 처음에는 지붕에 나무가 쓰러진 줄 알았다.

"이게 도대체 무슨 일이야?"

"엄마!" 소년이 외쳤다. 할머니가 앞쪽 방 문을 열자 회반죽 가루가 구름처럼 복도에 내려앉았다. 처음에는 앞이 안 보였지만 화물차의 전조등 한쪽이 아직 켜져 있었다. 화물차가 도로를 벗어나 앞쪽 벽을 뚫고 방으로 돌진한 것이다. 할머니가 잔해 속에서 소년의 어머니를 발견했다. 화물차와 벽 사이에 끼어 있었다. 소년은 피를 보았다. 보고 싶지 않았다. 엄마의 손이 더피의 직물 가게 마네킹처럼 생기 없이 축 늘어져 있었다.

"마거릿!"

운전자는 핸들 위로 엎어져 있었다. 역시 피가 보였다. 신음하는 말들. 모르는 사람들이 손전등을 들고 뛰어다녔다. 시간이 한참 지났다. 사이렌 소리가 점점 가까워지더니 뚝 멈췄다. 제복을 입은 남자가 들어와서 어머니의 가슴을 누르고 입에 숨을 불어넣었다. 그가 고개를 젓자 누군가가 소년을 데리고 나갔다. 소년은 집 바깥 나무 밑으로 이끌려 갔고, 사람들은 괜찮을 거라고 말했다. 나중에 말을 잠재우는 총소리가 들렸다.

그날 밤 도로에 얼음이 꼈다. 커브에서 삐끗 미끄러진 것으로 끝이었다. 막을 방도는 없었다. 집이 도로에 그렇게 가까우니 벌써 오래전에 그런 일이 일어나지 않은 것이 기적이라고 말하는 사람들도 있었다. 언젠가 일어날 사고였다고 했다.

이상하고 꿈결 같은 나날이 이어졌다. 남자 어른들은 소년 역시 사내라는 듯이 악수를 했다. 여자들이 어머니의 집으로 와서 샌드위치를 만들고, 찻잔에 차를 따르고, 설거지를 하고, 그릇을 제자리가 아닌 곳에 넣었다. 사람들이 거실에 서서 술을 마시고 담배를 피웠고, 흙 묻은 신발로 어머니의 질 좋은 양가죽 깔개를 밟고 다니면서 어머니가 정말 좋은 여자였다고 말했다. 였다, 라고. 어머니가 죽은 것처럼 과거형으로 말하는 사람들. 하지만 어머니는 정말로 죽었다고, 소년은 되뇌어야 했다. 소년의 어머니는 죽었다.

소년은 장례가 끝난 뒤 대장간에서 아버지를 발견했다. 아버지는 주일에 입는 옷차림으로 거기에 서서 빨갛게 달아오른 쇠막대를 구부려 대문 경첩을 만들고 있었다. 공구 선반에 반쯤 빈 위스키병이 놓여 있었다.

"그래, 아들아." 아버지가 말했다. "네 엄마도 없이 우리가 어떻게 살아야 될지 모르겠구나."

소년이 아무 대답도 하지 않자 아버지가 풀무질을 하며 불을 되살리기 시작했다.

소년은 바깥으로 나가서 별을 올려다보았다. 어머니는 별이 우리를 내려다보는 천사라고 말했다. 엄마는 하느님을 믿었다. 사람들은 엄마가 천국에 갔다고 했다. 소년은 집으로 다시 들어갈 수 없었다. 집은 꽉 차 있으면서 동시에 텅 비어 있었다. 엄마가 꽃병에 꽂아둔 스노드롭이 있고, 아버지를 위해 다려서 나무 옷걸이에 걸어둔 셔츠도 있고, 안락의자 밑에 엄마의 털 슬리퍼도 있었다.

소년은 들판을 달리며 새로 생긴 진흙에 좋은 구두로 발자국을 남겼다. 심장이 쿵쾅거렸고, 오두막에 도착했을 때 소년은 숨을 헐떡이며 땀을 흘리고 있었다. 그곳은 난장판이었다. 할머니가 어깨에 담요를 두르고 잔해 속에 앉아서 브랜디를 잔에 따라 마시고 있었다. 머리가 풀어헤쳐져 엉망이었다.

"집에 가자고 했을 때 네가 갔으면 지금 네 엄마가 살아있을 텐데." 할머니가 말했다.

할머니는 오늘따라 담배를 많이 피운다. 벽지를 한 줄 붙일 때마다 잠시 멈추고 담배를 만다. 손이 평소보다 더 떨린다. 부엌과 엄마 방 사이에 담뱃가루가 길게 이어져 있다. 야자수가 이상해 보이는 것이 이 방 벽엔 영 안 어울린다. 전에는 무늬 없이 커스터드 색으로 칠해져 있었다.

소년이 벽에 풀을 바르면 할머니가 벽지를 붙인다. 솔이 철썩철썩 소리를 낸다. 마지막 벽지가 모서리에 딱 맞지 않는다. 야자수가 비뚤어졌다. 소년이 아래쪽을 맞춰서 붙이자 위쪽이 겹쳐진다. 바로잡을 수가 없다. 다 하면 깨워. 소년은 더우면서 동시에 춥다. 집에 가자고 했을 때 네가 갔으면. 내일이면 소년은 학교로 돌아가야 한다. 엄마는 소년의 책을 벽지로 싸고 새 방한 재킷 옷깃에 잉크로 이름을 써주었을 것이다. 으깬 감자를 튀기고, 도시락통을 씻고, 소년이 숙제를 했다는 표시로 연습장에 사인을 해주었을 것이다. 어머니는 소년에게 밖으로 나가서 대문이 잘 잠겼는지 확인해달라고 하고, 물주머니에 뜨거운 물을 채워주고, 잘 시간이 되면 "잘 자렴"이라고 말해주었을 것이다.

도배가 끝났다. 할머니가 걸레받이 부분의 남는 벽지를 잘라 마지막 벽지를 정리하고 있다. 손이 떨려서 벽지가 들쭉날쭉하게 잘린다. 할머니가 자리에 앉아 담배를 만다. 담뱃가루가 무릎에 떨어진다. 소년이 할머니를 위해 성냥을 켜준다. 땅거미가 지기 시작한다. 낮의 빛이 빠져나가고 있다. 태풍이라도 부는 것처럼 야자수가 기울어졌다.

"비뚤어졌어요, 할머니."

"상관없어. 누가 보겠니?" 할머니는 창밖의 벽을 내다보고 있다.

"모닥불을 피우자." 할머니의 눈 속에서 불이 타오른다.

두 사람이 쓰레기와 넝마를 모아서 밖으로 나간다. 할머니가 헛간에서 기름통과 갈퀴를 가져오고 둘이서 쓰레기를 다 모아 집 앞의 차단벽 가까이 쌓는다. 할머니가 부서진 천장 널빤지를 램프 기름으로 흠뻑 적시고 성냥을 켠다. 불꽃이 일고 연기가 피어오른다. 열기 속에서 부서진 나뭇가지가 딱딱 소리를 내고 나무껍질이 하얀 재로 변한다. 나무 타는 연기의 냄새가 좋다. 그 냄새를 맡으니 소년의 마음속에서 오래전부터 있어왔던 당연한 무언가가 피어오른다. 소년은 집에 돌아가지 않을 것이다. 겨우내 여기 살면서 불을 피우고, 카드놀이를 하고, 우물물을 길어 오고, 가게에 심부름을 갈 것이다. 할머니의 곁을 떠나지 않을 것이다.

할머니가 도랑에서 시든 나뭇가지를 꺼내 불 속에 던져 넣는다. 불을 아무리 크게 피워도 할머니에게는 부족하다.

연기가 차단벽 너머로 퍼져 길 건너 푸크시아 덤불에서 졸던 말벌을 깨운다. 까마귀가 하늘에서 맴돈다. 까옥. 까옥. 아일랜드어로 어디냐는 말과 비슷하다. 어디? 어디? 까마귀떼가 묻는다. 모닥불 너머는 밤이 훨씬 더 어두워 보이고, 두 사람의 발치에서 그림자들끼리 씨름을 한다. 할머니는 발이 커서 엄마의 신발이 맞지 않는다. 소년은 할머니가 시멘트 포대에 불붙이는 모습을 본다. 할머니가 무엇을 하려는 건지 혈관 속의 무언가가 말해준다. 그럼에도 할머니가 불붙은 포대를 이엉에 던졌을 때 소년은 깜짝 놀란다.

"할머니!" 소년은 웃고 싶다.

"거기 있어라."

할머니가 안으로 들어간다. 창문이 열린다. 할머니가 좋은 외투와 연금 통장, 엄마의 결혼사진을 가지고 나온다. 그런 다음 오두막에 길게 뿌린 램프용 석유에 불을 붙인다. 오래지 않아 거실 커튼에 불이 붙는다. 벽지가 타오르고 있다. 야자수에 불이 붙고 이엉이 활활 타오를 때 노파가 소년의 팔을 잡는다. 두 사람이 걸어가기 시작하더니 커브를 돈다. 갈 곳은 한 군데뿐이다. 소년은 똑바로 본다. 집의 파편, 불붙은 지푸라기들, 과거의 조각들이 공중에 떠다닌다. 도로는 어둑하다. 너무 어두워서 앞이 보이지 않는다. 오래된 학교에 도착하자 두 사람은 걸음을 멈추고 골짜기에서 타오르는 집을 돌아본다. 박공 끝의 죽은 소나무들이 활활 타오르고 있다. 밀밭 사이로 콤바인 추수기의 전조등이 움직인다.

"추수하기에는 이상한 날이네요." 소년이 침묵을 깨뜨리려고 말한다. 공기에서 비가 느껴진다. 곧 이슬비가 내릴 것이다.

"음, 지금 안 하면 평생 못할 거야." 할머니가 이렇게 말하고 집으로 가는 내내 소년에게 몸을 기댄다.

여권 수프

프랭크 코소는 아무것도 기대하지 않게 되었다. 그는 불도 피우지 않은 텅 빈 집에 느지막이 돌아온다. 오늘 밤, 그는 불쏘시개를 모아서 아궁이에 불을 붙이고 손을 덥힌다. 저녁으로 베이컨과 그린토마토를 구워서 한 사람이 먹을 식탁을 차린다. 아내는 집에 거의 없다. 집에 있을 때면 베란다에 앉아서 기대에 부풀어 아스팔트 도로를 빤히 보며 전화가 울리기를 기다린다. 오늘 밤에는 아내의 스테이션왜건이 간이 차고에 없다. 그녀는 아마 차를 타고 고속도로를 달리며 찾고 있을 것이다.

프랭크가 냉장고에서 우유갑을 꺼내 잔에 우유를 따른다. 호밀빵 한 조각에 버터를 바르고 베이컨을 작게 자른다. 그때 우유갑에 실린 사진이 눈에 들어온다. 청바지를 입은 어린 소녀의 사진이다. 웃고 있어서 앞니가 빠진 빈자리가 다 보인다. 실종. 사진 밑에 옅은 색의 큼지막한 글자체로 적혀 있다. 엘리자베스 코소, 나이 9세. 9월 9일 오리건 주 유진 시의 자택 앞에서 사라짐. 마지막 목격 당시 복장은 빨간 스웨트셔츠와 청바지. 이 아이를 보신 분은 다음의 번호로 전화해주세요. 그리고 프랭크 코소가 오래전부터 외우고 있는 경찰서 전화번호가 적혀 있다.

프랭크는 엘리자베스가 이를 뺀 날 밤을 떠올린다. 그는 아이에게 이빨을 베개 밑에 넣어 놓으라고, 이빨 요정이 이를 가져가고 선물을 남겨둘 거라고 말했다. 엘리자베스가 잠들고 나서 프랭크가 1달러짜리 지폐를 베개 밑에 넣어두었지만 깜빡하고 이빨을 가져오지 않았다.

"아빠! 아빠!" 다음날 아침에 엘리자베스가 말했다. "이빨 요정이 왔었어요!"

프랭크 코소는 입맛이 사라졌다. 접시를 옆으로 치우고

일어나 딸의 사진이 실린 우유갑을 냉장고에 다시 넣고 침대로 간다. 시트가 차갑다. 지붕 처마에서 창문 밑의 눈더미로 눈이 덩어리째 떨어지는 소리가 들린다. 눈이 와서 추위가 더욱 심해진다. 햇살이 침실 벽을 하얗게 비추고 나서야 그는 잠이 든다.

그게 월요일이었다.

화요일에 그가 집에 돌아오니 아내의 스테이션왜건이 진입로에 서 있다. 아내는 딸 방에 있다. 소리가 들린다. 아내는 딸의 보석함 오르골을 감아서 음악을 틀어두었다. 프랭크는 안다. 아내는 딸의 침대에 앉아서 스프링에 매달려 빙글빙글 도는 자그마한 플라스틱 발레리나를 보며 스스로를 괴롭히고 있다. 그가 문을 살짝 열고 들여다본다. 아내가 그를 똑바로 본다. 아니, 그가 무슨 사진이라도 가로막고 있어서 그게 안 보인다는 듯이 시선이 그를 통과한다. 프랭크는 보이지 않는 남편이 되었다.

"여보." 그가 말한다.

프랭크가 다가가서 침대에 앉아 그녀에게 팔을 두른다.

아내는 그의 팔을 뿌리치더니 보석함을 들고 방을 나간다. 프랭크가 서재로 가 보니 아내는 베란다에 앉아 있다. 스프링이 느슨해지면서 느려진 음악 소리가 들린다. 오늘 밤 그는 굳이 저녁을 먹지도 않는다. 술을 넣어두는 장에서 스카치위스키를 꺼내서 신문을 들고 방으로 들어간다. 프랭크는 헤드라인부터 스포츠 섹션을 지나 부고란까지 한 글자도 빠짐없이 읽은 다음 방에 딸린 욕실로 가서 변기에 앉는다. 고개를 들어 보니 전에 없던 딸의 확대 사진이 벽에 걸려 있다. 처제의 결혼식에서 화동 노릇을 했을 때 찍은 사진이다. 딸은 발끝까지 내려오는 하얀 새틴 드레스를 입고 있는데 드레스 자락 밑으로 새틴 신발을 신은 발끝이 빼꼼 나와 있다. 손에 안개꽃과 흰 장미 꽃다발을 들고 있다. 프랭크 코소는 변기에 앉은 채 양손에 얼굴을 묻고 울음을 터뜨린다.

수요일에 그가 집에 왔을 때 아내의 차는 안 보이지만 난로에 불이 피워져 있고 쪽지가 있다. "엄마 집에 가. 금방 올게." 아내는 엘리자베스가 실종된 뒤 이렇게 쪽지를 남긴 적이 없다. 그는 이 쪽지에서 희망을 느끼며 뜨거운 물로 목욕한 다음 가운을 입는다. 그가 딸의 방 문을 연다. 딸이 사라졌을 때 그대로이다. 프랭크는 아이의 옷장을 들여다보면서 나무 옷걸이를 하나씩 왼쪽으로 밀었다가 다시 오른쪽으로 민다. 엘리자베스가 이 옷들을 입었던 때가 기억난다. 적어도 그는 기억난다고 생각한다. 노란 스웨터 겨드랑이 부분의 냄새를 맡아본다. 아무 냄새도 나지 않는다. 선반에서 색칠 공부 책을 꺼내 넘겨 본다. 아이가 크레용을 선 안쪽에 맞춰서 칠하지 못하던 시절에, 아주 오래전에 색칠한 것이다. 프랭크는 침대에 누워서 미키 마우스 전화기의 수화기를 들고 누구에게 전화할 수 있을까 생각한다. 아무도 없다. 사람들은 그에게 연락하지 않았다. 아무도 무슨 말을 해야 할지 몰랐다. 프랭크는 수화기를 내려놓고 창밖의 나무에 휘몰아치는 얼음장 같은 바람 소리에 귀를 기울인다. 엘시가 바깥에서 저 바람을 맞고 있을까 생각한다. 프랭크는 딸이 만약 살아 있다면 저 밖에 있지는 않기를 바란다. 딸이 오늘 같은 밤에 저 밖에서 바람을 맞고 있느니 차라리 죽었기를 바란다.

"신이여, 저를 용서하소서." 그가 말한다.

프랭크는 딸을 잃어버린 옥수수밭에 서서 딸의 이름을 부르며 찾고 있다. 엘시! 엘시이이이이! 딸이 달려온다. 익사할 만큼 깊은 강가에서 그를 향해 달려온다. 딸의 숨소리가 들린다. 어린아이의 헐떡이는 소리가 들린다. 그때 다른 방향에서 또다른 목소리가 들려온다. 역시 딸의 이름을 부르고 있다. 아이가 자기 아빠를 등지고 돌아서서 다른 목소리를 따라간다. 목소리의 주인이 시야에 들어온다. 딸의 손을 붙잡은, 생판 모르는 흑인 남자. 아빠가 멈추라고 소리를 지르지만 딸은 계속 멀어지기만 한다. 마른 땅에 아이의 발자국이 보이고(아이가 실종된 건 건조주의보가 내린 여름이었다), 귀에 들리는 자신의 목소리가 점점 더 껄껄해진다. 하지만 아이는 계속 걸어간다. 몸속의 모든 세포가 서로 부딪치면서 두뇌에게 움직이라고, 계속 움직이라고 말하는 것이 느껴지지만 그는 움직일 수가 없다. 그가 아이를 본다. 아이의 발소리와 모르는 사람이 늘어놓는 약속을 듣는다. 그러다가 전부 흐릿해지더니 옥수수밭과 강물 너머의 침묵 속으로 녹아든다.

전화벨이 울리자 프랭크 코소가 컴컴한 딸의 방에서 깜짝 놀라 잠에서 깬다. 수화기를 들지만 아무 말도 들리지 않는다. 그의 아내다. 그는 안다, 아내다. 아내의 소리, 그 숨소리가 들린다. 전화선을 통해 이 방으로 전해지는 증오가 느껴진다.

"악몽 꿨어?" 아내가 이렇게 말하고 전화를 끊는다. 그는 아내가 다른 방에서 다른 전화로 수화기 내려놓는 소리를 듣는다. 프랭크는 일어나서 아내가 이제 자기 방으로 삼은 곳에 누울 수 있도록, 예전에 두 사람의 방이었던 곳으로 간다.

프랭크 코소는 자기 집 뒤편의 자기 밭에서 자기 자식을 잃어버렸다. 그것이 사실이다. 늦은 저녁, 어느 순간에 딸이 거기 있었는데 잠시 후에는 없어졌다. 그만큼 단순했고, 그만큼 어려웠다. 경찰이 왔고 형사들이 질문했다. 다투셨습니까? 코소 씨, 정확히 무슨 일이 있었는지 한번 더 말씀해주시겠습니까? 천천히 하세요. 드문 일이 아닙니다. 형사들의 작고 까만 수첩, 담배, 의심. 계속 만족스럽지 못한 대답만 내놓는 프랭크. 그런 다음 수색대가 꾸려졌고, 이웃 사람들이 줄줄이 옥수수를 헤치면서 옥수수밭과 소가 풀을 뜯는 목초지와 초원을 샅샅이 뒤졌다. 날이 어두워졌다. 일렬로 늘어선 손전등이 땅을 가로지르며 웅덩이와 덤불, 나뭇가지 사이를 비추었다. 하지만 아무도 고함을 지르거나, 뛰어오거나, "찾았어요" 하고 외치지 않았다. 스쿠버 장비를 하고 물속으로 들어가 강을 샅샅이 뒤진 남자들도 마찬가지였다.

프랭크 코소가 자기 침대의 시트를 들추자 사진이 있다. 열둘, 열다섯, 스물두 장. 그의 무릎에 앉은 엘시, 할머니 댁에 간 엘시, 고무 타이어를 타고 노는 엘시, 엄마의 품에 안긴 엘시, 조랑말을 거꾸로 탄 엘시, 디즈니랜드에 간 엘시, 생일 초를 부는 엘시. 그는 사진을 조심조심 모아서 양말 서랍에 넣고 침대에 눕는다.

목요일에 프랭크는 집에 오지 않는다. 그는 사무실을 나선 뒤 중국 음식을 포장하고 책을 몇 권 챙겨서 에어라인 하이웨이의 모텔 방으로 간다. 베개에 기대 누워 플라스틱 포크로 음식을 먹고 텔레비전을 본다. 그가 채널을 이리저리 돌린다. 수술대에서 사망했다가 되살아난 사람이 나오는 토크쇼, 제1차 세계대전에 관한 다큐멘터리, 개한테 앉기와 가져오기, 옆에 붙어서 걷기를 어떻게 가르쳐야 하는지 말하는 여자. 프랭크는 전쟁 다큐멘터리에 채널을 고정하고 끝까지 본 다음 아내와 헤어질까 생각한다. 아내를 떠나고 싶은 마음이 크다. 집이 영안실 같다. 그 모든 책망과 죄책감과 침묵. 어젯밤에 들은 두 마디—"악몽 꿨어?"—를 빼면 아내는 9월 이후 그에게 말 한마디 하지 않았다. 하지만 가능성이, 엘리자베스가 집에 돌아올지도 모른다는 작고 돌이킬 수 없는 가능성이 있고, 엘리자베스가 돌아오면 프랭크가 거기 있을 것이다. 지금쯤 엘리자베스가 돌아왔을지도 모른다. 머리에 내려앉은 눈이 녹아 물을 뚝뚝 떨어트리며 추운 집으로 들어와서 아빠는 어디 있냐고 묻고 있을지도 모른다. 그가 다이얼을 돌리자 아내가 전화를 받는다.

"여보세요."

"여보세요." 프랭크가 말한다. "오늘 집에 안 들어간다고 전화했어. 그냥 궁금해서, 있잖아, 그냥 궁금해서 그러는데—"

전화가 뚝 끊긴다.

금요일에 프랭크가 집에 돌아오니 난로에 불이 피워져 있을 뿐 아니라 핫플레이트에서 커다란 솥 가득 수프가 펄펄 끓고 있고 식탁 위의 바구니에 따뜻한 빵이 들어 있다. 그가 외투를 벗고 바지에 묻은 눈을 턴 다음 발판에 신발을 닦는다. 아내가 테이블을 차리고 있다. 포크 세 개, 나이프 세 개, 수프 스푼 세 개, 컷글라스 잔. 프랭크가 자리에 앉아 그녀를 본다. 그녀는 발끝까지 내려오는 파란 이브닝 드레스를 차려입었다. 프랭크도 본 적 있는 옷이었지만 어디서 봤는지 기억나지 않는다. 목에 건 유리구슬 목걸이가 가슴골 깊숙이 내려온다. 시련을 겪으면서 머리카락이 푸석푸석해지고 더 야위었지만 여전히 아름다운 여자다.

"무슨 일이야?"

"저녁을 준비했어." 그녀가 말한다. "오늘 하루는 어땠어?"

프랭크는 아내의 예전 목소리를 거의 잊고 있었다.

"누구 손님이라도 와?"

"술 마실래?" 그녀가 말한다. "난 한잔 마시고 싶어. 당신은?"

"좋지." 그가 말한다. "내가—"

"안 돼!" 아내가 말한다. "내가 준비할 거야. 당신은 옷을 갈아입고 오는 게 어때?"

프랭크가 방으로 가서 넥타이 매듭과 신발 끈을 푼다. 운동복 바지와 터틀넥 스웨터로 갈아입고 슬리퍼를 찾는다. 깃털 이불을 젖혀 보지만 시트 사이에 사진이 없다. 부엌으로 다시 나가자 아내가 행주를 이용해 오븐에서 따뜻한 수프 그릇을 꺼내고 있다. 그녀가 와일드터키 버번이 담긴 잔에 냅킨을 둘러서 건네주고 천장 등을 끈다. 그런 다음 버터 조각이 담긴 접시를 내려놓고 서랍에서 국자를 꺼낸다. 아내가 그의 앞에 서서 뚜껑을 연다. 굵고 구불구불한 김이 두 사람 사이로 피어오른다. 그녀가 미소를 짓는다. 그다음 몸을 숙이고 국자로 수프를 뜰 때 그의 시선이 드레스 앞섶으로 내려간다. 가슴이 레이스에 눌려 있다. 그가 위스키를 한 모금 마신다. 다시 남편이 된 기분이다. 어쩌면 전부 다 괜찮아질지도 모른다. 두 사람이 이 일을 극복할 수 있을지도 모른다. 다시 아이를 가질 수 있을지도 모른다.

"냄새 좋은데." 아내가 자리에 앉자 프랭크가 이렇게 말하고 스푼으로 손을 뻗는다. 그런 다음 자기 그릇을 들여다본다. 그가 스푼을 내려놓는다. 그러더니 수를 세기 시작해서 아홉까지 센다. 수프에 둥둥 떠 있는 것은 실종된 딸의 여권용 크기의 사진 아홉 장이다. 기름이 번들거리고 빛이 바랜 사진 아홉 장. 프랭키가 그릇을 옆으로 치우고 두 팔로 머리를 감싼다.

"오늘의 특선 요리는 여권 수프야." 아내가 말한다.

"그만해!"

"왜 그래, 프랭크? 마음에 안 들어? 당신은 내 요리를 맛있게 먹은 적이 한 번도 없지."

프랭크가 수프 그릇을 벽에 던지고 나서야 아내의 목소리가 바뀌고, 그녀가 진심으로 말하기 시작한다.

"나쁜 자식. 엘시한테 괜히 요정 얘기를 해서 그 말도 안 되는 소리를 믿게 만들다니. 당신이 그애를 잃어버렸어, 프랭크. 당신이 잃어버렸다고! 당신이 우리 아이를 잃어버렸어. 이 쓸모없는 개자식!"

그녀가 다가와서 손등으로 그의 뺨을 세게 때린다. 그런 다음 또 때린다. 프랭크가 무릎을 꿇는다. 그는 그녀의 앞에 무릎을 꿇고 있다. 프랭크가 아내의 드레스 자락을 잡는다. 그녀의 드레스는 파란색이다. 그가 손가락으로 천을 꽉 잡는다. 그녀에게 용서를 빈다. 아내는 용서하지 않는다. 절대 용서하지 못할 것이다. 그녀가 물러선다. 책망이 들린다. 휙휙 내던지는 칼처럼 그의 머리 위로 날아오는 면도날처럼 날카로운 말이 들린다. 말이 그를 벤다. 아내가 프랭크를 갈가리 찢고 칼을 꽂아 넣는다. 칼을 비틀고 있다. 비튼다. 그러나 프랭크 코소는 기분이 나아진다. 이것은 시작이다. 아무것도 없는 것보다는 낫다.

감사의 말

데이비드 마커스, 질스 고든, 메리 맥케이, 애나매커릭의 타이런 거스리 센터, 카디프 웨일스 대학과 더블린 트리니티 칼리지의 친구들과 교수진에게 큰 감사를 전한다.

옮긴이의 말

 클레어 키건의 『남극』은 1999년에 발표된 작가의 첫 번째 단편집으로, 주로 아일랜드의 시골 지역이나 미국 남부를 배경으로 하는 다양한 길이의 단편 열다섯 편을 모아 놓은 작품이다. 키건은 이 책으로 루니 아일랜드 문학상과 윌리엄 트레버 상을 받았다. 소설의 배경이 되는 지역은 클레어 키건의 개인적인 배경과 관련이 있다. 클레어 키건은 아일랜드 위클로의 농장에서 여섯 아이 중 막내로 태어나 열일곱 살에 미국 뉴올리언스로 가서 로욜라 대학에서 정치학과 영문학을 전공했다. 이후 웨일스 대학에서 창작 석사 과정을 밟았으며 더블린의 트리니티 칼리지에서 철학 석사 학위를 받았다. 이 책에는 작가가 어린 시절을 보낸 아일랜드의 시골 지역과 대학 시절을 보낸 미국 남부의 풍경이 고스란히 담겨 있다.

『남극』은 첫 번째로 발표된 작품집인 만큼 무척 독특하고 때로 실험적이며 가공되지 않은 상상력을 엿볼 수 있다. 처음 발표된 지 25년이 넘는 세월이 흘렀지만 말할 것과 말하지 않을 것을 선별하는 키건의 재능은 이후 작품과 다르지 않다. 따라서 때로는 독자들을 어리둥절하게 만들기도 하는데, 그것은 키건이 말하는 단편 작품의 매력과 관련지어 생각할 수 있다. 키건은 한 인터뷰에서 자신이 단편소설에 끌리는 것은 "드라마의 부재와 강렬함" 때문이라고 말한 바 있다. 즉, "단편은 사건이 일어난 이후에 시작"하므로 "드라마는 이미 끝났다". 예를 들어 결혼 생활이 끝나는 사건이 있다면 장편 소설은 그 과정을 일일이 보여주고 설명하지만 단편은 결혼 생활이 끝난 이후의 결과를 보여준다는 것이다. 키건은 드라마 자체가 아니라 그 결과에, 긴장과 상실에 흥미가 있다고 말한다. 그런 면에서 『남극』은 키건이 말하는 단편 소설의 매력을 가장 잘 드러내는 작품집일 것이다.

여러 작품이 실려 있는 만큼 소재와 분위기가 다양하지만 "누군가의 집 앞에 놓여 있는 것보다 뒷마당에 숨겨진 것에 더욱 흥미를 느낀다"고 설명하는 키건의 말처럼 부정不貞, 살인, 자살, 광기, 강간, 가정 폭력 등 삶의 어두운 면을 다루는 작품이 많다. 그러나 키건은 무척 독창적인 산문으로 그러한 소재를 풀어나가기 때문에 진부하게 느껴지는 작품은 단 하나도 없다. 키건은 불쑥 떠오른 이미지에서 작품을 시작하는 경우가 많다고 말하는데, 그래서인지 특히 이 작품집은 각 이야기를 읽고 난 뒤 강렬한 장면 하나가 뇌리에 남는다. 한 세기의 마지막 날 밤에 해변 사구를 걸어가는 백발의 여성, 들판에 누워 별이 반짝이는 밤하늘을 바라보는 모녀, 온 집을 뒤덮은 바퀴벌레와 사투를 벌이는 가족, 눈이 잔뜩 쌓인 숲속에서 눈앞에 둥둥 떠 있는 거대한 발, 들판을 미친 듯이 달리는 흑인 남성, 소녀의 사진이 둥둥 떠 있는 수프. 읽는 사람에 따라 이미지는 달라지겠지만 분명 하나같이 독특하고 기묘한 장면이 아닐까. 이제 전 세계에서 사랑받는 작가가 된 클레어 키건의 원점을 엿볼 수 있다는 점에서 이 책은 작가의 후기 작품을 먼저 접하고 사랑하게 된 한국의 독자들에게도 무척 의미 있는 작품집이 될 것이다.

허진

옮긴이 허진

서강대학교 영어영문학과와 이화여자대학교 통번역대학원 번역학과를 졸업했다. 옮긴 책으로 조지 오웰의 『조지 오웰 산문선』, 샐리 루니의 『친구들과의 대화』, 엘리너 와크텔의 『작가라는 사람』, 지넷 윈터슨의 『시간의 틈』, 도나 타트의 『황금방울새』, 마틴 에이미스의 『런던 필즈』와 『누가 개를 들여놓았나』, 나기브 마푸즈의 『미라마르』, 아모스 오즈의 『지하실의 검은 표범』 등이 있다.

남극

초판 1쇄 인쇄 2025년 12월 1일
초판 1쇄 발행 2025년 12월 17일

지은이 클레어 키건
옮긴이 허진
펴낸이 김선식

부사장 김은영
콘텐츠사업본부장 임보윤
책임편집 이승환　**디자인** 권예진　**책임마케터** 최민경
콘텐츠사업3팀장 이승환　**콘텐츠사업3팀** 김한솔, 권예진, 이가현, 노현지
마케팅사업1팀 이고은, 지석배, 최민경, 이현주, 김은지　**홍보1팀** 김민정, 홍수경, 변승주
브랜드사업본부 정명찬
브랜드홍보팀 오수미, 서가을, 박장미, 박주현　**영상홍보팀** 이수인, 염아라, 이지연, 노경은
저작권팀 성민경, 이슬, 윤제희　**편집관리팀** 조세현, 김호주, 백설희
재무관리팀 하미선, 임혜정, 이슬기, 김주영, 오지수
인사총무팀 강미숙, 김혜진, 이정환, 황종원
제작관리팀 이소현, 김소영, 김진경, 유미희, 이지우, 황인우
물류관리팀 김형기, 김선진, 주정훈, 양문현, 채원석, 박재연, 이준희, 최대식

펴낸곳 다산북스　**출판등록** 2005년 12월 23일 제313-2005-00277호
주소 경기도 파주시 회동길 490
전화 02-704-1724　**팩스** 02-703-2219　**이메일** dasanbooks@dasanbooks.com
홈페이지 www.dasan.group　**블로그** blog.naver.com/dasan_books
종이 스마일몬스터　**인쇄** 민언프린텍　**후가공** 제이오엘앤피　**제본** 국일문화사

ISBN 979-11-306-7333-2 (03840)

- 책값은 뒤표지에 있습니다.
- 파본은 구입하신 서점에서 교환해드립니다.
- 이 책은 저작권법에 의하여 보호를 받는 저작물이므로 무단 전재와 복제를 금합니다.

다산북스(DASANBOOKS)는 독자 여러분의 책에 관한 아이디어와 원고 투고를 기쁜 마음으로 기다리고 있습니다.
책 출간을 원하는 아이디어가 있으신 분은 다산북스 홈페이지 '원고투고'란으로 간단한 개요와 취지, 연락처 등을 보내주세요.
머뭇거리지 말고 문을 두드리세요.